Une infirmière à chérir

*

Attirée par un chirurgien

JULIETTE HYLAND

Une infirmière à chérir

BLANCHE

HARLEQUIN

Collection : Blanche

Titre original :
FALLING AGAIN FOR THE SINGLE DAD

HARPERCOLLINS FRANCE
83-85, boulevard Vincent-Auriol, 75646 PARIS CEDEX 13
Service Lectrices — Tél. : 01 45 82 47 47 - www.harlequin.fr
ISBN 978-2-2804-4833-8 — ISSN 0223-5056

Composé et édité par HarperCollins France. Achevé d'imprimer en février 2021.
par CPI Black Print - Barcelone - Espagne
Dépôt légal : mars 2021.

FSC
www.fsc.org
MIXTE
Papier issu de sources responsables
FSC® C159065

Pour limiter l'empreinte environnementale de ses livres, HarperCollins France s'engage à n'utiliser que du papier fabriqué à partir de bois provenant de forêts gérées durablement et de manière responsable.

Prologue

En chemin vers le bureau de son père, Eli Collins tira sur le col de son smoking dans l'espoir de se détendre. La soirée organisée pour la collecte de fonds du Collins Research Group était toujours un événement stressant. Au moins, cette fois, il avait pu amener Amara avec lui. Pour la première fois, il n'avait pas l'impression de vivre intégralement dans l'ombre envahissante de son père.

Malgré le rythme trépidant de sa dernière année d'études à la faculté de médecine et le fait qu'Amara terminait sa formation d'infirmière, ils étaient désormais presque inséparables. Grâce à elle, il finissait par croire possible d'être le Dr Eli Collins, et pas simplement le fils du Dr Marshall Collins. Il pouvait être aussi bon que son père. Et même *meilleur* !

Il avait passé le week-end précédent à regarder des bagues de fiançailles. Il en avait repéré deux, sans être capable de choisir. Il était resté un temps fou dans la boutique, jusqu'à ce que le bijoutier lui suggère finalement de prendre le temps de réfléchir. Son jeune frère, Sam, avait passé l'après-midi à le narguer, s'amusant de le voir aussi indécis – une indécision dont il semblait incapable de se débarrasser, ces derniers temps. Mais il ne remettait pas sa relation avec Amara en question ni son désir de l'épouser. C'étaient ses choix professionnels qui avaient évolué. S'il voulait toujours exercer la médecine, ce n'était plus pour devenir chirurgien, ce qui allait à l'encontre des souhaits de son père. Et il n'avait pas encore trouvé la façon de le lui annoncer. Il le décevrait en préférant la médecine d'urgence à la chirurgie, pourtant il voulait tenir bon. Il *ne céderait pas* à la pression paternelle.

Et, à présent, ses pensées vagabondaient ailleurs. Il voulait épouser Amara, passer sa vie avec elle.

Jamais il n'avait songé à se marier avant de rencontrer Amara Patel. Ses parents ne lui avaient pas offert le meilleur exemple. Marshall, son père, était rarement là, et sa mère ne semblait pas heureuse. Mais avec Amara, les choses se passeraient autrement. Ils s'aimaient trop, tous les deux. Elle connaissait ses rêves et ses espoirs, elle serait fière de lui lorsqu'il deviendrait le meilleur urgentiste de la ville. Et jamais il ne la ferait passer en second dans sa vie.

Comme Eli arrivait devant le bureau de son père, la porte s'ouvrit toute grande, et sa mère en sortit. Elle essuya une larme avant d'adresser un sourire mouillé à son fils.

— Il est occupé, Eli.

Le Dr Marshall Collins était *toujours* occupé. C'était l'un des meilleurs chirurgiens en cardiologie des États-Unis *et* le génial inventeur de plusieurs appareils médicaux. La valve Collins avait fait baisser de manière spectaculaire le taux de mortalité des patients en attente d'une greffe cardiaque. Le taux de réussite du Dr Marshall Collins était le plus élevé de tout le pays pour les transplantations cardiaques. Il jouissait d'une réputation si impressionnante qu'il semblait presque impossible de rivaliser avec lui.

— Que se passe-t-il avec maman ? demanda Eli en entrant dans le bureau.

Marshall fronça les sourcils.

— Avec ta mère ?

— Elle pleurait en sortant.

Comment son père avait-il pu ne pas s'en apercevoir ?

Si Amara avait pleuré, il aurait couru derrière elle. Il ne serait pas resté assis derrière son bureau, à lire ses e-mails.

Marshall haussa les épaules.

— Ta mère voulait partir en vacances à la fin du mois. En Grèce, je crois, ou peut-être en Jamaïque ?

— Ce sont deux destinations radicalement différentes.

Son père ne savait même pas où sa mère voulait aller !

N'appréciant visiblement pas cette légère critique de son fils, Marshall plissa les yeux.

— Ce n'est pas moi qui ai organisé ces vacances et, de toute façon, peu importe le lieu choisi. Je ne peux pas partir. J'ai quatre patients qui attendent de recevoir un cœur. J'ai dit à ta mère d'emmener une de ses amies.

Son père avait toujours des patients en attente d'un cœur. C'était l'excuse qu'il invoquait régulièrement pour échapper aux compétitions sportives, aux concerts de chorales, et à toutes les autres manifestations auxquelles Eli et son frère Sam prenaient part. Cependant, lorsque Eli avait été désigné major de sa promotion, son père avait fait une exception pour la cérémonie de remise des prix. Il avait même donné une tape sur l'épaule de son fils et dit à qui voulait l'entendre qu'Eli serait peut-être un jour meilleur que lui. Ce souvenir avait soutenu Eli durant les longues périodes où son père semblait à peine remarquer son existence.

Mais sa mère comptait, elle aussi. Et elle méritait de prendre des vacances avec son mari.

— Ton associé ne pourrait pas te remplacer ?

Le patient passait toujours en premier. C'était une règle que tous les membres de la famille Collins comprenaient.

— Ta mère sait que je l'aime.

— Tu l'aimes ?

À la grande surprise d'Eli, de la tendresse apparut un bref instant dans le regard de son père, puis celui-ci se tourna vers la photo de sa femme, posée sur le coin de son bureau.

— Tu sais, Eli, on peut être un grand médecin ou bien un merveilleux époux, mais pas les deux. Il faut toujours sacrifier quelque chose.

Il regarda son fils droit dans les yeux.

— Et, un jour, *tu* seras exceptionnel.

Ce compliment, si rare venant de son père, le fit frissonner de plaisir. Sam et lui aspiraient à ces rares moments où leur père leur donnait une preuve, aussi fugace fût-elle, qu'il les voyait vraiment, avec tout leur potentiel.

— Que voulais-tu me dire ? demanda Eli.

— Mlle Patel et moi avons eu un différend. Elle est partie avec fracas, d'une façon tout à fait déplacée. Tu sais combien ce que je fais est important. Fais-le-lui comprendre.

La soirée annuelle de collecte de fonds était un événement mondain destiné à mettre en lumière les travaux de l'entreprise et à lever des sommes d'argent colossales pour soutenir une noble cause. C'était aussi pour son père une occasion de briller. Ce soir-là, la famille se pliait toujours aux exigences de Marshall.

Toujours…

Il avait essayé de préparer Amara à ce qui l'attendait, à la possible dimension oppressante de la famille Collins, même pour ceux qui y étaient habitués depuis leur naissance. Mais aujourd'hui, tout devait se dérouler à la perfection, c'était la condition pour qu'il se sente capable d'annoncer à son père son intention de changer de spécialité médicale. À coup sûr, Amara serait prête à faire un effort, pour lui faciliter la vie.

Lorsque Eli entra dans la suite d'Amara, il la vit essuyer une larme avant de lever les yeux vers lui. Son petit sac, posé sur le lit, inquiéta aussitôt Eli.

— Amara…

Elle le coupa.

— Tu as dit à ton père que tu avais l'intention de te lancer dans la médecine d'urgence ?

— Quoi ?

— As-tu parlé de tes projets à Marshall ?

— Non, dit-il dans un murmure. Ce sera plus facile de le faire après la soirée de collecte de fonds.

Elle le regarda avec des yeux remplis de larmes et, mal à l'aise, il songea à sa mère.

— Vraiment ? dit-elle. Parce qu'il t'a déjà inscrit comme résident en chirurgie au Chicago Memorial Hospital.

— C'est impossible ! Je n'ai fait aucune demande de résidence en chirurgie, ni là ni ailleurs.

Le Chicago Memorial était considéré comme l'une des meilleures formations en chirurgie de tout le pays.

— À mon avis, il n'y a rien d'impossible pour le Dr Marshall Collins.

— Oui, peut-être, répondit-il en se frottant la nuque.

— Tu vas y aller ?

Il sentit sa gorge se serrer.

— Peut-être. Le Chicago Memorial…

C'était la chance de sa vie. Mais devant le regard désespéré d'Amara, il sentit un froid glacial l'envahir. Il fit un pas vers elle et elle recula aussitôt.

Que se passait-il ?

— Eli, tu dois vivre ta vie, pas la sienne. Ne te plie pas au scénario que Marshall a écrit pour toi. La médecine d'urgence…

— … N'est pas la chirurgie, coupa Eli, sur la défensive. Je suis le fils du Dr Marshall Collins. Je dois me montrer à la hauteur.

— Et comment ?

Il haussa les épaules, essayant d'ignorer le nœud qu'il avait à l'estomac. Pourquoi lui posait-elle cette question ?

Et pourquoi son sac était-il sur le lit ?

— En figurant comme mon père sur la liste du magazine *US News & Reports* qui recense chaque année les meilleurs hôpitaux et praticiens du pays.

Le Dr Marshall Collins y avait été cité ces cinq dernières années.

— Ton père dort à l'hôpital plusieurs fois par semaine, même quand il n'est pas de garde. Il s'est fâché parce que j'ai osé lui demander s'il pouvait se libérer le temps d'un déjeuner !

— C'est la semaine de la collecte de fonds.

Durant cette période, son père ne dormait que quelques heures par nuit et mangeait souvent dans son bureau.

— Mais il reste un être humain, Eli. Ce qui veut dire qu'il doit s'alimenter. Tu as l'intention de travailler autant que lui ? De te laisser manger par l'hôpital ?

— S'il le faut.

Et alors son père l'accepterait.

— À quel prix ? demanda Amara en se mordillant la lèvre.

— Que veux-tu dire ?

— As-tu l'intention de renoncer à ton rêve d'être urgentiste pour devenir le meilleur des chirurgiens ? Renonces-tu aussi à mes rêves ?

— Tu peux venir avec moi à Chicago. Je veux que tu viennes.

J'ai besoin de toi.

— Mon père aussi court après les succès, dit-elle. Et ma mère l'attend pendant qu'il poursuit ses objectifs.

— Elle fait cela parce qu'elle l'aime.

Comme toi tu m'aimes.

— C'est ça, l'amour, poursuivit-il. Se soutenir mutuellement.

— Vraiment, Eli ? demanda-t-elle, sarcastique. J'ai souvent entendu ma mère pleurer. Quel soutien a-t-elle ? Et quel soutien ta mère a-t-elle ? Elle prépare ce projet de vacances avec ton père depuis un an. C'est leur trente-cinquième anniversaire de mariage et elle pense qu'il ne l'accompagnera pas. Nos mères permettent des réussites professionnelles exceptionnelles à nos pères. Toutes les deux sont des épouses aimantes, mais elles se retrouvent toutes seules le soir dans leur lit.

— Mon père sauve tellement de vies.

Il détestait voir sa mère malheureuse, mais son père avait raison. Les patients devaient rester prioritaires. Amara pouvait le comprendre. Elle savait à quel point ce qu'ils faisaient était important. C'était même *le plus important.*

— Tu as choisi de devenir infirmière… Mais qu'est-ce que tu fais ? demanda-t-il soudain, la bouche sèche, en la voyant saisir son sac.

— Je rentre chez moi. Je ne suis pas celle qu'il te faut, dit-elle d'une voix brisée.

— Mais si ! Reste, je t'en prie.

— Je t'aime et je sais que, pour toi, la médecine est une vocation. Mais je ne veux pas jouer pour toi le rôle que nos mères jouent pour nos pères, faire de la figuration lors des collectes de fonds ou des événements prestigieux ou importants pour leur carrière. Faire semblant que tout va bien alors qu'elles crèvent de solitude. Eli, tu as envie de devenir le meilleur des médecins… ou le meilleur des chirurgiens, j'imagine, corrigea-t-elle avec un haussement d'épaules.

— Et j'y parviendrai, mais cela ne veut pas dire que nous ne sommes pas faits l'un pour l'autre, plaida-t-il.

Il cherchait les mots justes pour la convaincre.

— Je sais ce que je veux, Eli. Je veux être infirmière, mais aussi être une partenaire, une épouse, une mère. Et je veux un homme qui dormira avec moi le soir, qui élèvera nos enfants, qui organisera nos vacances et qui les *prendra avec moi.* Les patients sont importants, mais la famille aussi. Es-tu prêt à faire passer ta famille en premier, même si ça signifie que je serai peut-être la seule à te dire que c'est toi, le meilleur ?

Comme il avait envie de dire oui ! Il aurait voulu s'agenouiller devant elle et lui promettre que tout se passerait comme elle le souhaitait. Mais sa raison lui interdisait de laisser parler son cœur. Amara voyait juste. Il n'était pas sûr de pouvoir tenir sa promesse, s'il voulait devenir aussi célèbre que son père.

Elle lui frôla les lèvres d'un baiser, lui embrasant le corps. Il brûlait de la retenir, mais il la laissa passer devant lui.

Il aimait Amara. Son père aussi aimait sa mère. L'amour n'empêchait pas la douleur, et Eli refusait de passer sa vie à faire souffrir Amara.

— Je t'aime, murmura-t-il.

Un sanglot lui parvint. Lorsqu'elle ouvrit la porte, il faillit tomber à genoux.

— Au revoir, Eli.

Ces mots lui brisèrent le cœur, mais il parvint à ne pas s'effondrer. Il devait assister à cette soirée. Il aurait ensuite toute la nuit pour pleurer ce qu'il venait de perdre.

Et toute sa vie pour essayer de rassembler les morceaux et se reconstruire.

1.

Le Dr Eli Collins retint son souffle en voyant les nouvelles recrues arriver. La première nuit était toujours déstabilisante pour ceux qui venaient d'être engagés, et ils évoluaient souvent en rangs serrés durant toute leur première semaine. Une jeune femme pas très grande, avec de longs cheveux noirs, était à la traîne.

La grâce avec laquelle elle se déplaçait déclencha une vive émotion en lui. *Amara ?* Il ne l'avait pas revue depuis des années. Ce ne pouvait pas être elle.

Et pourtant… À l'idée qu'elle se tenait peut-être là devant lui, son cœur fit un bond dans sa poitrine. Un flot d'émotions où se mêlaient espoir, désir, amour, le submergea avant de faire place à la douleur.

Amara Patel était ce qui lui était arrivé de mieux par le passé – et également de pire. Il ne pouvait s'empêcher de dévisager longuement chaque jeune femme qui lui ressemblait vaguement. Et, chaque fois, c'était la même déception. Pourtant, malgré tous ses efforts, il ne pouvait, dix ans après, se défaire de cette habitude.

— Voilà, le nouveau peloton de médecins et d'infirmières commence ce soir, lui dit le Dr Griffin Stanfred avec une bourrade en passant devant lui.

— Je sais.

Eli tenta d'apercevoir de nouveau la jeune femme, mais elle avait disparu avec le reste du groupe. Il fut pris d'une envie folle de courir après elle pour s'assurer que ce n'était pas son Amara.

Son ? C'était ridicule ! Amara n'était plus à lui depuis près de dix ans. Cela en disait long sur la solitude dans laquelle il vivait.

Son désir d'être le fils parfait du grand Dr Marshall Collins lui avait coûté son bonheur, mais au moins s'était-il ressaisi à temps. Il avait refusé la résidence en chirurgie dont il ne voulait pas. Il avait pris là une bonne décision, mais Marshall ne lui avait pas parlé durant des années.

Il avait fallu qu'il fasse une brillante communication lors d'un des plus importants colloques de médecine d'urgence du pays pour que son père reprenne contact avec lui. Leur relation restait plus professionnelle que personnelle, mais Eli gardait l'espoir qu'un jour Marshall se montrerait enfin plus chaleureux avec lui. À condition qu'Eli connaisse une certaine réussite…

Il resta un long moment les yeux fixés sur la porte de la salle de repos du personnel. Amara n'était pas dans son hôpital. Ce n'était *pas possible.*

Elle avait décroché un poste dans un prestigieux centre hospitalier universitaire huit jours avant d'obtenir son diplôme d'infirmière. Et quinze jours après, ils avaient rompu. Elle avait fêté son succès avec ses amis tandis qu'Eli était resté à l'écart dans un coin de la salle. Il aurait voulu aller la rejoindre, lui dire à quel point il était fier d'elle et se joindre à la fête. Mais il avait eu peur de la supplier de le reprendre. Alors, après s'être excusé, il avait quitté la soirée. C'était l'un des nombreux épisodes de son passé qu'il aurait voulu pouvoir changer.

Mais il n'y avait pas de bouton de rembobinage pour la vie.

S'il n'avait pas choisi la chirurgie, il ne songeait pourtant qu'à sa carrière. Il avait de l'ambition pour le Boston General et voulait en faire un établissement d'exception, jouissant d'une réputation d'excellence, reconnue de tous.

Et il voulait être reconnu, lui aussi.

Car, malgré sa réussite personnelle, il restait dans l'ombre de son père. Il y avait toujours quelqu'un pour lui demander s'il était de la famille du Dr Marshall Collins et, lorsqu'il avouait être son fils, son interlocuteur écarquillait inévitablement les yeux. Il était alors bombardé de questions sur son illustre père, et avait le sentiment de ne plus exister.

« Tu es à la hauteur… » C'était ce que lui répétait Amara,

autrefois. Après toutes ces années, il s'en souvenait encore, et c'était à la fois un soutien et une torture.

Bien souvent, il avait songé à lui téléphoner. Juste pour prendre de ses nouvelles. Savoir ce qu'elle était devenue. Mais il en avait été incapable, tant il craignait d'apprendre qu'elle avait un mari, des enfants. Comment se résoudre à accepter l'idée qu'il l'avait définitivement perdue ?

— Gina nous quitte, elle a trouvé un job à Baltimore, dit en soupirant Susan Gradeson, l'infirmière en chef du service des urgences.

Elle était venue dans le bureau des infirmières mettre son ordinateur portable à charger.

— Heureusement, reprit-elle, l'une des nouvelles recrues accepte de prendre sa place.

Avant qu'Eli n'ait eu le temps de l'interroger, elle repartit en trombe.

Le service des urgences du Boston General avait l'un des taux d'activité les plus élevés du pays. Les médecins et les infirmières s'en servaient comme tremplin pour intégrer l'un des centres hospitaliers universitaires figurant en bonne place dans le classement national. Si seulement le Boston General entrait dans cette liste, peut-être serait-il alors plus difficile pour les autres hôpitaux de lui voler ses plus brillants éléments. Eli lui-même s'était vu souvent proposer des postes dans ces établissements de grande renommée, mais il adorait le chaos du Boston General et déclinait systématiquement les offres de ce genre.

Son téléphone portable émit un signal et sa nièce Lizzy, les joues barbouillées de chocolat, apparut sur l'écran. L'enfant agitait la main en direction de la caméra.

S'isolant dans un coin, il appela sa mère en vidéo. Dès la naissance de sa petite-fille, elle avait pris son rôle de grand-mère très à cœur. Et elle s'était opposée à ce qu'Eli engage une nounou lorsque, huit mois plus tôt, Lizzy était venue vivre avec lui. Que serait-il devenu sans la présence apaisante de sa mère ?

Jamais il ne se serait attendu à tenir le rôle de père. Marshall ne lui avait pas montré le meilleur exemple, mais Eli faisait de son mieux, et espérait ne pas commettre trop d'erreurs.

Lizzy agita de nouveau la main. Eli ressemblait beaucoup à son frère Sam – dont la petite fille ne gardait qu'un vague souvenir.

Eli ne s'était toujours pas remis de la disparition de Sam, mais il avait Lizzy. Et maintenant qu'il s'était chargé de l'élever, il devait remplir sa mission sans montrer à l'enfant combien il était terrifié.

Oubliant ses soucis, il afficha un grand sourire.

— Coucou, ma puce ! fit-il à sa nièce, assise dans sa chaise haute.

Elle faisait le pitre avec un morceau de pudding et il rit.

— Elle en a mangé beaucoup ? demanda-t-il à sa mère.

— Pas mal ! J'allais lui donner son bain et je me suis dit qu'elle pouvait bien s'amuser un peu avant. Tous les enfants de deux ans adorent jouer avec du gâteau. J'ai une photo de toi et… de Sam, le visage barbouillé de sucre.

Eli aperçut du coin de l'œil une infirmière aux cheveux noirs. *Amara ?* Le temps qu'il se tourne pour mieux voir, elle était déjà entrée dans la chambre d'un patient.

Pourquoi son cerveau lui jouait-il des tours, cette nuit ?

— Regarde ! dit Lizzy en gloussant tandis qu'elle émiettait le pudding de ses petits doigts potelés.

Concentre-toi. Il secoua la tête et sourit à l'enfant.

— Tu es vraiment un petit diable… Un mignon petit diable.

— Papa !

Il sentit son estomac se nouer. C'était comme s'il volait ce titre à Sam.

— C'est oncle Eli, mon cœur.

— Papa, dit de nouveau Lizzy.

— Bon, je vais aller la laver, dit sa grand-mère.

Elle souriait, mais ses yeux étaient brillants.

— Elle peut dire « papa », Eli. Peut-être en a-t-elle besoin. Sam comprendrait.

— Probablement.

Une dernière fois, il agita la main, puis sa mère coupa la connexion vidéo.

Il n'était pas le père de Lizzy. C'était Sam, le père. Il le serait toujours.

Mais il était parti.

Il était mort avec sa femme Yolanda dans un accident d'avion en se rendant à un congrès de chirurgie. Lizzy commençait alors tout juste à prononcer ses premiers mots.

Comme *papa*, par exemple.*Papa…* Ce mot signifiait tellement de choses. Eli se sentait encore perdu, mais Lizzy était sous sa responsabilité. *Non*, elle était sa fille. Lorsqu'elle serait plus grande, il ferait en sorte qu'elle en sache le plus possible sur ses parents.

Après tout, Sam incarnait l'image du fils parfait. Il était celui qui avait marché sur les traces de son père, même s'il avait refusé de jouer le moindre rôle dans le centre de recherche de Marshall après la grossesse de Yolanda. C'était tellement injuste que ce soit lui, Eli, qui mette désormais la fille de Sam au lit, qui la regarde faire ses pitreries, à qui il reviendrait de planifier son avenir.

Et c'était lui qui se faisait appeler « papa ».

Lorsque, huit jours après la naissance de Lizzy, Sam et Yolanda lui avaient demandé de devenir le parrain de leur fille, il avait accepté sans la moindre hésitation, et sans imaginer un seul instant avoir un jour la garde de l'enfant. Il aimait Sam, même s'il ressentait toujours une pointe de jalousie en le voyant avec sa femme et sa fille. Mais fonder une famille ne faisait pas partie de ses projets.

Dans les jours affreux qui avaient suivi l'accident, Eli avait été dévasté. Il avait pris Lizzy dans ses bras, se jurant de l'élever avec tout l'amour que Sam lui aurait donné. Il serait à la fois un père extraordinaire et un urgentiste de premier ordre. Les patients *et* Lizzy seraient ses priorités. Il pouvait y arriver – *il le devait.*

Il se tourna vers la porte de la chambre où l'infirmière aux cheveux noirs avait disparu depuis un bon moment déjà. Peut-être le patient posait-il problème, peut-être avait-elle besoin d'aide…

Il devait aller voir. Pour lui prêter main-forte, bien sûr. Pas pour se prouver à lui-même que ce n'était pas Amara.

Avant qu'il n'ait atteint la porte, Susan l'arrêta.

— J'ai dans la chambre 7 un gamin à qui on doit poser des agrafes, et dans la chambre 4 un homme âgé qui devra sans doute être hospitalisé pour une pneumonie. Ai-je une chance que vous les sortiez de *mon* service ?

— *Votre* service… ? Si je ne me trompe pas, c'est moi le médecin chef des urgences, ce soir.

— Et alors ? fit-elle d'un ton rieur en se dirigeant vers une autre chambre.

C'était une plaisanterie récurrente entre Susan et lui. L'infirmière en chef était en fonction au Boston General depuis beaucoup plus longtemps que n'importe qui d'autre et elle menait son monde à la baguette. Quand Susan Gradeson ordonnait quelque chose, tout le monde s'inclinait.

Eli regarda une dernière fois derrière lui. La mystérieuse infirmière n'avait toujours pas réapparu. Il tenta de se convaincre que ce n'était pas Amara. *Ce n'était pas elle.*

Il lui restait encore quelques heures avant de terminer son service. Il reverrait sans doute la jeune femme aux cheveux noirs avant de rentrer chez lui. Il pourrait alors cesser d'imaginer qu'un miracle s'était produit.

Il aimait toujours Amara, mais il avait appris à vivre sans elle.

Amara n'osait pas sortir de la chambre. Eli était *là*.

Elle sentait son cœur battre à tout rompre et ses joues s'embraser tandis qu'elle s'attardait plus que de raison auprès de la patiente. La jeune femme, arrivée aux urgences à la suite d'une consommation excessive d'alcool, attendait l'autorisation de sortir de l'hôpital. Après s'être assurée qu'elle ne souffrait pas de commotion cérébrale et saurait reconnaître les signes d'une hémorragie interne, Amara cherchait désespérément quoi faire pour justifier sa présence dans la chambre.

Elle avait quitté son poste au Massachusetts Research après que sa liaison avec le Dr Joe Miller avait pris fin devant tous ses collègues. Elle avait réussi à garder la tête haute, mais lorsque Joe était sorti, presque aussitôt après, avec sa collègue aux urgences, Kathleen Hale, les ragots étaient allés bon train. Et les langues s'étaient déchaînées lorsque, quelques semaines plus tard, ils avaient annoncé qu'ils allaient se marier.

Amara, qui songeait depuis des années à changer de poste, avait vu dans sa rupture avec Joe l'occasion de passer à l'acte. Mais elle allait désormais devoir travailler avec un autre de ses ex – alors qu'elle ne s'était jamais complètement remise de leur séparation.

Amara se considérait comme une femme indépendante. *Indépendante...* Cela sonnait mieux que de reconnaître qu'elle avait peur de s'engager. Peur de renoncer à ses rêves pour permettre à quelqu'un d'autre d'atteindre ses objectifs. Peur de se perdre dans une relation où elle était censée s'épanouir.

C'était cette peur qui l'avait poussée à quitter Eli. Elle avait fait le bon choix, même si, parfois, la nuit, de profonds regrets la tenaient éveillée.

Cela n'aurait pas marché entre eux, se répétait-elle depuis des années. Il cherchait la gloire, comme son père à elle. Et ce besoin de réussite pouvait être terriblement destructeur. Sa mère s'était sacrifiée pour son père sans rien obtenir en retour, pas même lors de son cancer du sein. Son mari avait continué de s'investir corps et âme dans ses affaires, cherchant des financements pour la start-up qu'il venait de monter. Sa mère s'était battue contre la maladie sans le moindre soutien de son mari. Et lorsqu'elle avait perdu la bataille, lors de ses derniers instants, c'était Amara qui lui avait tenu la main, pas l'homme auprès duquel elle avait vécu durant près de quarante ans.

La patiente toussota et Amara se sentit rougir. La jeune femme n'avait fait aucun commentaire sur sa présence prolongée dans la chambre, mais elle ne quittait pas du regard Amara qui faisait l'inventaire des stocks dans le placard.

Amara soupira. Quelle lâcheté ! Elle devait sortir de cette pièce et faire comme si Eli n'était qu'un des urgentistes de cet hôpital. Le Boston General était censé lui permettre de prendre un nouveau départ. *Et Eli était là.*

Pourquoi fallait-il qu'il soit aussi beau ?

Lors de ses études, Eli avait été très beau, et les dix années qui venaient de s'écouler n'avaient en rien altéré son physique. Avec sa haute stature, ses larges épaules et ses épais cheveux noirs, il était toujours le beau garçon avec qui toutes les filles de la fac rêvaient de sortir. Sauf qu'à présent il n'était plus étudiant, mais médecin urgentiste. *Pas chirurgien.*

Elle se réjouissait qu'il ait fini par suivre sa propre route. Mais que faisait-il au Boston General ?

Elle s'était imaginé qu'il était parti à Chicago et, chaque année, le cherchait malgré elle sur la liste des meilleurs chirurgiens. Il avait affirmé vouloir devenir aussi célèbre que son père, mais il n'en prenait pas le chemin, en travaillant au Boston General.

Installé dans une ville riche en prestigieux hôpitaux universitaires, le Boston General ne cherchait pas les gros investisseurs, dont les exigences auraient pu empêcher l'argent de l'hôpital d'aller en priorité aux patients. Aussi le Boston General avait-il de façon chronique de grosses difficultés financières. Nombre de ses médecins et infirmières parmi les plus talentueux partaient vers d'autres établissements qui avaient, eux, des fonds importants pour la recherche, de beaux bâtiments flambant neufs et des horaires de travail moins lourds.

La rotation constante du personnel du Boston General était connue de tous, et c'était ce qui avait poussé Amara à postuler lorsqu'elle avait décidé de prendre un nouveau départ.

Si elle avait su qu'Eli travaillait dans cet hôpital… Mais peu importait. Elle n'allait certainement pas démissionner.

Redressant les épaules, elle quitta la chambre. Et faillit entrer en collision avec Susan, l'infirmière en chef.

— Désolée ! dit-elle en regardant instinctivement par-dessus l'épaule de Susan.

Eli n'était plus là.

— Il n'y a pas de mal, dit Susan. Vous vous appelez… ?

— Amara.

La veille, lorsque Susan avait annoncé aux nouvelles recrues qu'elle avait besoin de quelqu'un aux urgences le lendemain soir parce qu'elle était à court de personnel, elle avait dû retourner immédiatement à son poste et n'avait même pas noté le nom d'Amara.

— Vous cherchez quelqu'un ? demanda Susan en voyant Amara vérifier de nouveau qu'Eli n'était pas en vue.

— Un médecin… Je… Non, bafouilla-t-elle.

Susan n'insista pas, et enchaîna :

— Au fait, puisque nous avons un moment, je voulais vous demander : accepteriez-vous de nous donner un coup de main pour la fête de la Santé, dans quelques semaines ? Tous les services de l'hôpital tiennent des stands. Plusieurs médecins des urgences ont le leur. Il y a un concours et le gagnant décroche deux jours de vacances supplémentaires.

Eli appréciait sûrement. Il adorait les concours. Quand il était étudiant, il participait à tous ceux qui se présentaient.

Elle devait cesser de penser à lui. Elle ouvrait un nouveau chapitre de sa vie, et le Dr Eli Collins n'en faisait pas partie.

— Vous pouvez m'inscrire sur la liste des bénévoles. J'aiderai n'importe quel stand qui aura besoin de renfort.

— Peut-être voulez-vous d'abord savoir quels sont les médecins qui participent au concours. Cette manifestation sert avant tout à aider la communauté, mais la compétition…

Amara l'interrompit.

— Oh ! je n'ai pas besoin de jours de congé en plus.

Son père vivait désormais en Californie avec sa nouvelle épouse et elle n'avait pas l'intention d'aller les voir. D'ailleurs, elle n'avait pas été invitée. Jovan Patel s'était remarié très vite après le décès de sa femme. Son veuvage avait été de courte durée.

Une infirmière passa en courant devant Amara et Susan.

— Nous avons les victimes d'un carambolage entre quatre voitures qui arrivent !

— Le Dr Collins était avec sa fille au téléphone, lança Susan. Mais il est peut-être dans la chambre 7 maintenant, en train de poser des agrafes, et le Dr Stanfred est dans la chambre 6.

Amara frissonna. Eli avait une fille. Peut-être même une femme. Le cœur battant à tout rompre, elle se dirigea vers le parking des ambulances. C'était sûrement à cause des nombreux blessés qui arrivaient, pas à cause d'Eli.

Si elle parvenait à s'en convaincre, comme la vie serait plus simple !

Amara rejoignit Eli, qui courait à côté d'un brancard transportant un enfant. Ce n'était pas le moment de se laisser envahir par les émotions.

Si Eli fut surpris de la voir, il n'en montra rien.

— Savez-vous quel âge a cet enfant, Javier ? demanda-t-elle à l'ambulancier.

— Non, désolé.

— Dites-moi ce que nous savons pour l'instant, ordonna Eli en les guidant vers une salle d'examen.

Javier était déjà en train de transmettre le dossier de l'enfant à l'assistant chargé des admissions.

— Il était sur la banquette arrière. Une voiture a embouti la portière côté conducteur, c'était sa mère qui était au volant. L'enfant était derrière elle.

— Et la mère ? demanda Amara en enfilant une paire de gants.

Javier baissa la voix.

— Meredith et Landon l'ont amenée ici. Elle est partie directement en salle d'opération.

Il regarda l'enfant, et Amara le vit frissonner.

— Je ne sais pas si le petit sera en mesure de vous donner des informations, mais vous pourriez… Mais je dois y aller, deux personnes sont restées coincées dans une autre voiture.

La mère du petit garçon ne survivrait peut-être pas à l'accident. C'était ce que Javier n'avait pas pu formuler à voix haute. L'enfant semblait ne pas avoir plus de cinq ans. Le cœur d'Amara se serra. Elle était adulte lorsqu'elle avait perdu sa mère, et sa vie en avait été bouleversée.

Qu'arriverait-il si… ?

— Amara ? fit Eli.

— Contente de vous revoir, docteur Collins, répondit-elle avec un sourire.

L'enfant avait une plaie au-dessus de l'œil et Amara s'assit sur le lit pour nettoyer le sang qui avait séché autour. Elle avait les nerfs à vif.

— Je vais juste regarder tes yeux, dit Eli en se penchant vers l'enfant, une lampe-stylo à la main.

— Maman ! cria le petit garçon en tirant sur la minerve qui lui soutenait le cou.

Amara lui caressa doucement le menton de ses mains gantées. En général, ce geste apaisait les jeunes enfants.

— Le Dr Collins et moi, nous allons prendre soin de toi pendant que d'autres médecins s'occupent de ta maman. Peux-tu me dire comment tu t'appelles ?

— Maman ! cria de nouveau l'enfant.

— Salut, bonhomme ! dit Eli en se penchant vers lui.

Et il lui tira la langue.

C'était ridicule. Pourquoi agissait-il ainsi ?

Le petit garçon cligna des yeux et, à son tour, lui tira la langue. Eli fit une autre grimace, qui déclencha un grand éclat de rire chez le petit patient.

Amara ne put, elle non plus, se retenir de rire. De toute évidence, Eli savait calmer les enfants.

Il est père, se rappela-t-elle.

— Ta langue est très belle, dit Eli, admiratif. Maintenant, dis-moi comment tu t'appelles ?

L'enfant pinça les lèvres et voulut signifier son refus de répondre en secouant la tête, mais la minerve l'en empêcha et il gémit.

— Ses yeux semblent normaux et, mis à part les plaies au front et au menton, il ne semble pas avoir d'autres blessures à la tête, dit Eli. Peux-tu me dire ton nom ? Nous avons vraiment besoin de le connaître, mon bonhomme.

L'enfant restait silencieux. Il toucha de nouveau sa minerve, puis, manifestement terrifié, regarda fixement la porte.

Amara lui sourit.

— Tu ne pourras pas bouger la tête tant qu'El…

Elle s'arrêta, rougissante. Ils étaient au travail. Elle ne pouvait appeler Eli par son prénom.

— … tant que le Dr Collins et moi n'aurons pas vérifié que tu vas bien, se reprit-elle. Alors, nous pourrons t'enlever cette minerve.

Comme le garçon ne disait rien, elle changea de tactique.

— On va jouer à un petit jeu. Tu me serreras la main une fois si la réponse est oui, et deux fois si c'est non. Tu as compris ?

Elle sentit une légère pression sur sa paume.

— Je parie que ta maman t'a dit de ne jamais parler aux inconnus, pas vrai ?

Une nouvelle fois, l'enfant lui serra doucement la main.

— Ta maman a très bien fait, dit-elle.

Elle lui essuya de nouveau le sang qui coulait de son front. Il allait falloir recoudre la plaie.

— Elle a dû aussi te dire que, si jamais tu te perdais, tu pouvais parler à des policiers ou à des pompiers ?

L'enfant lui serra la main une fois tandis que ses yeux se remplissaient de larmes. Amara aurait tant voulu le consoler. Elle lui caressa la joue.

— Eh bien, nous venons en aide aux gens, comme les policiers et les pompiers. Je m'appelle Amara, et je suis infirmière. Et voici le Dr Collins.

— Eli, corrigea-t-il.

Sa voix apaisante troubla Amara, mais le moment était mal choisi pour se laisser aller.

— Maintenant que tu nous connais tous les deux, peux-tu me dire ton nom ? demanda-t-elle de nouveau à l'enfant.

— Ricky, fit-il d'une voix à peine audible.

— Quel âge as-tu, Ricky ?

— Cinq ans et demi.

Eli adressa un sourire à Amara. Ils avaient formé une bonne équipe, autrefois. Cela au moins n'avait pas changé.

— Ricky, je voudrais que tu me dises si tu as mal quelque part.

— J'ai mal au ventre, dit l'enfant.

Ses yeux bleus étaient baignés de larmes.

Amara se redressa et lui pressa la main.

— Je vais relever ta chemise pour que le Dr Eli puisse voir ton estomac.

Ricky avait de grosses ecchymoses sur la poitrine, à l'endroit où la ceinture de sécurité l'avait comprimé. C'était sans doute douloureux, mais la ceinture lui avait probablement sauvé la vie.

Comme Eli lui palpait le ventre, l'enfant rit, pour le plus grand soulagement d'Amara.

— Ricky, dit Eli, je pense que ton ventre n'a rien, mais pour en être sûr, je vais demander qu'on te fasse quelques radios. Et maintenant, il faut que je t'examine entièrement.

Il regarda Amara. Était-il heureux de sa présence ? Ennuyé ? Déstabilisé ? Elle n'aurait pas dû s'en soucier. Si seulement ce genre de questions pouvait lui être épargné…

Elle fit de son mieux pour distraire l'enfant pendant qu'Eli l'examinait. Elle lui parla de son chat, du jour où il avait fait tomber une tasse de lait du comptoir de la cuisine. Le sourire timide qui éclaira brièvement le visage du petit garçon fut la plus belle des récompenses. C'était pour des moments pareils qu'elle avait voulu être infirmière. Pour rendre un peu meilleure la journée horrible d'un patient.

Comme Eli palpait les pieds de Ricky, celui-ci recroquevilla les orteils et partit d'un rire nerveux. Il semblait être en assez bonne forme. *Au moins physiquement.* Si sa maman… Amara ne voulait pas y penser. Le Boston General était un excellent centre de traumatologie. La maman de Ricky était en de bonnes mains.

— Mon chien s'appelle Ketchup, dit Ricky. Comment s'appelle votre chat ?

— Pepper, répondit aussitôt Amara.

Son chat était mort plusieurs mois auparavant, mais elle continuait de régaler les gens avec ses aventures. Les exploits de Pepper distrayaient les patients depuis des années. Les bêtises de son chat avaient toujours fait rire Amara, et ses câlins l'avaient réconfortée quand elle traversait des moments difficiles. Il lui arrivait encore, lorsqu'elle rentrait chez elle, de le chercher du regard.

— Je crois qu'on peut t'enlever cette minerve, dit Eli.

Amara s'en chargea, tout en continuant de parler de Pepper. Les rires de Ricky lui faisaient du bien.

Susan entra dans la pièce.

— L'ambulance vient de nous envoyer un message radio. Ils ont réussi à désincarcérer les occupants de la voiture qui suivait celle de ce petit garçon et de sa maman. Comment cela se passe-t-il, ici ?

— Il y a des plaies à recoudre, et je veux une radio et une échographie de son abdomen, mais Mlle Patel et moi nous en occuperons plus tard.

Mlle Patel…

Eli n'avait visiblement aucun mal à la considérer comme une simple collègue. Pourquoi en aurait-il été autrement ? Elle avait mis fin à leur relation, mais pas parce qu'elle avait cessé de l'aimer.

Cependant, il l'avait laissée partir…

— Ricky n'a que cinq ans, dit-elle. Je devrais rester auprès de lui.

— Non !

Le ton autoritaire la surprit. Redressant les épaules, elle le défia du regard.

— Eli, nous ne pouvons pas le laisser tout seul. Sa mère…

— Nous sommes au Boston General, coupa Eli. Tout le personnel soignant doit être sur le pont. *Si* vous devez travailler ici, vous feriez bien de vous y habituer.

Si ? Comment osait-il ? Elle n'essayait pas de se soustraire à ses obligations. Ils ne pouvaient pas laisser tout seul un enfant blessé. Il risquait de sortir de la pièce, et de se faire mal. Eli était père, il devait certainement comprendre pourquoi elle s'inquiétait.

— Amara, dit Susan, nous avons besoin de tout le monde pour soigner les blessés qui vont arriver. J'ai appelé l'un de nos bénévoles, Stephen. Il est père et grand-père. Il tient souvent compagnie à nos jeunes patients en attendant l'arrivée des parents ou des services sociaux.

Un vieux monsieur qui ressemblait beaucoup au Père Noël entra dans la pièce avec un sac à dos rempli de jouets.

— Salut, mon bonhomme, dit-il en souriant à l'enfant.

— Il s'appelle Ricky, dit Amara.

— Eh bien, Ricky, je vais rester avec toi un petit moment.

Stephen posa quelques jouets sur le lit devant Ricky qui ouvrit de grands yeux.

Eli sortit sans attendre Amara. Aucune importance. Il ne s'agissait que de travail. Et si leurs emplois du temps ne coïncidaient pas, ils passeraient sans doute des semaines sans se voir. Sauf qu'ils étaient au Boston General. Si elle restait, elle allait voir Eli très souvent.

Elle s'y ferait. *Elle le devait.*

Prenant une profonde inspiration, elle quitta la pièce. Si Eli n'appréciait pas sa présence ici, il n'aurait qu'à se chercher un poste ailleurs.

Elle n'allait certainement pas prendre la fuite.

2.

Elle était ici. Eli essayait de garder la tête froide, malgré son envie de hurler de joie. *Amara était ici.*

Il devait trouver un moyen de contrôler ses émotions.

Pourquoi lui avait-il crié dessus ?

Il se serait volontiers donné des gifles, mais ce n'était pas le moment. Il ne lui avait pas menti. Ils avaient besoin de tout le personnel disponible pour prendre en charge les blessés qui arrivaient. Mais s'il avait demandé à Amara de la suivre, c'était aussi parce qu'il était terrifié à l'idée qu'elle puisse de nouveau disparaître.

Il ne savait pas encore pourquoi elle était venue travailler au Boston General, mais elle serait un sérieux atout pour le service. Et il la verrait presque tous les jours.

Pourtant, il devait se calmer. Amara était gentille, intelligente et ravissante. Sans doute était-elle mariée et mère de famille. Travailler avec elle allait être un rêve.

Et un cauchemar.

La façon dont elle avait rassuré Ricky l'avait impressionné. Elle avait su être tout à la fois calme, autoritaire et réconfortante. Lui-même n'était pas très à l'aise avec les enfants. Il avait l'impression de jouer la comédie. Même avec Lizzy. Il avait peur de ne pas lui montrer assez d'affection. Pour rien au monde il ne voulait que la petite fille s'imagine devoir gagner son amour.

Comme il avait dû le faire avec son propre père.

Le Dr Griffin Stanfred et Renee, une infirmière, étaient déjà là pour accueillir la première blessée, une femme âgée couverte de sang, mais consciente. Griffin l'emmena directement en salle de traumatologie.

Javier, l'ambulancier qui avait amené Ricky, arriva avec l'autre patient.

— Jambes écrasées, traumatisme crânien. On a déjà dû le ranimer une fois.

Le visage d'Amara se crispa. Tandis qu'ils se dirigeaient vers la salle de traumatologie n° 2, Eli croisa son regard. Ils savaient tous les deux que leurs chances de sauver ce patient étaient très minces.

Certaines nuits, il détestait son travail.

Susan et deux autres infirmières les attendaient dans la salle de traumatologie n° 2. Avant qu'ils n'aient eu le temps de transférer le blessé sur le brancard de l'hôpital, l'homme perdit de nouveau connaissance. Eli commença une réanimation cardiopulmonaire.

Il leur fallut plus d'une heure pour stabiliser le patient et l'emmener enfin au bloc opératoire. L'homme souffrait d'un pneumothorax et d'une hémorragie interne, des blessures qui pouvaient déjà être fatales chez quelqu'un en bonne santé, mais chez une personne âgée…

Eli soupira. Certaines nuits, ils n'avaient à traiter que des maux bénins qui ne nécessitaient pas de faire appel aux urgences. Et il trouvait ces nuits-là très ennuyeuses. Il préférait de loin la fièvre qui régnait dans le service lorsqu'il s'agissait de sauver la vie d'un patient.

— Ça va ? demanda doucement Amara.

Un bref instant, il fut tenté de répondre : *Non !*

Il avait mené une vie de fou – et c'était encore le cas aujourd'hui. Ces derniers mois, il était passé de la situation de médecin célibataire consacrant presque tout son temps à l'hôpital à celle de père élevant seul un enfant.

La transition était terrifiante, et il aurait voulu pouvoir en parler à Amara. Lui expliquer les peurs auxquelles son nouveau statut de père le confrontait.

Autrefois, elle avait été son refuge, la gardienne de ses secrets. Celle qui l'écoutait parler de ses rêves. Qui le voyait comme Eli, et non comme le fils du Dr Marshall Collins. Mais aujourd'hui, elle n'était plus que sa collègue. Rien d'autre.

— Tout va bien, dit-il.

Elle haussa un sourcil et secoua la tête.

— Je ne suis pas sûre de te croire.

Mais elle n'insista pas.

— C'est gentil de t'inquiéter, mais je vais bien, je t'assure. C'est juste le coup de mou qui suit une poussée d'adrénaline. Désolé de t'avoir crié dessus, tout à l'heure. Ce n'était pas professionnel, et parfaitement déplacé.

— Merci de tes excuses, dit-elle en hochant la tête.

Il essaya de penser à autre chose qu'à son envie de l'embrasser.

— Je n'arrive toujours pas à croire que tu sois au Boston General.

— C'est moi qui devrais être surprise ! dit-elle avec un petit rire. Que fait le Dr Eli Collins au Boston General ? Et au service des urgences !

— J'ai annoncé à mon père que je ne serai pas chirurgien le lendemain du jour où tu m'as quitté…

Elle ouvrit la bouche, et il se sentit rougir. Pensait-elle qu'il aurait dû l'appeler, à l'époque ? Il y avait si souvent songé…

— Il… Heu… Il n'a pas très bien pris ma décision, fit-il avec un petit rire gêné.

Elle lui posa un bref instant la main sur le bras.

— Je suis désolée, Eli.

— Il ne faut pas. Aux urgences, je me sens bien. C'est là qu'est ma place.

Son père n'accorderait peut-être jamais aucune valeur à ses succès professionnels et il en souffrait, mais il se sentait chez lui aux urgences.

— Oui, c'est vrai, dit-elle avec un sourire éclatant.

Il adorait son métier. Toutes les femmes avec qui il était sorti depuis sa rupture avec Amara s'en étaient plaintes, et lui avaient reproché d'être marié avec son métier. C'était vrai. Ou plutôt, cela l'était jusqu'au jour où Lizzy était venue vivre avec lui.

À présent, il essayait de combiner deux impératifs : doter le service des urgences du Boston General d'une réputation d'excellence, et être en même temps un père très présent pour

Lizzy. Trouver un équilibre entre ces deux objectifs était la nouvelle mission qu'il s'était fixée. Il pouvait y arriver, même si Marshall, lui, n'y était pas parvenu.

Que penserait Amara de la promesse qu'il s'était faite d'être chez lui le plus souvent possible ?

Il chassa aussitôt l'espoir qui venait de naître en lui.

— Pourquoi es-tu ici, Amara ? Pourquoi le Boston General ?

— J'avais besoin de changement, répondit-elle en détournant le regard.

Que lui était-il arrivé ? Il s'abstint de l'interroger, devinant que la question lui déplairait.

— Eh bien, dit-il, le Boston General est l'endroit idéal pour cela. Ici, c'est souvent le chaos. Nous manquons de personnel et nous accueillons beaucoup plus de personnes sans assurance santé que n'importe quel autre hôpital. Certaines nuits, c'est vraiment la folie. Mais avec quelques améliorations, nous pourrions vraiment devenir les meilleurs de la ville, Amara.

— Merci de me prévenir, dit-elle. J'y arriverai, Eli.

— Je n'en doute pas.

Elle hocha la tête et se dirigea vers le bureau des infirmières. En passant devant lui, elle l'effleura presque de l'épaule. Il aurait voulu qu'elle le touche, même par accident.

Comme elle lui avait manqué ! Il lui avait fallu presque un an pour se remettre de leur séparation. Non. En réalité, il ne s'en était jamais vraiment remis. Il avait simplement appris à vivre avec un cœur amputé de ce qu'il avait de plus cher.

Mais l'hôpital et les patients restaient sa priorité. Il était en train de chercher une forme d'équilibre maintenant qu'il avait la charge de Lizzy, mais il était avant tout médecin – et il le serait *toujours*. Et, un jour, il figurerait dans le classement annuel des meilleurs praticiens.

Tout cela ne l'empêchait pas d'éprouver toujours le même désir ardent pour Amara.

Et il allait la retrouver ici tous les jours.

Pourrait-il travailler avec elle ? Bien sûr. C'était une excellente infirmière, et elle serait un solide atout pour l'hôpital. C'était tout ce qui comptait. Elle était désormais une collègue, lui soufflait la voix de la raison.

Mais son cœur lui disait autre chose.

Amara étouffa un bâillement. Sa nuit de travail s'achevait par la rédaction de divers rapports. La fin de la garde avait été relativement calme, et Eli et elle avaient réussi à s'éviter la plus grande partie du temps. Ce qui aurait dû lui faire plaisir. Pourtant, elle n'avait pu s'empêcher de le guetter un nombre considérable de fois.

Son cœur se serrait lorsqu'elle se rappelait leur brève conversation. Elle se réjouissait qu'il ait finalement opté pour le service des urgences. Mais lorsqu'il avait décrit le Boston General comme potentiellement le meilleur hôpital de la ville, sous réserve de quelques changements, elle avait senti un long frisson la parcourir.

Eli se préoccupait visiblement encore beaucoup de ce classement annuel. Y figurer en bonne place lui procurerait la reconnaissance dont il pensait avoir besoin. Il ne s'était pas libéré de la vision du succès que lui avait inculquée son père.

Le Boston General n'avait pas besoin de changer. Sa particularité était d'être entièrement centré sur ses patients, plutôt que sur la collecte de fonds, les honneurs ou les récompenses. Il était simplement au service de la communauté, et qu'on ne lui rende pas hommage autant qu'il le méritait était une véritable honte. Du moins était-ce l'opinion d'Amara.

Elle devait cesser de penser à Eli. Mais après leur dernier patient, il lui avait paru un peu perdu. Malgré la confiance en lui qu'il affichait volontiers, il souffrait encore d'une certaine insécurité, elle le sentait. Et peut-être aussi d'une grande solitude.

Sans doute la fatigue lui brouillait-elle les idées. Eli avait une fille, une famille. Pourquoi se sentirait-il seul ? Elle-même prenait un nouveau départ, ce qui impliquait de regarder devant elle et d'oublier le passé.

Le quitter avait été très douloureux, car elle l'aimait. Mais elle était décidée à avoir un vrai partenaire, quelqu'un qui ne sacrifierait pas sa vie de famille au profit de sa réussite sociale et professionnelle. Elle refusait de vivre dans l'ombre d'un homme. Joe lui avait reproché de n'avoir pas vraiment besoin de lui, de prendre ses décisions sans le consulter. Mais dépendre de quelqu'un pouvait être très destructeur. En se cramponnant à cette idée, elle avait cru se protéger et éviter le sort de sa mère.

Elle avait eu besoin d'Eli, mais elle n'avait réalisé à quel point il lui était devenu indispensable qu'après l'avoir quitté. Pendant des mois, des années, elle avait cru son cœur mort à jamais.

En le quittant, elle avait fait le bon choix. Elle l'aimait tellement qu'elle se serait sans doute perdue en restant avec lui. Du moins était-ce ce qu'elle se racontait quand le souvenir de tout ce qu'ils avaient partagé la tourmentait.

Et, depuis, jamais elle n'avait éprouvé de sentiments aussi forts pour un homme.

— Amara ?

Eli lui tapotait l'épaule.

— Eli ?

Elle cligna des yeux et étouffa un bâillement.

— Excuse-moi. Tu as besoin de quelque chose ?

— Tu semblais perdue dans tes pensées.

— C'est le travail de nuit, l'esprit vagabonde plus facilement si les patients nous laissent un peu de répit.

— Étaient-ce des pensées agréables ?

— Heu… Non, répondit-elle en rougissant. Il vous faut quelque chose, docteur Collins ? demanda-t-elle de nouveau.

— Notre garde est terminée. Je voulais m'assurer que tu ne faisais pas d'heures supplémentaires.

Il adressa un petit signe de la main à un médecin qui venait d'arriver, puis se dirigea vers l'ascenseur. Amara prit son sac et lui emboîta le pas.

— Cela m'a fait plaisir de te revoir, Eli.

Avant qu'il n'ait eu le temps de répondre, son téléphone sonna et une image apparut sur l'écran – la photo d'une petite fille endormie qui suçait son pouce. L'estomac d'Amara se noua.

L'idée qu'Eli avait une famille, qu'une autre femme avait des droits sur lui, lui était insupportable.

Des années s'étaient écoulées depuis leur séparation. Qu'il ait tourné la page ne devait pas la faire souffrir. Son émotivité était due à la fatigue. Ce n'était rien d'autre.

— Moi aussi, j'ai été content de te revoir, dit-il en entrant dans l'ascenseur. À ton avis, combien de temps nous faudra-t-il pour arrêter de trouver bizarre de nous être retrouvés ainsi ?

Cela ne cessera jamais.

Elle eut un petit rire, dans l'espoir de cacher sa nervosité.

— Parce que ça t'a paru bizarre ?

Il se mit à rire, lui aussi.

— Oui, un peu.

— C'est vrai, admit-elle.

Entendre le rire d'Eli l'avait légèrement détendue. Ils y arriveraient – à travailler ensemble et à être amis.

Les portes de l'ascenseur s'ouvrirent sur le parking. Amara répondit d'un sourire au petit signe de la main d'Eli, qui s'éloigna.

— Au revoir, murmura-t-elle en cherchant ses clés de voiture dans son sac.

Demain serait une meilleure journée, moins riche en émotions maintenant qu'elle était préparée à revoir Eli. Elle ne serait plus aussi déstabilisée. Elle y arriverait.

— Ah, mince alors !

Le juron lancé par Eli retentit dans le parking alors qu'elle était en train d'ouvrir sa portière. Elle aurait pu prétendre n'avoir rien entendu, mais comment le laisser en plan sans savoir ce qui se passait ? Peu importait qu'Eli soit son ex. C'était un collègue pressé de rentrer chez lui après une longue nuit de travail.

Elle claqua sa portière et rejoignit Eli, dont la voiture était garée à l'autre bout du parking. En le voyant donner de coups de pied dans le sabot qui bloquait sa roue arrière gauche, elle ouvrit de grands yeux.

— Tu t'es fait mal ?

— Non ! J'ai oublié de renouveler mon passe pour le parking.

— Les règles de sécurité ont l'air particulièrement sévères, au Boston General. Presque partout ailleurs, on se contente de mettre un PV sur le pare-brise, non ?

— Ici, la gardienne prend son rôle très au sérieux.

Il composa un numéro sur son téléphone et tomba sur un répondeur.

— Fiona, je suis désolé pour le passe. J'ai complètement oublié ! Rappelez-moi, s'il vous plaît.

Il raccrocha avec un soupir exaspéré.

— Espérons qu'elle finira par rappeler. Mais si je ne veux pas rentrer trop tard chez moi, je ferais mieux de prendre un taxi.

— Tu veux que je te raccompagne ? demanda Amara.

Elle avait parlé sans réfléchir et ne pouvait désormais plus faire marche arrière.

— Mais tu dois me promettre de ne pas shooter dans mes pneus, fit-elle d'un ton enjoué.

Il la regarda sans rien dire, et elle se sentit mal à l'aise. Il lisait si facilement en elle.

Pendant près de trois ans, il avait été son refuge. La personne à qui elle confiait ses secrets et ses peurs. Aucun autre partenaire ne lui avait comme lui donné le sentiment d'être aimée et chérie.

Sauf que leur amour n'avait pas suffi pour qu'Eli la préfère, elle, à sa carrière professionnelle. Il voulait être le meilleur, et ce désir guidait tous ses choix. Elle était infirmière et, comme lui, se souciait de ses patients, mais elle accordait également beaucoup d'importance à la famille.

Eli n'avait toujours pas répondu à sa question. Elle haussa les épaules. Parfait. Elle n'allait pas le supplier de la laisser le reconduire chez lui.

— Je te souhaite une bonne journée, Eli.

Elle n'avait pas fait trois pas qu'il l'avait déjà rejointe.

— Et si un de tes pneus me semble bizarre ?

— Quoi ?

— J'ai le droit de donner des coups de pied dans ta roue, si un de tes pneus me paraît bizarre ?

Il lui fit un clin d'œil.

— D'habitude, mes blagues sont assez drôles, mais je suis fatigué. Je ferai mieux la prochaine fois.

— Oh ! mon Dieu, voilà qu'Eli Collins raconte des blagues minables, maintenant.

— Oui, j'en ai peur.

Les mains enfoncées dans les poches, il marchait à côté d'elle, s'adaptant à son rythme. Il faisait cela, autrefois. Il ralentissait le pas pour rester à sa hauteur. Pour être avec elle.

Mais si elle attachait trop d'importance à d'aussi petits détails, elle ne se faciliterait pas les choses, maintenant qu'elle allait devoir travailler avec lui.

Tout en guidant Amara pour le ramener chez lui, Eli envoya un texto à sa mère, la remerciant de la photo de Lizzy qu'elle venait de lui envoyer. Elle savait qu'il adorait en recevoir.

Il en était le premier surpris. Si son frère Sam avait toujours aimé les enfants au point de choisir la chirurgie pédiatrique, lui-même ne se sentait pas à l'aise avec eux. Il préférait les poussées d'adrénaline des urgences. Et il s'était tellement concentré sur son métier qu'il n'avait jamais songé à devenir père.

Non, c'était faux. Il y avait songé. Plus précisément, il s'était dit qu'Amara ferait une merveilleuse mère…

— Ta fille est adorable, dit Amara en jetant un coup d'œil sur une nouvelle photo qui venait d'apparaître sur l'écran du téléphone.

— Lizzy est ma nièce.

Il avait besoin qu'Amara le sache. Qu'elle sache qu'il ne l'avait pas remplacée. Elle avait dit vrai. La famille, c'était important. Il ne l'avait complètement compris qu'en se chargeant d'élever Lizzy.

— Sam et sa femme sont morts dans un accident d'avion il y a huit mois, et Lizzy est venue vivre avec moi.

— Je suis tellement désolée, Eli, dit Amara en lui pressant brièvement la main.

Ce simple contact embrasa sa peau. Il avait passé des années à rêver d'elle, et maintenant elle était là, tout près de lui, et il n'avait aucune raison valable pour lui prendre la main, la caresser, l'embrasser... Toutes ces choses qui lui avaient semblé naturelles et légitimes jusqu'au jour où elle était partie.

S'adossant à l'appui-tête, il pianota distraitement sur ses genoux.

— Je n'ai aucune expérience des enfants. Sam et Yolanda se sont connus lors d'un colloque de chirurgie pédiatrique, ils étaient tous les deux déjà parents dans l'âme. Moi, je ne suis pas vraiment sûr de ce que je fais.

— Je crois que c'est le cas de la plupart des parents. La majorité d'entre eux se posent beaucoup de questions.

— Et toi, tu as des enfants ?

— Non.

Elle avait répondu d'un ton léger, mais ses lèvres tremblaient.

— Je ne suis pas mariée.

— Moi non plus.

Pendant des années, il avait été jaloux d'un homme qui n'existait pas. Il s'était toujours imaginé qu'Amara trouverait quelqu'un. Un homme dont elle partagerait la vie, un homme qu'elle aimerait. Mais elle était seule. Pourquoi ? Il ne pouvait pas lui poser de questions. Il ne *devait* pas.

Le silence s'installa dans la voiture, bloquée à un feu rouge. C'était le début de la matinée, l'heure de pointe où la ville entière était embouteillée.

— Quel âge a Lizzy ? demanda soudain Amara.

— Presque deux ans. Je vais devoir lui organiser une fête d'anniversaire, dans quelques mois, dit-il d'un ton soucieux.

— Oh ! ce ne sera pas un problème, dit-elle avec un petit rire. Tu n'as pas à t'inquiéter. Il faut juste prévoir un gâteau et quelques cadeaux, c'est tout. Ce n'est pas difficile, d'organiser des fêtes. Si mes souvenirs sont bons, j'en avais organisé une petite pour toi, pendant ma dernière année d'études.

— Elle n'était pas petite du tout !

Amara lui avait fait une surprise en réunissant tous leurs amis. Ils avaient joué de la musique, dansé, et s'étaient beaucoup amusés. Tout avait été parfait – Amara avait été parfaite.

— J'avais eu des guirlandes au rabais parce qu'elles étaient restées trop longtemps en vitrine et qu'elles avaient pâli. Je n'ai fait des folies que pour les bougies d'anniversaire, qui se rallumaient comme par magie.

— J'ai adoré cette fête, dit-il en souriant. Mis à part les bougies. On a failli mettre le feu à l'appartement, avec ces étincelles qui partaient dans tous les sens.

— Mais non, ça n'aurait pas pu arriver !

Il rit.

— Bon, alors, quel genre de gâteau dois-je prévoir pour Lizzy ?

Il aurait voulu lui poser un autre genre de questions, comme : *As-tu pensé à nous deux, toi aussi, durant ces dix dernières années ?* Mais les fêtes d'anniversaire lui semblaient un sujet moins dangereux.

— Un joli gâteau bien décoré, répondit Amara. Tu trouveras sûrement un livre de recettes à l'épicerie. Lizzy est si petite encore ; l'essentiel, pour elle, c'est de se sentir aimée. C'est ce qui compte le plus, Eli.

— Je voudrais que cette fête soit parfaitement réussie. Que ce soit le plus beau des anniversaires !

Amara leva les yeux au ciel.

— Ne te mets pas la pression ! C'est une fête pour une toute petite fille. Elle aime les princesses ? Ou bien les fleurs ? Ou les super-héros ?

— Elle adore l'histoire de *La Princesse et le Crapaud.* Nous la lisons au moins dix fois par semaine. Elle adore aussi les poupées. Maman lui en a acheté une qu'elle promène partout avec elle. Elle l'a appelée Bébé.

— Eh bien, tu pourrais lui acheter un gâteau en forme de poupée. Je rêvais d'en avoir un, quand j'étais petite, mais ma mère faisait toujours mes gâteaux d'anniversaire elle-même. Ah, mais, j'y pense… Ce serait une solution. Tu pourrais faire le gâteau de Lizzy !

En lui lançant ce défi, elle avait le regard malicieux.

— J'ai comme l'impression que tu te moques de moi et de mes angoisses à propos de cette fête d'anniversaire…

Elle secoua la tête, mais affichait un petit sourire.

— Peut-être un peu… ou même beaucoup.

La circulation repartait, ce qu'Eli se prit à regretter. Il avait besoin de rentrer chez lui, mais la demi-heure qui venait de s'écouler lui avait presque donné l'impression de revivre le temps passé. Et il aurait voulu que cela ne prît jamais fin.

Une voiture était garée dans la petite allée devant chez lui. Il fronça les sourcils. Un autre jour, il aurait été excité que son père passe enfin le voir, mais là, le moment était mal choisi. Eli avait accepté de jeter un coup d'œil sur quelques recherches médicales menées par le Collins Research Group, dans l'espoir de se rapprocher de son père. Peut-être celui-ci le verrait-il alors comme un égal, ce qui à ses yeux avait presque autant de valeur que de figurer dans le classement de *US News & Reports*.

C'était peut-être même encore mieux.

Mais il était tôt et Marshall Collins pouvait bien attendre quelques minutes.

— N'oubliez pas de renouveler votre passe pour le parking, docteur Collins, dit Amara avec un sourire.

— Et si je me servais de ce prétexte pour revoir après le travail l'infirmière qui vient d'arriver aux urgences du Boston General ?

Le cœur serré, il attendit sa réaction. Elle ne répondit pas, mais ne sembla pas offusquée. Il n'avait pas besoin de plus d'encouragement.

— Tu veux faire la connaissance de Lizzy ?

Elle secoua la tête.

— Je ne crois pas que ce soit une bonne idée.

— Et pourquoi ?

Elle le regarda avec un petit sourire las.

— Nous… Ça fait si longtemps…

Oui. Bien trop longtemps.

Un coup frappé sur la portière les interrompit et Amara sursauta. Marshall Collins lui fit signe de baisser la vitre. Avant qu'Eli n'ait pu l'en empêcher, elle obéit.

Pourquoi son père ne l'avait-il pas attendu à l'intérieur ? Et, surtout, pourquoi n'avait-il pas téléphoné avant de venir, comme il le faisait d'habitude ?

— Le Collins Research Group a avancé sur l'étude que tu nous as signalée. Je voudrais que tu regardes ça.

Marshall ignorait complètement Amara. Il n'avait pas non plus pris la peine de saluer son fils, mais c'était son attitude envers Amara qui choquait le plus Eli.

— Bonjour, Marshall. Tu te souviens sûrement d'Amara Patel.

— Bonjour, dit-elle en étouffant un bâillement.

— J'ai besoin que tu jettes un coup d'œil sur cette recherche, répéta Marshall.

Il lui tendit une liasse de papiers à travers la fenêtre, puis regagna sa voiture.

— Il est toujours aussi peu bavard, je vois, dit Amara. Tu participes aux travaux du Collins Research Group ?

— Je collabore avec eux à temps partiel et je fais partie du conseil d'administration.

— Et quand prends-tu le temps de dormir ?

— Je me débrouille, dit-il en haussant les épaules. Tu veux entrer ? J'ai du thé à la maison.

Elle lui jeta un regard en coin en fronçant le nez.

— Ce n'est pas toi qui disais que le thé était la pire des infusions ?

— Je n'en bois pas, mais dans un placard, il doit toujours y avoir un paquet de thé à côté du café.

— Eli…

Il sentit les doigts d'Amara lui effleurer la jambe, mais elle écarta aussitôt la main et se mordit la lèvre.

— Nous ne pouvons pas faire ça, murmura-t-elle.

Le contact des doigts d'Amara lui avait mis le corps en feu. Leurs regards s'accrochèrent et son cœur se mit à battre plus vite.

Reste avec moi.

Mais il garda ces mots enfouis au plus profond de lui-même.

— Il ne s'agit que de boire un thé, dit-il.

— Vraiment ?

Elle regarda la liasse de papiers sur ses genoux.

Non !

Il ne trouvait plus les mots pour la retenir.

— Je dois y aller. Repose-toi bien, Eli.

Elle remit le moteur en marche.

— Nous nous reverrons à l'hôpital, dit-elle en guise de conclusion.

— Merci de m'avoir raccompagné.

Il sortit de la voiture et regarda Amara s'éloigner. Il se sentait épuisé, mais une lueur d'espoir brûlait dans son cœur. Amara était au Boston General.

3.

Amara, l'estomac noué, se dirigea vers la chambre 4. En passant devant Eli, elle veilla à garder la tête baissée. Au cours des deux dernières nuits, elle l'avait maintenu à distance. Lorsqu'ils s'occupaient ensemble d'un patient, elle s'en allait aussitôt le travail terminé. Ils n'avaient plus eu aucune conversation personnelle, ni aucun tête-à-tête. Elle était au Boston General pour travailler, pas pour renouer avec Eli.

Elle n'était plus la même, désormais. *Ni à l'intérieur ni à l'extérieur.* La vie lui avait laissé trop de cicatrices. Elle n'était plus la joyeuse élève infirmière qui sortait avec Eli.

Lui aussi avait changé. Un bref instant, sur le parking devant chez lui, elle avait été tentée d'accepter sa proposition de rencontrer Lizzy. Elle aurait aimé savoir si le lien qui avait existé entre eux avait survécu au temps et à l'éloignement. Puis elle avait vu la liasse de documents sur les genoux d'Eli. Et son envie d'aller chez lui avait instantanément disparu.

Même si elle avait été intéressée par lui, ce qui n'était pas le cas, quelle place aurait-elle dans sa vie aujourd'hui ? Il travaillait à temps partiel pour Marshall, faisait partie du conseil d'administration du Collins Research Group et avait un poste à plein temps au Boston General. Et il élevait Lizzy.

Elle sourit en l'imaginant dans son rôle de père. Il devait être un bon père. Il l'*était*. Les mauvais pères ne se souciaient pas de gâteaux d'anniversaire. Et tout le temps libre que lui laissait son agenda professionnel surchargé, il le consacrait à Lizzy.

Elle fut surprise par des sanglots en provenance de la chambre 4. D'après l'infirmière de triage, la patiente avait besoin de quelques points de suture pour une blessure sans gravité.

Comme elle ouvrait la porte, Eli arriva dans le couloir.

N'y avait-il donc pas un autre médecin disponible dans les parages ?

Elle se reprocha aussitôt cette pensée égoïste. Eli était l'un des meilleurs urgentistes avec lesquels elle avait travaillé. Si l'état de la patiente était plus inquiétant que ne l'avait estimé l'infirmière de triage, Eli était assurément le plus qualifié pour s'en occuper. L'intérêt de la patiente comptait plus que ses états d'âme à elle.

Une jeune femme, un pansement sur la joue, hurlait sur le lit. Elle ne leva même pas les yeux quand Amara et Eli pénétrèrent dans la chambre.

Après s'être lavé les mains et avoir enfilé des gants, Amara vint s'asseoir au bord du lit.

— Je m'appelle Amara. Et vous, quel est votre nom ?

— Ha… Hannah, répondit-elle entre deux sanglots.

— Je suis le Dr Collins, dit Eli en mettant des gants. Que vous est-il arrivé ?

— Je me suis coupé la joue ! répondit Hannah en criant.

— Puis-je jeter un coup d'œil ? demanda Amara.

Elle écarta doucement le pansement, une longue estafilade allait du nez jusqu'à l'œil droit. La blessure nécessitait d'être recousue, mais la réaction d'Hannah n'en était pas moins surprenante. Ce n'était certainement pas la douleur qui la mettait dans un état pareil.

— Cela ne devrait pas laisser beaucoup de traces, dit Amara.

— Mais si, c'est affreux ! s'écria la jeune femme. J'ai glissé dans la salle de bains, heurté le lavabo, et maintenant je vais rester défigurée à vie par une horrible cicatrice. Et Brandon va me quitter.

Amara aurait voulu la rassurer, lui dire que cela n'arriverait pas. *Mais…*

— Vous êtes ravissante, dit Eli d'un ton calme et sûr de lui. Personne ne va vous quitter pour une petite cicatrice, qui sera bientôt à peine visible. Pas vrai, Amara ?

La gorge serrée, elle hocha la tête et rassembla le matériel dont Eli allait avoir besoin pour recoudre la plaie. Ce qu'il venait de dire ne correspondait pas à son expérience personnelle. Mais ses cicatrices à elle étaient beaucoup plus importantes qu'une simple coupure sur la joue.

Joe avait prétendu que c'était son goût pour l'indépendance, son refus de s'appuyer sur lui, qui avaient entraîné leur rupture. Mais après l'opération qu'elle avait subie, il ne l'avait jamais plus regardée de la même façon. Il n'avait jamais pu faire abstraction des cicatrices qui lui marquaient la poitrine.

Elle avait donc eu raison de ne pas s'appuyer sur lui.

Elle avait espéré que Joe ne soit qu'un cas isolé. Mais les quelques hommes avec qui elle était sortie par la suite avaient disparu après qu'elle leur eut dit par quoi elle était passée… et cela après avoir affirmé que ce n'était pas un problème pour eux.

Ressaisis-toi. Elle prépara l'aiguille pendant qu'Eli nettoyait la joue d'Hannah.

— Et si quelqu'un se laisse arrêter par une cicatrice, disait-il, c'est lui qui a un problème, pas vous.

— Vous êtes très belle, dit Amara en tapotant la main de la jeune femme. Nos petites imperfections, c'est souvent ce qui fait tout notre charme.

— Vous avez l'estomac qui gargouille, dit Hannah en essuyant une larme sur sa joue intacte .

Amara lui répondit d'un clin d'œil, contente qu'elle s'intéresse à autre chose qu'aux points qu'Eli était en train de lui poser.

— Oui, dit-elle, les infirmières n'ont pas toujours le temps de manger.

— Ne vous inquiétez pas pour Amara, fit Eli alors qu'il nouait le dernier fil. Je suis sûr qu'elle va s'accorder une pause dès que nous en aurons terminé avec vous.

Que penserait-il s'il apprenait qu'elle avait le corps marqué de cicatrices ineffaçables ? Il avait paru si sincère en disant à Hannah de ne pas y accorder la moindre importance.

Amara déglutit. Pourquoi se posait-elle ce genre de question ? Elle n'avait pas l'intention de lui en parler.

Non, elle ne le ferait pas.

Amara l'avait évité tous ces derniers jours. Eli essayait d'ignorer la douleur qui le transperçait chaque fois qu'elle détournait le regard. Ils étaient collègues, à présent. Mais cela n'empêchait pas son cœur de souffrir.

— Ton estomac ne gargouille pas, il gronde, dit-il alors qu'ils sortaient de la chambre d'Hannah. Et le mien est en train de se retourner. Le service est…

Il se mordit la lèvre. Dire qu'un service d'urgence était calme, c'était à coup sûr tenter le sort.

— Tu as failli nous porter la poisse, fit Amara avec un petit sourire.

— Mais je me suis arrêté à temps ! Faisons une pause. Il faut manger quand on le peut, pas vrai ?

Elle hésitait manifestement, mais au même instant elle eut de nouveau des gargouillis.

— On dirait que mon estomac est d'accord ! dit-elle en riant.

Ils se rendirent dans la salle de repos du personnel. Elle sortit son déjeuner de son casier tandis qu'Eli se dirigeait vers le distributeur automatique.

Il avait remarqué qu'elle semblait affectée par le cas d'Hannah. Elle-même n'avait pas de cicatrices à l'époque où ils sortaient ensemble, mais il était presque certain que ce n'était plus le cas. Et quelqu'un avait dû lui dire que cela la rendait beaucoup moins attirante.

— La cicatrice d'Hannah ne devrait pas être vilaine du tout, dit-il en mettant de la monnaie dans le distributeur. Et avec le temps, elle s'effacera.

Amara ne fit aucun commentaire, mais fronça les sourcils en assaisonnant sa salade.

Comme il posait sur la table une barre chocolatée, une barre de céréales et un paquet de chips, elle grimaça.

— C'est loin de constituer un déjeuner, ça.

— Ma mère dit la même chose, mais je trouve ça pratique.

— Ma salade n'est pas fameuse non plus, mais au moins elle contient quelques éléments nutritifs.

Le genou d'Amara heurta le sien par inadvertance, et, se mordant la lèvre, elle changea aussitôt de position.

— Comment va ta mère ? demanda-t-elle.

Il essaya de se ressaisir. Le moindre contact avec Amara le troublait. S'il avait eu un tant soit peu de bon sens, il aurait dû la fuir. Pouvait-il lui dire qu'elle était sa priorité ? *Non*, lui soufflait la voix de la raison, mais son cœur criait : *Oui !* L'idée de ne plus la voir lui était insupportable.

— Elle va bien, dit-il. Elle adore être grand-mère. Lizzy l'appelle Oma. Elle a une chambre chez moi où elle peut dormir les nuits où je travaille et où elle garde la petite. Depuis quelques années, elle prend des cours d'aquarelle et son atelier organise une exposition chaque trimestre. Je m'arrange toujours pour ne pas être de service ce jour-là, pour pouvoir y aller avec Lizzy.

— Tu prends un jour de congé pour te rendre à une exposition de peinture ? dit Amara en faisant les yeux ronds. C'est adorable ! Je parie que ta mère apprécie beaucoup.

— Mais bien sûr. Sa prochaine exposition est dans huit jours, à la salle des fêtes de Ridge Avenue. Comme je serai de l'équipe de jour, j'irai après le travail. Susan y va aussi, parfois. Maman adore ces moments-là.

— Moi aussi, je travaillerai de jour. Je…

L'arrivée du Dr Griffin Stanfred l'interrompit.

— Ah, vous êtes là, tous les deux…

Eli vit Amara se crisper, puis, fuyant son regard, commencer à ranger les restes de son déjeuner. Pourquoi réagissait-elle comme s'ils avaient été surpris en train de faire quelque chose de mal ? Ils déjeunaient, tout simplement.

— Je dois retourner travailler, dit-elle en se levant.

— Au revoir, Amara, fit-il tandis qu'elle s'en allait.

Griffin s'assit à la place qu'elle venait de quitter.

— Vous vous êtes disputés ? demanda-t-il.

— Qu'est-ce qui te fait dire ça ?

Eli savait que les liaisons entre collègues de l'hôpital se terminaient parfois assez mal, donnant lieu à des scènes parfois spectaculaires. Mais Amara et lui ne faisaient que déjeuner ensemble dans la salle de repos…

« J'avais besoin de changement… » Les mots d'Amara lui revinrent en mémoire. Était-ce pour une histoire de cœur qui avait mal tourné qu'elle était venue travailler ici ?

La plaisanterie de Griffin ne prêtait pas à conséquence, mais bien des rumeurs avaient commencé à circuler pour moins que cela.

Il soupira, ne prêtant qu'une oreille distraite à Griffin qui évoquait le développement futur du Boston General.

Ce soir, il avait l'esprit ailleurs.

Amara sourit. Après toute une semaine de travail de nuit, elle appréciait la lumière du jour et la chaleur du soleil sur son visage. Aujourd'hui, elle avait décidé d'essayer la cuisine du camion ambulant garé près de l'hôpital. Ce ne pouvait pas être pire que la salade qu'elle avait mangée l'autre soir avec Eli.

Elle était contente que l'arrivée de Griffin l'ait empêchée de finir sa phrase. Elle avait failli dire à Eli qu'elle l'aurait accompagné avec plaisir à l'exposition de sa mère. Il aurait pu interpréter cela comme une sorte d'invitation à sortir avec elle. Et elle devait avouer qu'elle pouvait en avoir envie.

Elle aimait passer du temps avec lui. C'était terrifiant, mais elle avait de plus en plus de mal à trouver des raisons justifiant de garder ses distances avec lui…

— Les tacos, c'est ce qu'ils ont de meilleur, dit Eli tandis qu'elle consultait le menu. Tu devrais en prendre deux et venir t'asseoir avec moi dans la cour, tu ne le regretteras pas, tu verras.

Elle lui retourna son sourire, essayant d'ignorer le trouble qui s'était emparé d'elle.

— Deux tacos, s'il vous plaît, demanda-t-elle au vendeur. Tu vois, Eli, je te fais confiance.

Mais seulement pour les tacos. Si elle se rapprochait de lui et que cela ne marchait pas… Pour rien au monde elle ne voulait avoir de nouveau le cœur brisé.

— Je te promets, ils sont délicieux, dit-il avec conviction.

C'est ce que j'ai pris, moi aussi, fit-il en soulevant le couvercle de la boîte qu'il avait dans les mains.

Elle récupéra sa commande auprès du vendeur, et l'odeur qui se dégageait de la boîte était effectivement presque divine. Elle s'apprêtait à regagner l'hôpital lorsque la proposition d'Eli d'aller s'asseoir avec lui lui revint. Pourquoi pas ?

Elle restait debout, en plein soleil, incapable de prendre une décision. Il s'agissait simplement d'un déjeuner amical entre collègues. Sauf qu'ils n'étaient pas seulement des collègues, mais aussi des ex. Et elle avait quitté son poste précédent à la suite d'une rupture sentimentale. La plupart des histoires qui se nouaient à l'hôpital ne duraient pas. Elle le savait, mais ses pieds se mirent en marche tout seuls, sans lui demander son avis.

Lorsqu'elle s'assit en face d'Eli, il lui sourit et lui tendit quelques serviettes en papier.

— Les tacos sont un peu salissants.

— Merci de me prévenir.

En prenant les serviettes, elle lui frôla les doigts, ce qui fit monter une bouffée de désir en elle. Cet homme était l'incarnation de la tentation. Beau, intelligent et charmant, il plaisait aux femmes, mais elle avait le sentiment que le lien qui les unissait était unique. Comme inscrit dans l'ordre de l'univers. L'idée était ridicule, elle en avait conscience, mais jamais elle n'avait ressenti cela avec personne d'autre.

— Comment va Lizzy ? demanda-t-elle, soucieuse de rester sur un terrain sans danger.

Et elle adorait l'entendre parler de sa nièce. Son visage s'illuminait aussitôt. C'était charmant à voir.

— Elle touche à tout, mais d'après tous les ouvrages que j'ai lus, c'est normal chez les jeunes enfants.

Il fit défiler des photos sur l'écran de son téléphone. Toutes montraient les derniers exploits de Lizzy. Amara éclata de rire devant la petite fille avec une casserole sur la tête.

— Tu lui as donné cette casserole pour qu'elle joue avec, ou bien l'a-t-elle prise dans le placard ?

— Je lui ai donné la permission de jouer avec, mais je veille à ce qu'elle n'ait pas accès aux produits d'entretien ni au contenu du réfrigérateur.

— Je me souviens que ma mère me disait toujours : « J'ai l'impression que tes deux ans datent d'hier. » Je détestais l'entendre dire ça quand j'étais ado, je trouvais ça stupide. Comment pouvait-elle considérer que ces seize années s'étaient écoulées aussi vite ? Maintenant, je comprends. Plus nous vieillissons, plus le temps semble passer rapidement.

— Je sais. J'ai l'impression que ces dix années sont passées en un clin d'œil.

Elle le regarda. Parlait-il d'eux deux ? Est-ce que cela avait de l'importance ?

Durant toute la semaine, elle n'avait cessé de penser à Eli et à tous les bons moments qu'ils avaient partagés autrefois. Et il y en avait eu beaucoup.

Elle avala le reste de son taco et recula sa chaise.

— Merci de tes conseils pour le repas. Je dois retourner travailler.

— Quand j'ai un moment et que le temps est beau, c'est ici que je prends ma pause. Tu seras toujours la bienvenue.

Elle hocha la tête et se leva.

— Ah, encore une chose, dit-il en lui tapotant l'épaule.

Son cœur fit un bond. Allait-il lui proposer de sortir avec lui ? Elle refuserait, bien sûr.

— Quoi ?

Il ferma sa boîte, la jeta dans la poubelle et se pencha vers Amara.

— Leur club-sandwich est une horreur, dit-il tout bas. Franchement, tu regretterais d'avoir dépensé six dollars pour un truc aussi infâme.

Il était si près d'elle que, si elle tournait la tête, ses lèvres lui effleureraient la joue.

— C'est bon à savoir, dit-elle.

Il lui fit un clin d'œil et s'en alla en direction de l'hôpital.

Le cœur battant, elle le regarda partir. Il ne l'avait même pas attendue. Elle s'était complètement trompée. Et c'était mieux ainsi. Elle n'aurait pas à lui dire non. Parce que c'était ce qu'elle aurait fait.

Elle reprit le chemin de l'hôpital, cherchant à oublier son estomac noué et son cœur serré. Tout allait bien.

Elle voulait le croire.

En voyant Amara lui faire un petit signe de la main sur le chemin du camion ambulant, Eli sentit une bouffée de joie l'envahir. Il n'avait pas encore trouvé le courage de lui demander de sortir avec lui. En réalité, la première fois où ils avaient déjeuné ensemble, il avait pratiquement pris la fuite de peur de lui poser la question avant d'être vraiment prêt. Mais il était impatient de la revoir au camion. Tous les jours elle était venue le rejoindre pour déjeuner avec lui. Cela devait signifier quelque chose, non ?

Qu'elle voulait qu'ils soient amis ? Peut-être rien de plus. Il devait cesser de ruminer ainsi.

— Ils n'avaient plus de tacos ! gémit-elle en ouvrant sa boîte sur un sandwich à l'aspect peu engageant.

— Ne me dis pas que tu as pris un club-sandwich après ce que je t'avais dit ?

— Non ! C'est un BLT – bacon, laitue, tomate. Cela n'a pas l'air fameux, dit-elle en soupirant.

— Échange avec moi, proposa-t-il en lui tendant ses tacos. J'y ai à peine touché.

— Je ne peux pas te les prendre… Enfin, pas celui que tu as entamé.

Il rit tandis qu'elle lui donnait la moitié de son sandwich.

Comment avait-il pu la laisser le quitter ?

— Tu voudrais aller dîner quelque part où ce serait meilleur qu'ici ?

Il voulait qu'elle dise oui. *Il le fallait.*

— Je… je… je ne suis pas sûre, balbutia-t-elle.

— Pas de problème, Amara. Je peux attendre.

Elle le regardait, les yeux brillants.

— Je ne sais pas si… je ne suis plus la même personne.

— Moi non plus, dit-il en haussant les épaules. Je… J'aime passer du temps avec toi.

Elle s'était glissée dans son cœur, autrefois, et il ne l'en avait jamais chassée. Il n'avait même jamais essayé…

Il s'empara du morceau de sandwich qu'elle lui avait donné et qui avait décidément l'air peu appétissant. Il se pencha vers Amara.

— La prochaine fois qu'ils sont à court de tacos, prends la salade de poulet.

Elle leva les yeux au ciel.

— Et c'est maintenant que tu me le dis !

Amara essayait de trouver le courage d'ouvrir sa portière. Pourquoi avait-elle décidé de venir voir l'exposition de la mère d'Eli ? Rester toute seule chez elle devant la télévision n'avait rien de très excitant, même si c'était ainsi qu'elle passait presque tous ses vendredis soir.

Alors, elle était venue. Susan lui avait dit qu'elle viendrait faire un tour, elle aussi. Après tout, ce n'était qu'une manifestation artistique, rien de plus.

Amara compta jusqu'à trois pour se donner du courage et ouvrit sa portière. Elle devait bien cela à Martha, qui s'était toujours montrée gentille avec elle par le passé. Et puis Eli serait sûrement trop occupé avec sa mère et Lizzy pour passer du temps avec elle. Elle n'était là que pour voir les aquarelles.

Mais qui pouvait croire cela ? Même pas elle.

— Amara ?

La voix d'Eli la surprit, au point qu'elle trébucha.

— Je ne voulais pas te faire peur, dit-il en venant vers elle. J'étais en train de partir et…

— L'exposition est terminée ? coupa-t-elle.

Il sourit et secoua la tête.

— Non, mais maman ne se sentait pas bien ; je suis venu dire à son professeur qu'elle ne pouvait pas être là.

— Oh… Eh bien…

Que dire ? Elle ne pouvait détacher les yeux d'Eli. Il était en pantalon gris foncé et sa chemise bleu clair mettait ses yeux noirs en valeur. Il était magnifique, dangereux, irrésistible. Mais pourquoi donc était-elle venue ?

— Je n'ai rien de spécial à faire et j'ai déjà retenu une baby-sitter. Veux-tu venir jeter un coup d'œil ? demanda-t-il en lui offrant son bras.

Pourquoi fallait-il qu'il soit aussi séduisant ?

— Avec plaisir, dit-elle en glissant son bras sous le sien.

C'était une erreur, elle le savait, mais elle s'en moquait. Après tout, il ne s'agissait que d'une visite d'exposition.

Sur le parking de l'espace d'exposition, Eli n'en avait pas cru ses yeux : Amara venait de descendre de voiture. Sa petite jupe noire moulait ses formes à la perfection et sa chemise rose lui allait à ravir. Elle avait noué ses cheveux noirs en un chignon dont quelques petites mèches rebelles s'échappaient. À l'époque, il aimait tant passer ses doigts dans cette chevelure soyeuse.

— Oh ! c'est ravissant ! dit-elle en scrutant l'aquarelle accrochée juste en face de la porte.

L'œuvre représentait une coupe de fruits.

— C'est ce qui a servi de modèle à la plupart des débutants qui suivent les cours, dit-il. Tu vas en voir un certain nombre.

— Tu me montres les œuvres de ta maman ?

Il la guida à travers la foule jusqu'au fond de la salle. Pour son plus grand plaisir, la densité des visiteurs multipliait les occasions de contact avec Amara. Ce n'étaient que des moments fugaces, mais il n'en laissait échapper aucun.

— Voici la coupe de fruits peinte par maman, dit-il, non sans fierté. Elle a fait un joli travail sur la lumière, et les touches sont plus fines.

Sa mère peignait en amateur, mais elle avait fait d'énormes progrès au fil des années. Amara sourit et secoua la tête.

— Je trouve cette aquarelle très jolie et…

Elle regarda autour d'elle avant de se pencher vers lui.

— … beaucoup plus réussie que celles à l'entrée, dit-elle en baissant la voix.

Elle avait les lèvres à quelques centimètres de lui, et il se réjouissait qu'elle trouve le travail de sa mère bien supérieur à celui des autres exposants. C'était gentil de sa part. Leur proximité physique ne faisait qu'ajouter un délicieux bonus.

Il se rapprocha encore davantage.

— Je suis heureux de te montrer tout cela, dit-il tout bas.

Elle sourit, le faisant frissonner. Il se concentra à nouveau sur les peintures, de crainte de céder à la tentation de l'embrasser. Il lui avait promis de lui laisser du temps, et il saurait se montrer patient.

Il le devait.

La gorge sèche, il se mit en devoir de lui rapporter tout ce que sa mère lui avait dit sur ses peintures. D'une certaine manière, cela l'aidait à oublier le désir dévorant qui lui obscurcissait l'esprit.

C'était charmant, de voir Eli s'extasier devant les aquarelles de sa mère. Elle avait un talent évident, même si cela restait un travail d'amateur. Amara était touchée par la fierté d'Eli lui expliquant la façon dont sa mère peignait.

— Merci d'être resté avec moi, dit-elle alors qu'ils quittaient l'exposition.

Elle avait chaud, malgré la fraîcheur de la soirée. Elle avait apprécié ce moment passé avec Eli.

— Merci à toi d'être venue. Maman sera ravie d'apprendre que tu t'es déplacée.

— Tu lui diras que j'ai trouvé ses tableaux très beaux.

Ils étaient arrivés à sa voiture. Elle ouvrit la portière, luttant contre l'envie d'embrasser Eli, et, pour ne pas céder à la tentation, se cramponna à la poignée.

— Je le lui dirai, promis. Elle sera désolée d'avoir manqué ta visite.

Il la regardait fixement, mais sans faire le moindre mouvement vers elle.

— Je dois y aller, dit-elle dans un murmure.

Il pencha la tête sur le côté et mit les mains dans ses poches.

— Bonne nuit, Amara.

Et il s'en alla.

Elle se passa les doigts sur les lèvres, elle tremblait de tout son corps. Elle avait eu raison de résister à la tentation. S'ils s'étaient embrassés, elle aurait voulu aller plus loin. Or le désir qui l'habitait était déjà bien trop fort, elle en avait conscience.

4.

— Un thé ? fit Eli, un grand sourire aux lèvres, en tendant le gobelet à Amara.

Leurs doigts se frôlèrent et elle se sentit rougir. Eli lui avait proposé un thé lors de ses trois dernières gardes aux urgences.

— Merci.

Il n'avait pas renouvelé sa proposition de l'emmener dîner quelque part. Elle aurait dû s'en réjouir, et pourtant…

Il avait changé. Il prenait le temps d'aller à une exposition de peinture, il rentrait chez lui à des heures raisonnables et, quand les patients lui en laissaient la possibilité, il appelait Lizzy pour lui dire bonsoir. Amara sentait qu'elle pourrait facilement retomber amoureuse. Si elle se laissait aller, elle risquait de mettre son cœur en péril. Elle devait se protéger.

Mais, grâce à Eli, elle avait redécouvert ce que c'était que de rire. Elle l'avait oublié depuis la mort de sa mère, et plus encore depuis que Joe l'avait quittée. Eli la rendait heureuse, et là était le danger. L'armure qu'elle avait refermée sur elle dix ans auparavant lui avait épargné bien des souffrances quand d'autres hommes l'avaient laissée tomber, mais celle-ci serait-elle assez solide pour la protéger d'Eli ?

Nick, un radio-technicien, fit irruption dans le bureau et déposa quelques clichés sur la table.

— Pouvez-vous voir la femme de la chambre 10 ? Fracture du scaphoïde.

Et il repartit aussi vite qu'il était venu.

— On va lui plâtrer le poignet ? demanda Eli.

Elle opina de la tête et le suivit dans la chambre 10. Une femme âgée y était en train de téléphoner.

— Tout va bien, Marie. Un beau médecin et une ravissante

infirmière viennent juste d'arriver pour s'occuper de ma pauvre main cassée. Je devrais pouvoir refaire du deltaplane la semaine prochaine.

— Non, vous ne pourrez pas, dit Eli. Vous vous êtes fracturé le poignet, madame.

— Je le sais, *jeune homme*.

La patiente, en salopette, avait au moins soixante-dix ans et semblait de très bonne humeur.

— Il est toujours aussi sérieux ? demanda-t-elle avec un clin d'œil à Amara.

— Non, répondit Amara qui commençait à préparer le plâtre en essayant de garder son sérieux. Comment vous êtes-vous blessée ?

— Appelez-moi Dot, je vous en prie. Je me suis fait cette fracture à la suite d'une séance de parachutisme.

— À la suite ? répéta Eli en examinant le poignet de Dot.

— Oui, *après*. J'ai raté une marche en regagnant la voiture, et j'ai essayé de me rattraper comme je pouvais. Je ne m'étais jamais fait aucune fracture. C'est quand même malheureux de commencer à soixante-quinze ans ! Mais ce n'est pas ça qui va me freiner.

Amara évita le regard d'Eli, de peur d'éclater de rire.

— Désolé, mais j'ai bien peur qu'une fracture au poignet ne vous oblige à mettre un frein à vos activités, dit-il d'un ton ferme. Avec un plâtre, vous ne pouvez pas faire de deltaplane, ni sauter en parachute.

Amara s'aperçut qu'il cachait, lui aussi, une forte envie de rire. Lui aussi était impressionné par la personnalité de Dot.

— Mais, mon mignon, dit la vieille dame, ils vous attachent à un partenaire. C'est lui qui fait tout le travail – comme il se doit.

Ravie de sa plaisanterie, elle adressa un nouveau clin d'œil à Amara. Eli ne dit rien, mais faisait visiblement de gros efforts pour garder son sérieux.

— Je suis impressionné que vous soyez aussi active.

— Parce que je suis vieille ?

Elle éclata de rire tandis qu'il devenait tout rouge.

— Il n'y a pas de mal à dire la vérité, fit-elle. J'ai passé les soixante premières années de ma vie à faire preuve d'une grande prudence. Vous savez ce que ça m'a rapporté ?

Sa lèvre inférieure se mit à trembler.

— Rien, dit-elle en regardant Amara. Absolument rien. Je n'ai jamais mis mon cœur en danger ni rien fait qui puisse me valoir une fracture. Arrivée à l'âge de la retraite, j'ai pris conscience que j'étais seule et que je n'avais pas fait grand-chose de ma vie, conclut-elle en soupirant.

Un vieux monsieur entra dans la chambre, deux bouteilles d'eau dans les bras.

— Ils m'ont dit que les margaritas glacées n'avaient pas leur place aux urgences, Dot.

— Vous avez essayé d'apporter des margaritas dans un hôpital ? demanda Eli en dévisageant le visiteur.

— Non, bien sûr ! répondit le vieux monsieur avec tant de véhémence qu'Amara se demanda s'il plaisantait.

— Je vous présente Richard, mon fiancé, dit Dot avec un grand sourire. Nous nous marions dans trois semaines. Et je vais avoir un plâtre couleur pourpre.

— Je n'aurai qu'à mettre une cravate assortie, dit Richard en riant. Ça veut dire que nous ne pourrons pas faire de parachutisme pour notre lune de miel ?

— Non !

— Si !

Amara éclata de rire en entendant les réponses simultanées et contradictoires de Dot et d'Eli.

Soudain, elle se rendit compte qu'elle non plus ne prenait aucun risque dans la vie. Elle avait peur, si elle aimait quelqu'un trop fort, de souffrir, comme sa mère avait souffert. Mais, au final, la peur ne lui avait rien apporté.

— Eh bien, nous trouverons d'autres façons de nous occuper, dit Dot en riant tandis qu'Eli rougissait jusqu'aux oreilles. C'est du beau travail, doc, ajouta-t-elle en tournant et retournant son poignet pour admirer le plâtre. Vraiment très bien.

Amara regarda Eli. Et si elle chassait sa peur ? Elle en avait très envie, mais si jamais… Elle secoua la tête. Toute sa vie, elle avait raisonné en termes de « mais si jamais », et elle était toujours seule.

Pendant qu'Eli expliquait à Dot comment prendre soin de son plâtre, Amara s'éclipsa de la chambre pour essayer de se ressaisir.

— Amara ?

Elle se retourna, Eli était juste derrière elle. Au même instant, Susan vint vers eux.

— Amara, Eli, je voulais vous dire que vous serez partenaires pour la fête de la Santé. Et, en tant que gagnant de l'an dernier, docteur Collins, c'est vous qui choisirez le stand qui vous convient.

Susan repartit aussitôt.

— C'est toi qui as remporté la victoire l'année dernière ? demanda Amara.

— Oui, je suis arrivé en tête ces cinq dernières années. Et cette année encore, je vais gagner. Enfin, je veux dire… nous allons gagner.

Il avait un ton si décidé qu'elle dut retenir un soupir navré.

— Sérieusement, Eli ? C'est seulement une fête locale.

— Elle est aussi utile pour le Boston General qu'elle l'est pour la communauté. Elle attire l'attention sur nous. Le soutien de la population peut nous aider à figurer dans les classements nationaux. Cette année, je vais essayer de faire venir la presse. Notre stand doit être spectaculaire.

Les classements nationaux…

Cette fois, elle ne put s'empêcher de soupirer. En quoi était-il si important que le Boston General soit mentionné dans *US News & Reports,* un magazine que la plupart des gens ne lisaient jamais ? Elle savait que la liste, établie chaque année pour recenser les meilleurs établissements du pays, était reprise sur Internet par la plupart des grands sites d'information, mais elle ne figurait que quelques heures en première page avant de sombrer dans l'oubli jusqu'à l'année suivante.

Eli avait la mâchoire crispée. Elle lui prit la main. Sous son apparente assurance, il doutait de lui.

C'était un excellent médecin qui travaillait dans un hôpital de qualité. Peu importait ce que pouvait raconter une revue. Elle lui pressa la main et la lâcha presque aussitôt. Ils étaient au travail *et pas ensemble.*

— Je suis sûre que ce que nous ferons sera très bien.

Il hocha la tête, puis lança un regard vers la chambre de Dot.

— Que s'est-il passé, tout à l'heure ? Tu as semblé soudain…

Une infirmière s'approcha pour donner à Amara une fiche qu'elle lut, évitant ainsi de croiser le regard d'Eli.

— C'est juste qu'on a beaucoup de travail cette nuit, Eli. Mais tout va bien.

— Je ne suis pas convaincu. Si tu as envie d'en parler, sache que je suis là.

Elle songea aux longues conversations qu'ils avaient eues, autrefois. Des conversations qui souvent s'achevaient par des caresses et des baisers. Elle sentit son corps s'embraser et se mordit la lèvre. Elle devait se ressaisir.

— Il faut que j'aille voir le patient de la chambre 6, dit-elle avec un sourire poli. Au fait, merci pour le thé, Eli.

Amara jeta un nouveau coup d'œil sur la fiche et fronça les sourcils. L'infirmière de triage avait simplement noté « légère fièvre ». Le patient avait passé une bonne partie de la journée dans la salle d'attente. La plupart des gens auraient fini par rentrer chez eux, mais Amara avait souvent vu aux urgences des personnes présentant des cas sans gravité. Certains patients étaient simplement inquiets.

Elle entra dans la chambre 6 et salua l'homme assis dans le lit, qui était occupé à lire un roman. Il portait un masque chirurgical sur le visage et son regard traduisait une profonde lassitude. Au pied du lit, un sac rempli de livres et de magazines de jeux indiquait qu'il s'était préparé à une longue attente.

— Bonsoir, monsieur Dyer. Je m'appelle Amara.

— Je vous en prie, appelez-moi Seth, répondit-il d'une voix enrouée. Excusez-moi de ne pas vous serrer la main, mais mon système immunitaire est défaillant. Les virus et la chimio ne font pas bon ménage, j'imagine.

Elle faillit laisser échapper la fiche qu'elle tenait à la main.

— Vous avez un cancer ?

— Une leucémie. J'ai terminé ma seconde série de chimiothérapie le mois dernier.

Elle sentit son estomac se nouer. Le cancer avait tout changé dans sa vie. Alors qu'elle n'avait que cinq ans, sa grand-mère en était morte, et sa mère avait perdu son combat contre lui trois ans auparavant. Ni l'une ni l'autre n'avaient pu fêter leur cinquante-cinquième anniversaire, et Amara avait voulu tout tenter pour empêcher la terrible maladie de l'emporter à son tour.

Lorsque l'oncologue qui avait soigné sa mère lui avait conseillé de faire un test génétique, elle s'était exécutée, et le résultat avait confirmé ses craintes. Ses gènes étaient porteurs du marqueur BRCA1, ce qui signifiait que, chez elle, le risque d'avoir un cancer du sein était de 70 %.

Une semaine après avoir reçu les résultats du test, elle avait décidé de subir une mastectomie préventive. Mais elle avait été affectée par la perte de ses seins bien au-delà de ce qu'elle avait imaginé. Elle était infirmière, et consciente que l'opération augmentait drastiquement ses chances de survie. Elle avait cru s'être suffisamment préparée.

Mais réaliser que cette partie de son corps avait disparu à jamais avait été un vrai choc. Elle avait fait le bon choix – elle en restait convaincue. Mais il lui avait fallu des mois avant de pouvoir examiner ses cicatrices de près. Et, aujourd'hui encore, elle évitait de se regarder dans la glace lorsqu'elle sortait de la douche.

Après l'opération, Joe ne lui avait plus jamais touché la poitrine. Pas même une fois. Et les hommes avec qui elle était sortie par la suite avaient tous changé de comportement après avoir découvert ses cicatrices. Ils avaient cessé de lui téléphoner ou de lui envoyer des messages. Au moins en connaissait-elle la raison. Mais cela ne faisait qu'encourager la peur qui semblait devoir la hanter à jamais.

— Vous êtes resté toute la journée dans la salle d'attente ?

Elle aurait voulu hurler contre le système de triage. Le Boston General recevait beaucoup plus de patients que la plupart des hôpitaux voisins mais, avec un système immunitaire défaillant, une fièvre n'avait rien d'anodin. Cet homme aurait dû être pris en charge beaucoup plus tôt. Il aurait été soigné et renvoyé chez lui, ou bien il aurait été hospitalisé.

— Il y a eu un accident de voiture juste avant que j'arrive. L'infirmière de triage était débordée, bien sûr. J'ai gardé mon masque et je me suis isolé.

Elle avait vu des patients réagir de cette façon. Des gens qui ne voulaient pas être un fardeau pour les autres et qui avaient du mal à admettre qu'ils étaient malades.

Mais elle n'allait pas lui faire la morale.

— Qui est votre oncologue, Seth ?

— Ma femme, mes enfants et moi-même sommes venus de Floride rendre visite à mes beaux-parents. Mon oncologue, le Dr Peppertree, a validé ce voyage. Mais j'en ai peut-être un peu trop fait, dit-il en fermant les yeux. J'ai encore du mal à me dorloter.

Elle perçut toute la frustration de Seth dans sa voix. Sa mère aussi avait détesté ménager ses forces. Elle avait essayé de mener la vie la plus normale possible.

Prenant un thermomètre, Amara le passa sur le front et derrière l'oreille du patient. La fièvre avait légèrement augmenté.

— Vous êtes encore fiévreux. Comment vous sentez-vous, par ailleurs ? Il faut que vous me parliez de tous vos symptômes, même si vous pensez qu'ils n'en valent pas la peine.

— Je me sens fatigué, mais je le suis en permanence. Ma gorge me fait mal. À part ça, je me sens faible, c'est tout, et ça dure depuis six mois. Mes garçons ont six et onze ans. J'avais l'habitude de jouer tout le temps dehors avec eux. Aujourd'hui, ils sont allés faire à pied le Chemin de la Liberté. Ma femme m'a envoyé des photos, mais…

Sa voix se brisa.

— Excusez-moi.

— Vous n'avez pas à vous excuser, dit Amara.

Elle le savait, elle ne devait pas se laisser déborder par ses émotions, sinon elle ne pourrait pas faire son travail. Et Seth avait de grandes chances de guérir de son cancer.

— Pouvez-vous me noter le numéro de téléphone de votre oncologue ? demanda-t-elle en lui tendant un carnet et un stylo. Je vais aller chercher un médecin et voir si nous pouvons accélérer votre prise en charge.

Elle quitta la chambre et tomba sur Eli.

— Je voudrais que tu ailles voir mon patient dans la chambre 6, dit-elle.

— Impossible. Quatre gamins se sont battus au couteau dans Salem Avenue. Plusieurs victimes arrivent en ambulance, et tu viens avec moi, dit-il d'un ton sans appel en s'éloignant.

— Eli ! cria-t-elle. Seth souffre d'un cancer, il est de passage ici. Il a de la fièvre et il est resté toute la journée dans la salle d'attente !

— Nous devons nous concentrer sur les patients dont l'état est le plus critique.

— Je sais, mais…

— Tu sais comment fonctionne le triage. Je dois m'occuper *maintenant* du gamin qui perd tout son sang.

Il avait raison, mais elle lui emboîta le pas avec un sentiment d'échec. Dès que ce cas d'extrême urgence serait réglé, elle veillerait à ce que Seth soit correctement pris en charge. C'était tout ce qu'elle pouvait faire.

Seth souffrait d'une angine streptococcique. Amara lui avait apporté elle-même les résultats du laboratoire, puis était repartie aussitôt. Eli soupira. Il ne pouvait pas lui en vouloir. La journée avait été terrible. Ils avaient perdu deux des patients qui avaient reçu des coups de couteau. Et la réaction d'Amara face au cancer de Seth cachait sûrement quelque chose, mais quoi ?

Jetant un coup d'œil à la pendule, il fit la moue. Sa garde était terminée depuis vingt minutes. Il était resté annoncer à Seth que son hospitalisation se prolongerait jusqu'à ce qu'il soit guéri de son infection. Amara était déjà rentrée chez elle. Eli ferait aussi bien de suivre son exemple.

Lorsque l'ascenseur le déposa au niveau du parking, il constata que la voiture d'Amara était encore là, garée tout près de la sienne. En passant à côté, il entendit un sanglot. Il s'arrêta et frappa à la vitre.

— Besoin d'un peu de compagnie ?

Elle haussa les épaules, mais comme elle ne lui demandait pas de s'en aller, il monta dans la voiture et saisit la main d'Amara.

— Dure journée, dit-il.

— Une violence gratuite a pris la vie de deux jeunes gens et un malade du cancer a dû être hospitalisé… Parfois, la vie est trop injuste.

— Mais Dot était tordante, pas vrai ? dit-il doucement en lui passant un bras autour des épaules. Une patiente qui vous fait mourir de rire est une vraie bénédiction. Et nous avons sauvé deux des blessés de la bagarre. Ce n'est pas rien.

Comme elle appuyait sa tête contre la sienne, il sentit le parfum fruité de son shampoing et sourit. C'était toujours la même odeur de framboise – la même qu'autrefois.

Elle se tourna légèrement vers lui et leurs regards se croisèrent. Elle tendit alors les lèvres et lui donna un léger baiser, puis, aussitôt, s'écarta, comme prise de panique.

— Désolée, Eli, je…

— Je t'en prie, ne t'excuse pas. Dès le premier instant où je t'ai vue aux urgences, j'ai eu envie de t'embrasser.

— Nous ne devrions pas nous embrasser après une journée pareille, dit-elle en soupirant.

— La vie est trop courte pour qu'on ne profite pas de tous les bons moments possibles. Nous qui travaillons aux urgences, nous sommes bien placés pour le savoir.

— Oui, la vie est trop courte, répéta-t-elle d'une voix tendue.

Il aurait voulu qu'elle en dise davantage, mais le parking du Boston General n'était pas l'endroit idéal pour ce genre de conversation.

— Je dois rentrer, dit-il. Accompagne-moi. J'ai des lasagnes surgelées, que je partagerai volontiers avec toi. Nous pouvons passer d'abord chez toi si tu dois nourrir ton chat, ajouta-t-il en voyant qu'elle hésitait.

— Je n'ai pas de chat, dit-elle. Rien ni personne ne m'attend chez moi, pas même un bout de salade ni le moindre plat surgelé. Mais je suis fatiguée, et je *dois* rentrer.

Pourquoi parlait-elle de son chat à ses patients si elle n'en avait pas ?

— Eh bien, viens déjeuner chez moi demain. Nous pourrons parler de la fête de la Santé.

Et il essayerait de savoir exactement ce qui s'était passé aujourd'hui.

Elle rougit, puis hocha la tête.

— D'accord, dit-elle d'une voix éteinte. Je goûterai à tes lasagnes, ou veux-tu que j'apporte quelque chose ?

— Je m'occupe du repas, répondit-il avec un clin d'œil.

Il hésita un bref instant avant de lui donner un baiser léger sur la joue, puis il sortit de la voiture.

5.

Eli sourit, Amara garait sa voiture derrière le garage. La nuit précédente, elle l'avait embrassé, et l'espoir que ce baiser avait fait naître en lui était toujours là.

Le cœur battant, il la regarda remonter l'allée. Amara était là.

En ouvrant la porte, il faillit trébucher ; Lizzy s'était jetée dans ses jambes pour venir dire bonjour à Amara. Comment une si petite fille pouvait-elle faire preuve d'une telle force ? Cela restait un mystère pour lui.

— Papa ! cria-t-elle.

Il la prit dans ses bras. Amara adressa un petit signe de la main à l'enfant, qui lui répondit en tirant la langue. Amara l'imita aussitôt. Eli sourit. Amara avait toujours su s'y prendre avec les enfants. Elle avait même failli opter pour la pédiatrie, mais son attirance pour les urgences l'avait finalement emporté. Elle ferait une mère formidable…

Mais ce n'était pas le moment de se laisser envahir par ce genre de pensée.

— Elle est vraiment rapide pour quelqu'un qui a de si petites jambes, dit Martha qui venait d'apparaître.

Elle vit Amara et lui sourit chaleureusement. Elle l'avait toujours appréciée, et mieux que personne elle avait compris pourquoi Amara avait choisi de le quitter. Malgré son amour pour Marshall, elle avait fini par demander le divorce.

Parce qu'elle ne supportait plus de vivre seule alors qu'elle était mariée, avait-elle expliqué cinq ans plus tôt à ses deux fils.

Amara aussi avait eu peur de la solitude qui l'attendait si elle restait avec lui. Mais il ne ferait pas la même erreur que son père. Il saurait trouver un juste équilibre entre ses objectifs professionnels et ses responsabilités familiales, et ainsi rien ni personne n'en souffrirait.

— Je suis contente de te revoir, dit Martha. Merci d'être allée à mon exposition, c'est vraiment très gentil de ta part.

— J'y ai pris grand plaisir. Vous avez beaucoup de talent.

Martha la serra un bref instant dans ses bras, puis elle se tourna vers Lizzy.

— Viens voir Oma.

La petite fille se précipita vers elle.

— Maintenant, annonça Martha, nous allons au parc.

Eli embrassa Lizzy sur les cheveux avant de donner une brève accolade à sa mère.

— J'espère que tu as faim, dit-il à Amara lorsqu'ils furent seuls. J'ai prévu des pâtes à la sauce tomate.

— Cela me semble beaucoup plus appétissant que des lasagnes surgelées, répondit-elle d'un ton taquin.

— Ou une salade à moitié flétrie, rétorqua-t-il en l'entraînant vers la cuisine.

— La salade en sachet présente l'avantage d'être pratique. Ma cuisine est minuscule et préparer de vrais repas quand on vit seule…

Elle s'éclaircit la gorge et regarda par la fenêtre.

— Je finis toujours avec beaucoup trop de restes. Mais une salade fatiguée vaut toujours mieux que ces trucs du distributeur automatique, fit-elle en redressant les épaules.

Quel dommage, qu'elle ne cuisine plus. Elle adorait cela, autrefois.

— Tu peux te servir de cette cuisine quand tu veux.

La proposition lui était venue spontanément, et il fut récompensé par un sourire éclatant.

— Tu ne sais pas à quoi tu t'exposes, dit-elle en riant. Cet endroit va bientôt sentir le riz au citron !

— J'adore le riz au citron.

Lui aussi affichait un grand sourire. Amara avait toujours eu le don de le rendre heureux et d'embellir sa vie.

Appuyée contre le comptoir de la cuisine, Amara regardait Eli garnir deux assiettes avec ses pâtes à la sauce tomate. Sa tenue décontractée, jean et T-shirt vert, mettait sa silhouette athlétique en valeur. Et sa barbe naissante ajoutait à son charme. Elle ne regrettait pas de l'avoir embrassé, la veille. Elle avait même failli accepter d'aller chez lui, mais elle avait réussi à se contrôler. Déjeuner ensemble pour parler de la fête de la Santé lui avait paru beaucoup moins dangereux… mais ce ne l'était pas. *Pas vraiment.*

Elle prit conscience qu'il la regardait fixement et sentit son estomac se nouer. Pourquoi essayait-elle de se mentir à elle-même ? Elle avait envie d'être tout près de lui. Elle en avait besoin.

La peur de finir comme sa mère, d'aimer un homme trop occupé pour lui rendre l'amour qu'elle lui portait la tenaillait encore. Mais Eli avait beaucoup plus de travail maintenant qu'autrefois, et pourtant il avait su lui accorder du temps. Ils avaient mangé des tacos ensemble et visité une exposition, il lui préparait du thé… Et la veille, lorsqu'il l'avait tenue dans ses bras pendant qu'elle pleurait, un autre pan de la muraille qu'elle avait dressée autour d'elle pour se protéger s'était écroulé.

Ils étaient plus âgés, aujourd'hui, et plus sages, plus sûrs d'eux. Peut-être pourraient-ils se donner une seconde chance… *Peut-être.*

Mais il ne savait encore rien de sa double mastectomie…

— Veux-tu que je fasse du thé ? demanda-t-il. J'ai aussi du soda et du lait.

— De l'eau, ce sera parfait, répondit-elle en s'installant sur un tabouret.

Il plaça une assiette bien garnie devant elle.

— J'ai une question à te poser, très importante.

Que voulait-il savoir ? Devait-elle tout lui dire, même ce dont elle avait du mal à parler ? *Oui, peut-être.*

— Demande toujours.

— Pourquoi inventes-tu l'existence d'un chat que tu n'as pas ?

— Je n'ai rien inventé du tout. Pepper était un chat incroyable qui adorait faire tomber les verres et les tasses du comptoir.

J'en ai eu assez de devoir balayer toute cette vaisselle brisée, alors j'en ai acheté en plastique. Mais mon chat est mort il n'y a pas longtemps.

Elle sourit aux souvenirs des bêtises de Pepper.

— J'aime bien raconter ses exploits aux patients. Ça les aide à se détendre. Surtout les enfants.

Il lui prit la main et, de son pouce, lui caressa doucement le poignet. Elle mourait d'envie de se rapprocher de lui. Comment réagirait-il si elle l'embrassait de nouveau ? Pour un vrai baiser cette fois…

— J'étais persuadé que ton chat avait vraiment gâché ton petit déjeuner en faisant tomber du lait sur tes œufs brouillés, dit-il en riant.

— C'était le jeu préféré de Pepper. Mais je dois avouer que lorsque je raconte cette histoire à un patient adulte, je parle de café plutôt que de lait.

— Tu t'es vraiment mise à boire du café ? Alors pourquoi t'ai-je offert toutes ces tasses de thé ? demanda-t-il d'un ton faussement accusateur en se penchant vers elle.

Si elle avançait de quelques centimètres, elle pourrait l'embrasser. Était-ce ce qu'il attendait ? Elle fronça les sourcils, repoussant le désir qui s'était emparé d'elle.

— Non, je ne bois pas de café. Désolée de te décevoir.

— Tu ne me déçois jamais.

Que penserait-il s'il voyait ses cicatrices ? Serait-il déçu ?

— Parler de café marche mieux avec les adultes.

— Parce que c'est ce qu'ils boivent, dit-il avec un petit sourire.

Il n'avait pas lâché sa main. Et elle ne l'avait pas retirée.

— Comment va ta mère ? demanda-t-il. Il y a une épicerie fine au coin de la rue, j'y vais plusieurs fois par mois acheter du pain *naan*. J'avais essayé une fois de refaire son poulet au curry, tu te rappelles ? Ça avait été un vrai désastre !

Elle avait la gorge nouée. Il ne pouvait pas savoir, bien sûr. Elle lui serra la main pour se donner du courage.

— Maman est morte il y a un peu plus de trois ans, dit-elle, les larmes aux yeux.

Il lui prit l'autre main.

— Que s'est-il passé ?

— Elle a eu un cancer du sein. Lorsqu'elle s'est décidée à voir un médecin, elle en était déjà au stade 4.

— C'est pour ça que tu as réagi si fortement, hier, face au cas de Seth.

— Oui.

Et non.

Elle aurait dû lui dire comment elle avait appris qu'elle-même risquait d'avoir un cancer du sein, et comment elle avait choisi de diminuer ce risque. Mais elle avait peur qu'il ne la regarde maintenant comme Joe l'avait fait. Ou plutôt, elle avait peur qu'il ne la regarde plus du tout.

Plus elle passait de temps avec Eli, plus elle se rendait compte à quel point elle était différente avec lui. Détendue, heureuse, *prête à l'aimer…* Mais elle refusait d'examiner cela de trop près.

— Je me suis occupée d'elle. Mon père était trop pris par son travail pour le faire. Il se rendait très souvent en Californie. Il est revenu juste à temps pour les obsèques et, trois mois plus tard, il s'était déjà remarié.

Elle ne pouvait cacher sa colère en racontant tout cela à Eli. À sa grande surprise, elle avait envie de se confier à lui !

Joe n'avait rien voulu savoir de cette histoire et elle-même ne souhaitait pas lui en parler. Mais avec Eli…

— Après la mort de maman, je me suis sentie très seule. Et puis l'homme avec qui je sortais m'a quittée. En fait, Joe avait déjà choisi ma remplaçante avant de me dire que c'était fini entre nous.

— Je suis désolé, Amara. Mais tu n'es plus seule maintenant, dit-il tout bas en la regardant dans les yeux.

— Au moins pour aujourd'hui.

Elle voulut cependant alléger l'atmosphère.

— Mais il se pourrait que je sois tentée de revenir, ne serait-ce que pour cette sauce, dit-elle en jouant avec un morceau de tomate.

— Alors, je vais demander la recette à maman et m'entraîner pour être prêt à te la servir de nouveau.

À cet instant, son téléphone sonna, et Eli le coupa. Mais il y eut aussitôt un nouvel appel.

— J'imagine que Marshall a vraiment besoin de quelque chose, dit-il en pressant la main d'Amara. Je ne serai pas long.

Elle essaya de se rassurer. Ce n'était qu'un simple appel de son père. Eli élevait Lizzy, et il était évident que les sourires de la petite fille l'avaient changé. Il passait le plus de temps possible avec elle. Il se débrouillait pour être là chaque fois que sa mère exposait et il n'avait pas cédé aux pressions de Marshall quand celui-ci avait voulu qu'il devienne chirurgien.

Eli revint moins de cinq minutes plus tard.

— Désolé, Amara. Marshall peut m'appeler ou m'envoyer vingt textos par jour pendant une semaine et, ensuite, je n'entends plus parler de lui pendant un mois. Et là, il me demande de m'impliquer davantage dans le groupe de recherche. Pourtant, je ne suis pas chirurgien.

— Tu es un médecin exceptionnel.

Elle détestait qu'il doute de lui.

— Merci.

Il lui posa un petit baiser rapide sur la bouche et se mit à débarrasser la table. Sans réfléchir, elle se leva et le prit dans ses bras.

— Je parie que tu vas faire un travail formidable pour le groupe. Démissionneras-tu de ton poste au Boston General ?

— Mais non ! Marshall exerce encore plusieurs jours par semaine. Moi aussi, je peux cumuler les deux fonctions. Je l'ai déjà fait, tout en m'occupant de Lizzy.

Elle sentit l'inquiétude l'envahir. Comme Eli se mettait à faire la vaisselle, elle attrapa un torchon pour essuyer.

— Tu ne peux pas tout faire, Eli. Et ce n'est pas grave. Tu es déjà quelqu'un de remarquable.

— Remarquable ? Si tu me couvres de compliments, je vais y prendre goût.

Elle lui avait fait plaisir, pour sa plus grande satisfaction à elle, mais s'il accumulait trop de charges de travail, quelque chose finirait par lâcher. Et il s'en voudrait.

— Je suis sérieuse, Eli.

— Je sais. Mais il ne s'agit que d'un travail à temps partiel, Amara. Et cela consiste surtout à lire des rapports scientifiques installé sur mon canapé. Je ne passe pas mes nuits au bureau, je te promets. Mais je n'ai plus envie de parler de Marshall.

Elle soupira et posa son torchon sur le comptoir.

— De quoi veux-tu qu'on parle ?

Après tout, elle était ici pour discuter de la fête de la Santé.

— Te demandes-tu parfois ce qui serait arrivé si je ne t'avais pas laissée partir ?

— Quoi ?

Oui. Elle se le demandait souvent, mais comment le lui avouer ?

— Penses-tu parfois à nous ? À ce qui aurait pu se passer ?

— Tout le temps.

Cette fois, la vérité avait jailli de sa bouche. Elle se jeta dans les bras d'Eli, sans se soucier des conséquences. Penchant lentement la tête vers elle, il lui donna un baiser très doux qui la bouleversa. Autrefois, c'était dans ces bras-là qu'elle avait sa place. Et elle voulait la retrouver.

Il s'écarta légèrement et la regarda dans les yeux.

— J'aurais dû, à l'époque, te promettre ce que tu demandais. Je le voulais, mais j'étais trop obsédé par le désir de ressembler à Marshall. De le *dépasser.* J'ai encore envie que le Boston General figure parmi les premiers établissements du pays, mais je n'ai plus la même ambition dévorante qu'autrefois. Donne-moi une seconde chance, Amara. Donne-nous une seconde chance. Je t'en prie.

Que répondre ? Elle avait l'esprit confus.

— Et qu'arrivera-t-il si toi ou le Boston General ne figurez jamais sur cette liste ?

La direction de l'hôpital ne faisait rien pour soigner sa publicité et s'attirer une reconnaissance sociale.

— Cela resterait une déception, mais je ne vais certainement pas, pour poursuivre ce rêve, sacrifier les moments que je passe avec Lizzy et, je l'espère, avec toi. La vie est trop courte et, ces dernières semaines, j'ai pris conscience qu'il y avait un manque dans ma vie. Ce manque, c'est toi.

Il se passa la main dans les cheveux.

— Lizzy et moi, nous allons au zoo après-demain. Veux-tu venir avec nous ? demanda-t-il en lui prenant la main. Ce sera amusant, et sans doute un peu dingue avec une toute petite fille !

Elle lui donna un petit baiser rapide sur les lèvres.

— À quelle heure, le rendez-vous ?

Le visage d'Eli s'illumina d'un grand sourire.

— Je pourrais passer te prendre à 9 heures ? Comme ça, nous serons au zoo à l'ouverture, et nous en aurons visité une bonne partie avant que Lizzy n'ait besoin de faire sa sieste.

— Ça me semble parfait.

— Il me faut juste ton numéro de téléphone… Cela fait si bizarre ! dit-il en riant.

Elle prit son téléphone et regarda ses contacts.

— C'est toujours le même. Et toi, tu as changé de numéro depuis la fac ?

Elle n'avait jamais pu l'effacer de son répertoire.

— Non.

Saisissant son téléphone, il rédigea un texto qui apparut aussitôt sur l'écran du téléphone d'Amara. Elle regarda l'émoticône qu'il venait de lui envoyer.

— Bon, nous avons tout ce qu'il nous faut, maintenant.

Elle se pencha, le cœur battant, vers lui. Lui aussi avait conservé son numéro de téléphone.

— Nous sommes de retour ! cria Martha.

Amara s'écarta d'Eli à la hâte. Martha les regarda tour à tour et leur adressa un clin d'œil.

— Désolée. Lizzy s'est endormie sur les balançoires. Je n'ai pas…

— Pas de problème, coupa Amara. De toute façon, j'allais partir. Nous parlerons de la fête de la Santé après la visite du zoo. Ou bien à l'hôpital. Merci pour le déjeuner, Eli.

Elle hésita un bref instant, puis l'embrassa sur la joue.

6.

Eli ne cessait de tirer sur le col de sa chemise. Il en avait déjà changé une fois et se sentait de plus en plus ridicule à mesure que le temps passait. Pourquoi était-il aussi nerveux ? Il ne s'agissait que d'une visite au zoo, non ?

Il secoua la tête. Ce n'était pas un simple rendez-vous avec Amara. Cette journée marquait l'ouverture d'un nouveau chapitre pour eux deux. Et il voulait qu'Amara passe un excellent moment avec lui.

Il reçut un texto de Marshall auquel il répondit aussitôt. Puis, une minute plus tard, ajouta un mot disant qu'il se rendait au zoo avec Amara et Lizzy et qu'il serait indisponible. Marshall n'avait cessé de l'appeler ou de lui envoyer des messages, ces deux derniers jours. Mais aujourd'hui Eli voulait juste profiter du beau temps et de sa sortie avec Amara et Lizzy.

Un autre texto apparut sur son téléphone. Cette fois, il venait d'Amara.

Veux-tu que j'apporte un pique-nique ?

Non, j'ai ce qu'il faut !

Il sourit de l'émoticône qu'elle lui adressa aussitôt. L'image d'un pouce levé. Il y avait entre Amara et lui une complicité qu'il n'avait jamais connue avec personne d'autre.

Il attrapa le sac de couches et prit Lizzy dans ses bras.

— Maman ! s'écria l'enfant en regardant vers la porte.

Le cœur serré, il l'embrassa sur la joue.

— Nous allons au zoo, dit-il pour détourner son attention, il y aura des singes. Mais avant, nous nous arrêterons chez Amara. Elle va venir avec nous.

La petite fille le regarda fixement, puis se blottit contre son torse. Il lui caressa les cheveux et tenta de se calmer. Il faisait un temps magnifique et Amara serait avec eux.

Ils allaient passer une journée géniale.

Le regard d'Eli s'attarda sur Amara et il en eut des frissons. Elle était vêtue d'un débardeur gris et d'un short bleu, et elle avait noué ses cheveux noirs en une grosse natte qu'elle portait sur le côté. Elle lui fit un petit signe de la main auquel il répondit par un sourire.

Elle grimpa dans la voiture et donna un petit baiser rapide à Eli avant de se retourner pour sourire à Lizzy. Un délicieux parfum de thé et de cannelle se dégageait d'elle.

— Nous serions allés te chercher chez toi, dit-il. Ce n'était pas la peine que tu nous attendes dans l'allée. Mais peut-être caches-tu quelque chose dans ton appartement

— Non, rien du tout ! Je suis simplement excitée par cette sortie au zoo.

— Moi aussi, je suis impatient d'y aller.

Il lui posa une main sur le genou et lui donna un petit baiser sur les lèvres.

— Les singes ! fit Lizzy, installée à l'arrière dans son siège pour enfant.

— J'ai l'impression que quelqu'un a très envie d'aller au zoo, dit Amara.

— Les singes ! répéta l'enfant.

Après tout, une visite au zoo avec une toute petite fille n'était peut-être pas l'idée la plus géniale pour organiser un rendez-vous amoureux. Mais il voulait qu'Amara fasse connaissance avec Lizzy. Qu'elle constate qu'il avait compris l'importance de la famille.

— Les singes, nous voilà ! s'exclama-t-il tandis qu'il redémarrait la voiture.

C'était un rendez-vous…

Et il avait suffi d'un petit baiser léger pour qu'Amara sente son corps s'embraser. Ces deux derniers jours, elle n'avait cessé de rêver d'embrasser Eli.

Mais il ne connaissait pas tout d'elle. Certes, elle n'avait pas honte de son nouveau corps. Il était en pleine forme, et son chirurgien avait fait un travail de reconstruction magnifique. Mais elle était différente, désormais. Cela avait complètement déstabilisé Joe. Il l'avait regardée comme s'il avait affaire à une infirme et il était allé chercher du réconfort dans les bras d'une autre femme. Si jamais Eli la regardait de cette façon…

Elle était consciente qu'elle devait le mettre au courant, mais ne trouvait pas les mots pour le lui dire. Elle préférait garder le ton léger qu'ils avaient adopté dans leurs conversations de tous les jours. C'était plus sûr.

Sans doute n'était-ce pas un rendez-vous amoureux traditionnel, mais être ici avec Eli correspondait exactement à ce qu'elle voulait. Elle ne pouvait s'empêcher de sourire.

Arrivée devant les enclos des singes, elle prit Lizzy dans ses bras pour lui permettre de mieux voir les animaux.

— Les singes, s'écria Lizzy en éclatant de rire.

Eli prenait photo sur photo.

— Ton téléphone va être rempli d'images de Lizzy, dit Amara en souriant.

— Pas seulement d'elle, corrigea-t-il en lui montrant l'écran.

Il l'avait photographiée en train de rire avec Lizzy, en arrière-plan un singe les regardait.

— C'est difficile de dire qui, de Lizzy, de toi ou du singe, s'amuse le plus, fit-il, le regard malicieux.

À cet instant, son téléphone annonça l'arrivée d'un texto. Amara vit aussitôt le changement s'opérer. Eli était redevenu le Dr Collins.

— Tout va bien ? demanda-t-elle.

— C'est Marshall. Il veut que j'examine des documents plus tard.

— Vraiment ? Heureusement que ce n'est pas urgent.

— Pour Marshall, c'est toujours urgent. Mais aujourd'hui,

je ne suis pas de service, dit-il en éteignant son téléphone avant de le glisser dans sa poche.

Elle se réjouissait que ni Marshall ni personne d'autre ne vienne gâcher la journée. Mais Eli utilisait aussi son téléphone comme appareil-photo.

— Comment vas-tu pouvoir prendre d'autres photos de Lizzy, maintenant ?

— Eh bien, aujourd'hui, nous devrons simplement compter sur notre mémoire, comme au bon vieux temps. Mais je devrais peut-être penser à m'acheter un appareil-photo numérique. Cela me permettrait de libérer de la place sur la carte mémoire de mon téléphone pour enregistrer les messages.

Il fit des grimaces avec Lizzy qui firent sourire Amara. Eli était un père qui savait s'impliquer. Contrairement à son père à elle, il n'oublierait sûrement jamais l'anniversaire de la petite fille, et il saurait se libérer pour assister aux fêtes de l'école. Mais s'impliquerait-il autant dans sa relation avec elle ? Elle avait envie de le croire. Elle en avait besoin. Pourtant, la voix de la raison l'incitait à être prudente. Si cette journée était parfaite, elle restait exceptionnelle. Qu'en serait-il dans les mois ou dans les années à venir ? Surtout si ni lui ni le Boston General n'obtenaient la reconnaissance qu'il désirait tant ?

Lizzy leur prit la main à tous les deux et ils se dirigèrent vers la présentation des chiens de prairie.

— Tu veux que nous te fassions faire la balançoire ? demanda Amara.

Elle rit de l'air surpris de Lizzy.

— J'adorais ça quand j'étais petite et que je me promenais avec maman et ma grand-mère. Il faut juste qu'on te tienne fermement, dit-elle avec un clin d'œil à Eli.

Les éclats de rire de Lizzy la ravirent. Elle se sentait parfaitement heureuse. C'était la vie dont elle avait toujours rêvé. *Avec Eli.*

— Encore ! réclama Lizzy.

— C'était à prévoir, dit Amara en regardant Eli.

Il avait le regard brillant. C'était un père incroyable et un médecin exceptionnel.

Il était tout simplement parfait.

Lorsqu'ils pénétrèrent dans la partie du zoo réservée aux animaux domestiques, Lizzy battit des deux mains, puis bâilla. Elle allait s'endormir avant même qu'ils n'arrivent au parking, Amara en aurait mis sa main à couper.

— Je vais acheter de quoi donner à manger aux chèvres, dit Eli.

Et il se dirigea aussitôt vers la petite cabane où un adolescent qui semblait profondément s'ennuyer proposait des gobelets remplis de croquettes destinées aux chèvres.

Eli se comportait en père avec un grand naturel. Amara le regardait, le cœur battant. S'ils se remettaient ensemble et que, cette fois, cela marchait, voudrait-il d'autres enfants ?

La panique la saisit. Eli était revenu dans sa vie depuis un peu plus d'un mois à peine, et elle était déjà en train de songer à fonder une famille avec lui. Parce que c'était ce qu'elle avait toujours voulu. *Avoir une famille.*

Mais pour avoir une famille heureuse, il fallait y consacrer du temps et de l'énergie. Eli avait promis que leur relation serait une priorité pour lui. *Non.* Il avait promis de respecter un équilibre parfait entre ses patients, son travail pour le Collins Research Group *et* sa famille. Pouvait-il tenir sa promesse ? Et s'il n'y parvenait pas, serait-elle assez forte pour exiger qu'il le fasse ? Ou, sinon, pour le quitter ?

Se mordillant nerveusement la lèvre, elle observait les chèvres, Lizzy dans les bras.

Arrête de te faire du souci.

Avant de mourir, sa mère lui avait dit que s'inquiéter en permanence n'empêchait pas les choses d'arriver et n'engendrait que des regrets. Amara avait envie de vivre sans avoir peur, mais qu'arriverait-il si elle faisait le mauvais choix et qu'elle souffre… encore une fois ?

Eli lui passa un bras autour de la taille et elle oublia aussitôt tous ses soucis. Il était là, maintenant. C'était tout ce qui comptait.

Ils entrèrent dans l'enclos des chèvres et, comme Amara l'avait prévu, Lizzy, craintive, refusa de les caresser ou de les nourrir.

— Ça va être amusant, tu vas voir, dit Eli.

— Non ! cria Lizzy.

Mais elle éclata de rire quand Eli fit un bond ; la plus grosse des chèvres avait attrapé le gobelet qu'il tenait à la main et englouti tout ce qu'elle pouvait.

— Ah, c'est une rapide ! s'exclama-t-il. Je cherche une poubelle pour me débarrasser de ce gobelet et, ensuite, je crois que nous devrions rentrer à la maison, ajouta-t-il comme Lizzy bâillait de nouveau.

Appuyée contre la clôture, Amara l'attendit, l'enfant dans ses bras. Les minutes passèrent. Eli ne revenait pas.

Où était-il passé ?

— Charles Xavier ! cria une voix de femme. Reviens ici tout de suite !

Avant qu'Amara n'ait eu le temps de réagir, un jeune garçon se rua vers l'enclos des chèvres, la bousculant au passage. Elle serra Lizzy contre sa poitrine, mais ne put garder son équilibre. Une douleur aiguë lui transperça le bras gauche tandis que Lizzy se mettait à pousser des cris stridents. Malgré la souffrance, Amara réussit à contrôler sa chute afin de protéger la petite fille, et d'éviter à tout prix qu'elle ne soit blessée.

— Amara ! Je suis vraiment désolé.

Eli était là. Il était revenu.

Il prit Lizzy dans ses bras. Amara souffrait tellement qu'elle en avait les larmes aux yeux. Son bras la brûlait. Comme elle se touchait l'épaule, elle fut surprise de découvrir ses doigts tachés de sang.

Une longue estafilade partait de l'épaule pour arriver à trois centimètres au-dessus du coude. Elle regarda la clôture contre laquelle elle s'était appuyée et remarqua alors un clou qui dépassait, juste à l'endroit où elle s'était tenue.

Elle laissa Eli examiner sa blessure tandis qu'elle essayait de réconforter Lizzy du mieux qu'elle pouvait.

— Tu as besoin de quelques points de suture, dit-il en se passant la main dans les cheveux. Je suis vraiment désolé.

— C'est toi qui nous as bousculées ?

Il la regarda, la bouche grande ouverte.

— Quoi ?

— Cela fait deux fois que tu t'excuses parce qu'un enfant surexcité nous a bousculées sans le faire exprès. Ou bien t'excuses-tu pour la malchance que j'ai eue de tomber justement sur ce clou mal placé ? Franchement, tu n'y es pour rien ! Ce n'est absolument pas ta faute !

Le regard d'Eli vacilla un instant.

— Il te faut des points de suture et une piqûre antitétanique, dit-il en lui écartant du visage une petite mèche de cheveux.

— Eli… ça va aller, je t'assure.

Il sortit un T-shirt du sac où il avait rangé quelques couches pour Lizzy et se servit du petit vêtement pour comprimer la blessure d'Amara.

— C'est une chance que j'emporte toujours des affaires de rechange au cas où Lizzy se salirait.

— J'espère que ce n'est pas son T-shirt préféré !

— Mais non.

Il l'aida à se relever et se chargea de Lizzy.

— Nous devons t'emmener au Boston General.

— Ce n'est pas la conclusion rêvée pour notre rendez-vous…

— Le prochain se terminera mieux, promit Eli.

Le prochain.

— Tu vas mettre du sang sur ta chemise, dit-elle alors qu'il lui passait un bras autour de la taille.

— Aucune importance.

Il l'embrassa sur le front. Lizzy tendit alors les bras vers Amara pour qu'elle la prenne. Amara en éprouva une grande joie. De toute évidence, l'enfant avait aimé cette sortie au zoo, même si cela se terminait par des points de suture.

— Amara s'est fait mal à l'épaule, mon cœur. Nous devons prendre soin d'elle.

Tandis qu'ils s'éloignaient de l'enclos, Eli fronça les sourcils.

— Je suis vraiment désolé, Amara.
— Ne t'inquiète pas, dit-elle en s'appuyant contre son épaule.

Assis dans la salle d'attente avec Amara, Eli continuait de s'en vouloir amèrement. Certes, il n'était pas techniquement responsable de l'accident, mais s'il s'était contenté de jeter le gobelet dans la poubelle pour rejoindre aussitôt Amara et Lizzy, ils auraient déjà regagné la voiture lorsque le jeune garçon turbulent s'était précipité vers l'enclos des chèvres.

Mais il s'était éloigné de la poubelle et avait consulté son téléphone. Après l'avoir ostensiblement éteint devant Amara. Et il avait répondu à tous les messages de Marshall.

Il n'aurait pas dû, il en était conscient. Mais après des années pendant lesquelles ils n'avaient presque pas communiqué, il voulait, maintenant que Marshall sollicitait son aide, répondre présent, ne serait-ce que pour lui prouver qu'il était un grand médecin. Même s'il ne faisait pas une carrière comparable à celle de son père, savoir que celui-ci l'appréciait et le respectait était suffisant à ses yeux.

Lorsqu'il avait entendu Lizzy crier, il était revenu au pas de course et son estomac s'était noué devant le sang qui coulait sur le bras d'Amara.

— Si seulement ils m'avaient laissé te soigner, grommela-t-il, nous serions déjà dehors depuis des heures.

Heureusement, sa mère était venue chercher Lizzy.

— Nous ne sommes pas pressés, dit Amara en se penchant vers lui. Je suis sûre que Griffin ou un autre médecin va bientôt s'occuper de moi. La patience est une vertu, tu sais.

Et elle conclut en lui posant un petit baiser sur la joue.

Une vertu qu'il n'avait jamais beaucoup pratiquée.

— Comment te sens-tu ?

— Comme quelqu'un qui s'est écorché le bras sur un clou. Je sais que tu te fais du souci, mais dis-toi que cela nous fera au moins une histoire drôle à raconter.

— Une histoire drôle ? Je n'en suis pas certain !

— Mais si, nous dirons à tout le monde que j'ai sauvé Lizzy

des assauts d'une chèvre pendant que tu étais parti à la recherche d'une poubelle !

Son rire était contagieux. Il ne put y résister, malgré la culpabilité qui le rongeait.

— Je ne crois pas que ce soit exactement ce qui s'est passé.

Excepté le passage selon lequel il s'était trouvé bien trop loin pour leur venir en aide.

— Quand tu disais que Lizzy détestait aller au lit, je croyais que tu plaisantais, dit Amara. C'est vraiment une farouche opposante à la pratique de la sieste.

Après avoir quitté le Boston General, ils étaient passés chez la mère d'Eli récupérer Lizzy.

En dépit de ses sept points de suture sur le bras, Amara ne regrettait rien du déroulement de sa journée. Passer toutes ces heures avec Eli avait apaisé presque toutes ses inquiétudes. Elle était contente qu'ils aient à discuter de la fête de la Santé, car elle n'avait aucune envie qu'ils se séparent.

— Lizzy trompe son monde en se montrant adorable… jusqu'au moment où elle doit aller au lit. Et là, le monstre se réveille ! répondit Eli en riant.

Il lui frôla les lèvres d'un baiser léger et lui tendit un sandwich au fromage.

Elle crut que son cœur allait exploser. Ce baiser ne lui suffisait pas. Elle voulait davantage. Beaucoup plus. Mais leurs estomacs criaient famine. Ils se mirent à gargouiller de conserve, ce qui la fit éclater de rire. Eli et elle auraient tout le temps, plus tard, de s'embrasser. Elle y comptait bien.

— Je crois que tous les petits enfants sont d'adorables monstres, dit-elle en s'asseyant à côté de lui sur le canapé.

Il mordit dans son sandwich avant de passer un bras autour des épaules d'Amara – en faisant bien attention de ne pas toucher les points de suture.

— Lizzy a un côté têtu qui me rappelle mon frère.

— Ah ! Sam et toi, vous étiez donc aussi entêtés l'un que l'autre ?

Il fit mine d'avoir été touché en plein cœur.

— En ce qui me concerne, je préfère parler de détermination.

— Vraiment ? murmura-t-elle, savourant le lent sourire qui apparut sur le visage d'Eli.

Il était tout près d'elle. Si elle l'embrassait dans le cou, l'attirerait-il vers lui ? Elle sentit ses joues devenir toutes rouges tandis qu'elle regardait fixement ses lèvres.

— Si nous discutions de la fête de la Santé ? demanda-t-il d'une voix enrouée. Mais peut-être y a-t-il autre chose que tu aimerais faire ?

Il lui caressa la joue.

Comme il l'enveloppait d'un regard éloquent, elle fut prise de panique. Il ignorait encore tout de son opération et des cicatrices qui marquaient son corps. C'était peut-être le moment de lui en parler. Mais le souvenir de la réaction de Joe la paralysa.

— Parlons de la fête de la Santé, articula-t-elle d'une voix déformée par l'anxiété.

— Oh… Très bien.

Ôtant son bras de ses épaules, il la débarrassa de son assiette vide.

— Je vais aller chercher mes notes.

Elle l'attendit, essayant de se ressaisir. Eli était médecin, il comprendrait si elle lui parlait de sa double mastectomie. Mais Joe aussi était médecin…

Eli revint, chargé d'un gros classeur qu'il posa sur la table basse.

— Il y a là tout ce que j'ai fait les années précédentes. Chaque fois, le stand était différent. Alors, nous devons choisir un thème et chercher ensuite…

Impressionnée par l'épaisseur du classeur, elle ne put cacher son étonnement.

— Je ne pensais pas qu'il s'agissait d'un événement aussi important, ni que cela demandait un tel travail. Je voyais cela comme un partenariat avec les antennes locales d'associations comme la Ligue contre le cancer ou la Croix-Rouge.

— La fête de la Santé est l'occasion d'attirer l'attention sur le Boston General. Plus les stands sont réussis, plus ils attirent l'attention sur eux, et nous augmentons ainsi nos chances de décrocher des récompenses.

— Cela doit représenter une énorme pression, dit-elle en s'emparant du classeur qu'elle posa sur ses genoux. Et c'est un objectif difficile à atteindre.

— Mais non, dit-il, la voix tendue. La participation communautaire constitue peut-être un critère de poids pour figurer sur la liste des meilleurs établissements.

Eli cachait mieux qu'autrefois son manque de confiance en lui, mais il était évident qu'il avait encore besoin d'être rassuré. Elle aurait tant voulu l'aider à croire en lui. C'était un grand médecin. Il devait s'en convaincre, que son nom figure ou non sur une stupide liste sans aucun intérêt.

Elle lui caressa la joue.

— Tu ne connais pas les critères à remplir pour obtenir ce que tu recherches ? C'est assez fou, Eli !

— J'ai tenté pendant des années de les découvrir, mais ça reste assez vague. J'ai interrogé Marshall à ce sujet, puisqu'il a lui-même figuré sur cette liste une douzaine de fois, mais il m'a juste dit que quelqu'un avait sélectionné son nom.

Elle en eut le cœur serré. Eli poursuivait un but en ignorant le chemin qu'il devait prendre pour l'atteindre.

Elle voulut changer le cours de la conversation.

— Qu'as-tu fait de tous les jours de vacances que tu as gagnés ?

— Quoi ? Pourquoi me poses-tu cette question ?

Elle s'inquiéta du ton défensif qu'il avait adopté. Il devait sûrement profiter de ses congés, non ?

Il voulut lui reprendre le classeur, mais elle s'y opposa, le tenant d'une main ferme sur ses genoux.

— Allez, Amara, laisse-moi consulter mes notes.

Elle se leva et alla à l'autre bout de la pièce, emportant le classeur avec elle.

— Non, dit-elle. Pas avant que tu m'aies dit ce que tu as fait pendant tes vacances supplémentaires, l'an dernier. Es-tu allé à Rome ? Ou en Écosse ? En Californie ? Ou à Hawaï ?

Il la regardait, médusé. Elle eut envie de le secouer.

— As-tu fait du ski ? Ou de l'escalade ? Es-tu allé à la plage ? Réponds-moi, Eli.

Comme il continuait de se taire, elle laissa tomber le classeur, ignorant le bruit qu'il fit en atterrissant sur le sol.

— Comment as-tu utilisé ces congés que tu as gagnés en te donnant tant de mal pour monter ton stand, dans l'espoir de remporter une distinction que tu n'auras peut-être jamais ?

Il détourna le regard.

— Rien. Je n'ai rien fait du tout. À la fin de l'année, il me restait dix jours de congé que je n'avais pas pris, et je les ai perdus. Tu es contente, maintenant ?

Il avait un ton si triste que le cœur d'Amara sombra.

— Mais non, bien sûr !

Elle retourna s'asseoir près de lui sur le canapé et l'enlaça.

— Nous parlions si souvent de voyager. Tu te souviens de tous ces guides dans lesquels nous nous plongions ?

Elle sourit, il semblait se détendre un peu.

— Et maintenant que tu gagnes des jours de congé supplémentaires, tu n'en profites pas !

Elle lui posa un doigt sur les lèvres avant qu'il n'ait le temps de l'interrompre.

— Tu es l'un des meilleurs médecins du Boston General. Tu peux travailler où tu veux. Tu es un père extraordinaire, attentionné, et un médecin exceptionnel. Tu es un type magnifique. Tu n'as pas besoin de figurer sur je ne sais quelle liste pour prouver ta valeur. Tu es quelqu'un de formidable, Eli.

— Un type magnifique ? répéta-t-il en haussant un sourcil.

— Alors, de tous les compliments que je te fais, c'est celui-là que tu retiens ! s'exclama-t-elle en levant les yeux au ciel, feignant l'indignation.

Comme il se penchait vers elle, elle sentit son cœur s'emballer. Il était si proche d'elle, et il lui avait tellement manqué ! Elle ne pouvait détacher son regard de ses lèvres.

Il lui repoussa une mèche de cheveux derrière l'oreille et lui caressa le menton.

— Si nous gagnons, je te promets de prendre des vacances.

— Si nous gagnons, murmura-t-elle, je te promets que j'y veillerai. Et ce seront de vraies vacances. Sans téléphone ni dossiers à relire. Aucun travail d'aucune sorte !

— Tu m'as tellement manqué, dit-il simplement.

Alors, elle l'embrassa. Il avait encore un goût de miel et de soleil. *Son Eli…*

Autrefois, ils avaient été comme les deux moitiés d'un tout. Était-ce encore possible aujourd'hui ? Il la serrait étroitement contre lui, l'embrassant avec passion. Lorsqu'il lui caressa la poitrine, elle eut un long frisson. S'ils continuaient, où cela allait-il les mener ?

Le cœur déchiré, elle s'écarta.

— Je dois y aller.

— Amara, reste, je t'en prie, dit-il d'une voix suppliante.

Elle en avait une envie folle, mais sa réaction lorsqu'il découvrirait ses cicatrices lui faisait aussi très peur. Elle avait besoin d'un peu plus de temps.

Elle libéra ses mains, se leva et prit son sac.

— Je vais réfléchir aux thèmes que nous pourrions choisir pour le stand.

— Si nous discutions de la fête de la Santé demain soir, en dînant ensemble ?

— Demain soir, nous sommes de garde.

— Je sais. Mais si nous pouvons faire une pause, nous dînerons. Je ne sais pas vraiment ce qui vient de se passer…

— Eli, dit-elle, fronçant les sourcils.

— Tout va bien.

Il se leva et l'embrassa sur la joue avant de lui frôler les lèvres d'un petit baiser.

— Lorsque tu seras prête, tu me le diras.

Elle le regarda, les larmes aux yeux.

— À demain, promit-elle.

Elle attrapa ses clés et, le cœur lourd, s'en alla d'un pas mécanique.

7.

Lorsque, le lendemain matin, Amara franchit les portes du Boston General, elle s'en voulait amèrement d'avoir paniqué la veille au soir, et de n'avoir pas eu le courage de parler de son opération à Eli. Il était différent de tous les autres hommes avec qui elle était sortie après sa mastectomie. Mais elle ne pouvait s'empêcher d'avoir peur.

Durant la nuit, elle s'était plantée devant un miroir et avait regardé de près les cicatrices qui marquaient sa poitrine. Trois ans après l'intervention chirurgicale, elles s'étaient atténuées. La peau était encore plissée et les mamelons qu'elle avait fait tatouer ne ressemblaient pas exactement à ceux qu'elle avait auparavant.

Le souvenir du regard de Joe menaçait de rester à jamais gravé dans sa mémoire.

Machinalement, elle jeta un coup d'œil autour d'elle à la recherche d'Eli, mais il n'était pas dans le hall. Elle avait réfléchi à ce qu'ils pourraient faire pour la fête de la Santé et voulait lui présenter les idées qui lui étaient venues.

— Où en êtes-vous, avec Eli, pour votre stand ? lui demanda Susan en la suivant dans la salle de repos.

Amara fut surprise de son air soucieux.

— Ce n'est encore qu'un projet, dit-elle, mais j'aimerais mettre en avant la nécessité de manger sainement, et réaliser des recettes de cuisine devant le public.

Il fallait juste qu'Eli soit d'accord. Mais elle était presque certaine qu'il l'approuverait.

— En fait, c'est moi qui ferai la cuisine. Eli prétend qu'il vaut mieux ne pas le laisser s'approcher trop près d'un fourneau, fit-elle en riant.

— Il essayera sans doute de vous convaincre d'embaucher un chef célèbre, répondit Susan.

— Mais pourquoi ?

— Pour attirer l'attention sur le Boston General.

— Je sais qu'il voudrait que cet hôpital soit vu comme un établissement de premier ordre, ce qu'il est d'ailleurs, mais il me paraît ridicule d'engager un grand chef pour une fête de la Santé qui est un événement local.

— Je ne sais pas. Il a beaucoup fait pour cet hôpital au cours des six dernières années, mais nous n'arriverons jamais à avoir la réputation du Massachusetts Research. Là-bas, décrocher le maximum de récompenses semble mobiliser l'essentiel de leur énergie.

— C'est vrai, répondit Amara, qui y avait travaillé près de dix ans.

Mais elle savait pourquoi Eli cherchait autant la reconnaissance de son travail et de l'établissement dans lequel il exerçait. Il souffrait encore de vivre dans l'ombre de son père. Et Marshall ne l'aidait pas à avoir confiance en lui. Jamais Eli ne recevait le moindre merci de son père, ni la moindre félicitation pour tout ce qu'il faisait pour lui. Il attendait de Marshall une approbation qu'il risquait fort de ne jamais obtenir.

— Je vous ai associée avec lui car je pensais qu'il se chargerait de tout, dit Susan. Je me suis dit qu'il prendrait tout en main et que vous, cela vous donnerait quelques jours de congé supplémentaires. Je sais que cet hôpital ne se montre guère généreux, même envers les infirmières qui ont un CV comme le vôtre. Mais on dirait que vous avez un effet calmant sur Eli. Il en avait grand besoin ! Je suis impressionnée.

— Vraiment ?

Susan lui fit un clin d'œil.

— L'an dernier, à la même époque, la moitié du personnel infirmier avait envie de le tuer. Le Dr Stanfred et lui se chamaillaient en permanence. Le fait qu'Eli ne prenne jamais de vacances rend Griffin absolument fou. Vous avez une bonne influence sur lui. Vous le calmez.

Elle attrapa son sac et tapota le bras d'Amara.

— Maintenant, si vous voulez bien m'excuser, j'ai rendez-vous avec un homme charmant qui m'a invitée à dîner.

Eli entra dans la salle de repos et fit un petit signe de la main à Susan, qui s'en allait. Ses cheveux noirs étaient légèrement ébouriffés, mais Amara le trouva irrésistible. Lorsqu'il croisa son regard, ses yeux se mirent à briller d'un éclat particulier. Elle ne se lasserait jamais de cette réaction. *Jamais.*

Elle lui tendit le café qu'elle avait préparé à son intention.

— Je sais ce que nous devrions faire pour la fête de la Santé. Présenter des recettes de cuisine que je réaliserai moi-même en public.

Elle prit ses notes et les donna à Eli. Pendant qu'il les feuilletait, elle continua à défendre son projet.

— Hier soir, j'ai rassemblé tout un tas de vieilles recettes que je tiens de ma mère. Ce sont des plats simples, très sains. La plupart sont végétariens, ce qui les rend très économiques puisqu'il n'y a pas de viande. Nous pourrions les faire goûter aux visiteurs et leur donner un livret contenant les recettes.

Elle retint son souffle. Elle avait conscience que son idée n'avait rien à voir avec celles qu'il avait développées les années précédentes.

— Je pourrais me charger du plus gros de la cuisine, et te présenter comme mon assistant.

Il continuait de lire les recettes.

— Je sais que c'est différent de…

— C'est parfait, coupa-t-il.

Il affichait un grand sourire qui la ravit. Il la laissait gérer le stand à sa façon et elle pourrait présenter les recettes de sa mère, ce qui aurait sûrement enchanté celle-ci !

— Cependant, dit-elle, j'aurais besoin d'une chose.

— Quoi donc ? Si c'est en mon pouvoir, la réponse est oui.

— Je n'ai pas réalisé ces recettes depuis un bon moment, et je dois les adapter pour pouvoir les faire en grande quantité…

— Et tu as besoin de ma cuisine.

— Oui, murmura-t-elle.

Si elle allait chez lui, ils s'embrasseraient à nouveau. Elle en avait une envie folle, mais l'anxiété lui nouait l'estomac.

— Il faudra probablement que je l'utilise plusieurs fois par semaine pour réussir parfaitement toutes les recettes. Je ne voudrais pas m'imposer.

— Pour moi, ce sera un plaisir, dit-il en lui prenant la main. Je veux que tu viennes à la maison.

Un bruit de sirène se fit entendre. Aussitôt, il posa son café sur le haut d'un casier.

— Le devoir nous appelle, dit-il.

Lorsqu'ils arrivèrent au parking des ambulances, Amara eut du mal à cacher son étonnement car Marshall descendait de l'arrière de l'ambulance. Eli prit une profonde inspiration avant de s'avancer vers les paramédicaux qui sortaient la patiente du véhicule.

— Qu'est-il arrivé ? demanda-t-il à l'un d'eux.

Ce fut Marshall qui répondit :

— Gillian a trouvé ma secrétaire, Tabitha, gisant sur le sol, le visage figé.

Un accident vasculaire cérébral…, pensa Amara.

— Le scanner mobile pour la scintigraphie du cerveau est dans la salle de traumatologie n° 2, dit Eli. Allons-y. Vous, docteur Collins, vous restez ici, ordonna-t-il d'un ton ferme.

— Mais non ! s'exclama Marshall. Tabitha travaille avec le Collins Research Group depuis près de vingt ans, elle voudrait sûrement que je…

— Eli, on est en train de la perdre ! dit Amara en lui tendant les palettes.

Mais Marshall s'était mis en travers de son chemin. Eli le contourna et s'empara des palettes.

— Tu n'es pas autorisé à exercer au Boston General et tu m'empêches de soigner cette patiente. Je dois la stabiliser. Si tu ne t'en vas pas, je vais demander à la sécurité de t'évacuer.

Amara savait qu'en dépit de leurs différences, Eli aurait horreur de devoir faire appel à la sécurité pour faire sortir son père. Elle demanda à Eric, un infirmier, de prendre sa place et elle se dirigea vers Marshall.

— Venez, je vais vous montrer la salle d'attente.

— Je sais parfaitement où elle est !

Bien des gens réagissaient au stress en exprimant de la colère. Au fil des années, Amara avait calmé des centaines de personnes – des amis ou des proches de patients – que l'inquiétude rendait violentes.

— Eli est l'un des meilleurs médecins urgentistes de la région, dit-elle d'une voix calme.

Marshall hocha la tête sans rien dire et finit par se diriger vers la salle d'attente.

— Je suis sûr qu'il est plus que correct. Comme cet hôpital, d'ailleurs. Mais être l'un des meilleurs, cela ne veut pas dire qu'on est exceptionnel.

Amara, stupéfaite, resta la bouche grande ouverte. Elle était furieuse. Comment osait-il ? Comment Marshall pouvait-il ignorer à ce point les qualités de son fils ?

— Pourquoi n'avez-vous aucun respect pour la médecine d'urgence ? lança-t-elle.

— Du respect ?

Marshall, le regard braqué sur Amara, se frotta le menton.

— Ce que je fais est un art délicat, complexe, unique. La médecine d'urgence est utile, mais elle n'est pas comparable à la chirurgie.

Elle avait envie de le secouer. Parmi les patients de Marshall, combien devaient la vie à l'intervention d'un médecin ou d'un infirmier urgentistes ? Des centaines. C'étaient bien souvent des urgentistes qui stabilisaient les patients avant qu'ils ne puissent bénéficier d'une transplantation cardiaque ou d'une opération du cœur.

— Eli est meilleur médecin que vous.

Elle tourna les talons avant que Marshall n'ait eu le temps de protester. Peu importait qu'il ne le croie pas. Elle, elle en était convaincue, et elle trouverait le moyen pour qu'Eli admette aussi cette vérité. Il n'avait rien à prouver à son père.

Eli s'essuyait le front tandis que l'équipe des soins intensifs emmenait Tabitha dans les étages. Le scanner avait révélé dans son cerveau la présence d'un caillot qui avait provoqué son AVC. Son état s'était stabilisé après qu'Eli eut ordonné l'injection d'un activateur tissulaire du plasminogène. Mais l'issue restait encore incertaine.

Il se rendit dans la salle d'attente pour parler au mari de Tabitha. À sa grande surprise, alors qu'il était persuadé que Marshall avait déjà regagné son bureau ou son hôpital, il le trouva assis auprès du pauvre homme rongé d'inquiétude. Jamais il n'avait vu son père s'autoriser à prendre un après-midi.

— Monsieur…

— Mark, coupa le mari de Tabitha. Comment va ma femme ?

— Nous avons réussi à la stabiliser, Mark.

L'homme regarda tour à tour Eli et Marshall.

— Qu'est-ce que ça veut dire ?

C'était l'un des moments qu'Eli détestait le plus dans son métier. Annoncer à quelqu'un que sa vie allait probablement changer, et cela même si l'être aimé s'en sortait.

— Ils sont maintenant en train de faire des examens. Votre femme a eu au moins un AVC.

Les yeux de Mark se remplirent de larmes.

— Mais elle va guérir, n'est-ce pas ?

— Bien sûr, affirma Marshall.

Mais qu'est-ce que son père était en train de faire ? Rien ne l'autorisait à dire cela.

— Docteur Collins, dit-il, nous ne sommes sûrs de rien.

Marshall lui lança un regard incendiaire, qu'Eli ignora.

— Aujourd'hui, nous avons dû ranimer votre femme, poursuivit-il en s'adressant à Mark. Elle respirait par elle-même quand nous l'avons transférée à l'étage, et c'est très bon signe. Mais si elle s'en sort, elle aura de toute façon une longue convalescence.

Mark parut marquer le coup.

— Puis-je la voir ?

— Bien sûr. Quelqu'un va vous conduire auprès d'elle.

Eli attendit que Mark eût quitté la pièce pour s'en prendre à son père.

— Tu n'avais absolument pas le droit d'affirmer à cet homme que Tabitha allait guérir ! Tu n'es pas son médecin et tu ignores tout de son pronostic médical actuel.

Eli était lui-même choqué du ton agressif dont il venait d'user envers son père. La seule fois où il lui avait tenu tête, c'était pour lui annoncer qu'il ne serait pas chirurgien. Après cela, Marshall ne lui avait plus adressé la parole pendant des années.

Mais comment supporter de voir son père donner un avis médical sans aucun fondement, et cela dans *son propre* hôpital ? Les patients avaient le droit de savoir la vérité, même si elle était dure à entendre.

— Je déteste le côté relationnel avec le patient et sa famille, dit Marshall en grommelant. C'est plus facile de pratiquer une coupe chirurgicale et de remplacer la partie défectueuse de l'organisme que de parler à la famille.

Eli eut envie de lui répondre que le patient et sa famille étaient les raisons mêmes pour lesquelles il exerçait son métier. Il voulait aider les gens à vivre le mieux possible.

Pour un homme qui serinait à ses proches que le patient était sa priorité, Marshall semblait souvent plus soucieux de son taux de réussite. Il s'intéressait aux problèmes qu'il pouvait résoudre, et pas à la personne dans sa globalité.

Mais lui aussi sauvait des vies, se dit Eli. Beaucoup.

Son père et lui étaient différents, mais les raisons qui les poussaient à pratiquer la médecine étaient les mêmes.

Sauver le plus de gens possible.

Après tout, que leur approche soit différente, était-ce si important que cela ?

— Amara m'a dit que tu étais meilleur médecin que moi, dit soudain Marshall tandis qu'ils traversaient le hall.

Eli se sentit plus léger. Amara avait pris sa défense devant son père. Elle avait toujours cru en lui. Elle était vraiment parfaite.

— C'est absurde, bien sûr, ajouta Marshall en riant. J'ai des statistiques qui le prouvent.

— Des statistiques ?

— J'ai été désigné comme l'un des meilleurs chirurgiens du pays durant les dix dernières années. La dernière fois que j'ai consulté la liste, ni cet hôpital ni toi ne faisiez même partie de la compétition.

Décidément, son père avait le don de sabrer sa confiance en lui. *Aucune importance.*

Marshall était fatigué, frustré et inquiet pour sa collaboratrice. Voilà pourquoi il s'en prenait à lui. Ce n'était pas la première fois, et Eli savait gérer ce genre de situation.

— Je sais que tu te fais du souci pour Tabitha.

Il pouvait apporter du réconfort à son père. C'était ce qu'il faisait tous les jours dans sa vie professionnelle.

Marshall soupira.

— Elle travaille pour moi depuis très longtemps.

Il regarda Eli.

— Tu as fait du bon travail, ce soir. Toi aussi, tu pourrais bien figurer un jour sur la liste.

Ces quelques mots provoquèrent un tel choc chez Eli qu'il ne put s'empêcher d'afficher un grand sourire. Depuis qu'il avait choisi la médecine d'urgence, son père ne lui avait jamais adressé le moindre compliment.

— Eli ?

Amara l'appelait depuis l'autre côté du hall. Il alla vers elle et la serra dans ses bras.

— Merci.

— Pour quoi ?

Amara suivit du regard Marshall, qui franchissait la porte de l'hôpital.

— Pour croire en moi et pour avoir dit à mon père que j'étais meilleur médecin que lui. C'est un peu exagéré, mais j'apprécie.

Elle fronça les sourcils.

— Je ne pense pas que ce soit exagéré.

Sa conviction donna un regain d'énergie à Eli.

— Amara, je…

— Ah, vous êtes là, docteur Collins ! lança un infirmier en

se ruant vers eux. Le Dr Stanfred demande si vous pouvez vous occuper de la patiente de la chambre n° 2.

L'homme repartit avant qu'Eli n'ait eu le temps de répondre.

— Le devoir nous appelle de nouveau, dit-il. La nuit promet d'être chargée.

Une femme âgée avançait péniblement, accrochée au bras d'un homme qui l'aidait de son mieux à regagner son lit après qu'elle fut allée à la salle de bains.

Amara et Eli se précipitèrent vers le couple. Lorsque Amara prit la femme sous le bras pour la soutenir, elle fut frappée par la chaleur qui irradiait de sa poitrine. Un coup d'œil d'Eli et elle sut que lui aussi avait constaté le même phénomène. La patiente était brûlante.

Tandis qu'il aidait la vieille femme à se recoucher, il l'interrogea d'une voix calme et rassurante.

— Quel est le problème ?

— Je crois que les incisions de mon opération se sont infectées, dit-elle d'une voix défaite.

— Betty n'a pas voulu me laisser regarder, dit son mari en lui prenant la main. Mais elle a de la fièvre et, aujourd'hui, elle a changé trois fois ses pansements.

— Je... je... je suis tellement différente maintenant, Harry, murmura la patiente, au bord des larmes.

— Cela n'a aucune importance, mon cœur. Je t'aime. Pour le meilleur et pour le pire, souviens-toi, dit-il tandis qu'il lui caressait le bras.

— Quand avez-vous eu votre mastectomie ? demanda Amara en enfilant une paire de gants chirurgicaux.

— Il y a deux semaines.

— Nous devons regarder les incisions, Betty, dit Eli, l'air soucieux. Je suis certain qu'elles ne sont pas aussi vilaines que vous le pensez.

— Je sais que cela peut faire peur, mais vous verrez que ce sera beaucoup mieux dans quelque temps, dit Amara en tapotant le bras de la vieille dame.

Eli les regardait tour à tour, Betty et elle. Lui dirait-il, à elle aussi, que ses cicatrices n'étaient pas aussi vilaines qu'elle le pensait ?

Elle chassa ces questions, elle devait concentrer toute son attention sur Betty.

— Dans quelques mois, vos cicatrices commenceront à s'estomper, je vous le promets. Elles passeront du rouge au rose et elles finiront par faire partie de vous.

— De toute façon, tu es très belle, dit Harry en regardant sa femme dans les yeux. Mais si tu préfères que je sorte de la pièce, je le ferai.

— Non, reste, répondit Betty, le menton tremblant.

Et elle déboutonna son chemisier.

Amara frissonna, les cicatrices étaient très rouges. Betty devait recevoir des piqûres d'antibiotiques avant que l'infection ne se généralise.

Tandis qu'Eli expliquait qu'il était nécessaire d'hospitaliser Betty un jour ou deux, Amara quitta la pièce pour s'occuper du transfert de la patiente, mais également pour s'éloigner d'Eli.

À la façon dont il l'avait regardée affirmer à Betty que les cicatrices s'atténueraient au fil du temps, il avait compris qu'elle parlait d'expérience.

Cela n'avait aucune importance. Elle avait déjà décidé de tout lui dire. *De lui montrer.* Il avait été si gentil avec Betty, si compréhensif, tout se passerait bien. *Sûrement.*

Alors, pourquoi ses mains tremblaient-elles ?

8.

Amara, les bras chargés de provisions, grimpait les marches. Eli se précipita vers elle.

— Pourquoi n'as-tu pas klaxonné ni demandé un coup de main pour t'aider à porter tous ces légumes ? dit-il en la débarrassant de deux des sacs.

La nuit précédente, Amara avait disparu après qu'ils s'étaient tous les deux occupés de Betty. Les réactions qu'elle avait eues face à cette patiente, comme avec la jeune Hannah qui avait si peur que sa cicatrice ne fasse fuir son petit ami, le renforçaient dans sa conviction qu'elle aussi avait eu une opération, probablement une mastectomie.

Mais il ne voulait pas la questionner, de peur qu'elle ne l'envoie promener. Amara était belle. Rien ne pouvait lui ôter cette beauté.

Il n'attachait aucune importance à l'intervention chirurgicale qu'elle avait subie. Mais ce n'avait visiblement pas été le cas de tout le monde. L'idée que quelqu'un ait pu la blesser le rendait fou.

Son téléphone sonna. Il leva les yeux au ciel, partagé entre l'envie d'éteindre l'appareil et celle de répondre immédiatement. Durant toute la matinée, il avait reçu des messages de Marshall et, dans l'après-midi, son père l'avait appelé deux fois. Mais maintenant, Amara était là, et il devait lui consacrer toute sa soirée. S'il voulait que la seconde chance qu'ils se donnaient aboutisse à une conclusion heureuse, il devait oublier le travail lorsqu'il se trouvait avec elle.

— Si tu veux, tu peux répondre, dit-elle en l'embrassant sur la joue tandis qu'elle rangeait les provisions dans le réfrigérateur. Je sais que ton travail est important.

C'était gentil de sa part, mais il secoua la tête.

— Lizzy est chez maman, nous pouvons passer toute la soirée à cuisiner.

— C'est tout ?

Il vint vers elle et lui caressa la joue.

— Nous ferons ce que tu veux, Amara. Tout, ou bien rien.

— Eli…

Elle s'avança vers lui, abolissant la distance qui les séparait. Il s'empara alors de ses lèvres et la sentit se coller à lui tandis qu'elle l'enlaçait. Les choses rentraient dans l'ordre quand Amara était dans sa vie.

Il la souleva et la fit s'asseoir sur le plan de travail de la cuisine. Son cœur s'accéléra lorsqu'elle lui encercla la taille avec ses jambes. Il caressa ses longs cheveux noirs tandis qu'elle laissait courir ses doigts le long de sa colonne vertébrale. Il avait l'impression d'être au paradis.

La sonnerie du four retentit, indiquant qu'il avait atteint la bonne température. Amara s'écarta.

— Si nous voulons dîner, je dois…

Il l'interrompit.

— Et si nous commandions plutôt une pizza et que nous remettions l'atelier cuisine à demain ?

Amara regarda fixement Eli.

— Je…

Elle avait une envie folle d'accepter sa proposition et regrettait amèrement de ne pas lui avoir parlé plus tôt de ses cicatrices. Elle devait tout lui dire. S'il ne pouvait l'accepter telle qu'elle était aujourd'hui, elle préférait le savoir dès maintenant.

Elle lui passa les bras autour du cou.

— Pizza.

Avant qu'elle n'ait pu en dire davantage, il l'embrassa. Elle aurait voulu que ce baiser ne prenne jamais fin, mais Eli devait être mis au courant.

— Eli, murmura-t-elle en s'écartant.

Il avait le regard dilaté par la passion et le désir. Il fallait qu'elle lui fasse confiance.

— Amara, je te veux. J'ai besoin de toi, mais si tu ne te sens pas prête, j'attendrai aussi longtemps que tu voudras.

Elle prit une profonde inspiration.

— Mon corps a changé. J'ai…

Elle marqua une pause, prise soudain d'un malaise.

— Tu as eu une mastectomie ? demanda-t-il en l'embrassant sur le front.

Elle cligna des paupières, en proie au désir et à l'immense espoir qui la submergeait.

— Comment le sais-tu ?

— Je n'en étais pas certain, mais tu repoussais ma main chaque fois que j'essayais de te toucher la poitrine. J'ai vu aussi combien tu étais mal à l'aise face à Hannah. Et avec Betty, tu as fait preuve d'une telle compréhension…

Eli semblait la regarder avec toujours autant de désir dans les yeux, mais il n'avait pas vu ses cicatrices. Pas encore.

— J'ai subi une double mastectomie préventive il y a trois ans. J'ai fait ce choix après m'être soumise à un test génétique qui a révélé que j'étais porteuse du gène BRCA1. Je regrette de ne pas te l'avoir dit plus tôt. Mon chirurgien a fait un superbe travail de reconstruction, mais… j'avais peur que cela ne…

Elle se tut, incapable de continuer. Que dire de plus ? Elle ferma les yeux et attendit.

— Amara, regarde-moi.

Eli l'embrassa sur la joue, attendant qu'elle rouvre les yeux.

— Tu es très belle.

— Je voulais t'en parler depuis des semaines, mais j'étais terrifiée à l'idée que tu puisses me regarder autrement.

Sa voix s'était brisée. Il se pencha vers elle et lui donna un long baiser.

— Tu es parfaite.

Elle noua de nouveau ses jambes autour de sa taille, mais évita de croiser son regard.

— Pas vraiment, dit-elle. Les cicatrices se sont atténuées, mais…

— Puis-je les voir ?

Tant qu'il ne les aurait pas regardées, elle ne serait pas rassurée. Et quel que soit leur aspect, il n'y attachait aucune importance. Amara était là, avec lui. Rien d'autre ne comptait à ses yeux.

Elle marqua une hésitation, puis commença à déboutonner son chemisier et le fit glisser le long de ses épaules.

Elle était si belle.

Il ne dit rien. Les mains posées sur les genoux d'Amara, il voyait à quel point elle était émue, en proie à une violente lutte intérieure. Les doigts tremblants, elle tenta de dégrafer son soutien-gorge.

— Laisse-moi faire, dit-il en l'embrassant au-dessus de l'oreille. Tu es si belle.

— Tu n'as encore rien vu de mes cicatrices.

Sans cesser de la regarder dans les yeux, il lui ôta son soutien-gorge, puis fixa ostensiblement sa poitrine.

— Amara, dit-il en la caressant tout autour de ses seins. Tu ne te résumes pas à tes cicatrices, mon amour. Et elles montrent à quel point tu es forte. En ce sens, elles font partie de ta beauté.

Il recula et, la tenant par les mains, il la contempla tout entière. Les longues cicatrices laissées par la reconstruction de ses seins ne la diminuaient en rien. Il n'imaginait pas la force qu'il avait fallu à Amara pour faire ce choix. Elle était stupéfiante.

— Tu es adorable, intelligente, douce et incroyablement sexy.

Elle esquissa un petit sourire.

— Sexy ?

Son regard était plein d'espoir, mais aussi d'inquiétude.

— Formidablement sexy. Viens au lit avec moi et je passerai le reste de la nuit à te montrer à quel point tu m'excites.

Comme elle hochait la tête, il la souleva dans ses bras.

Cette nuit, Amara n'aurait plus aucun doute sur la force de son désir pour elle. Il la voulait.

Elle, et personne d'autre.

Tandis qu'Eli déposait Amara sur le lit, elle tentait de se calmer. Il avait regardé ses longues cicatrices et l'avait embrassée en lui disant combien il la trouvait belle. Elle n'avait pas réalisé à quel point elle avait besoin d'entendre ces mots jusqu'au moment où il les avait prononcés. Elle voulait se souvenir de tout ce qui allait se passer cette nuit.

Lorsqu'il lui ôta son jean, elle eut soudain une conscience aiguë de sa quasi-nudité alors qu'il avait encore tous ses vêtements. Comme elle essayait de lui enlever sa chemise, il repoussa sa main.

— Eli ?

— Si je commence dès maintenant à me déshabiller, je ne suis pas sûr de pouvoir me contrôler et de profiter pleinement de la nuit. Depuis des années, je rêve de t'avoir de nouveau dans mes bras, ma chérie. Cette nuit, je veux t'adorer et rendre hommage à chaque centimètre carré de ton superbe corps.

— Voilà une magnifique promesse, dit-elle avec un soupir d'aise.

Comme il lui caressait l'intérieur des cuisses, elle se mit à frissonner de plaisir et, lorsqu'elle sentit ses lèvres glisser le long de son ventre, le désir la submergea. Elle avait envie de lui. Maintenant.

Et quand il embrassa la base d'un de ses seins, elle s'agrippa au drap. Ses cicatrices n'avaient aucune importance. Elles ne comptaient pas aux yeux d'Eli.

Levant la tête, il lui couvrit le visage de petits baisers tout en promenant les doigts sur les cicatrices qu'elle avait sur la poitrine.

— Ma chérie, chaque centimètre de ton corps est magnifique à mes yeux. *Chaque centimètre.*

Elle se détendit. Elle n'avait que peu de sensations sur sa poitrine, mais les caresses d'Eli lui mettaient tout le corps en feu.

— Eli…

Elle lui prit la main et le guida vers son bas-ventre.

— Je te veux ici.

Elle retint son souffle lorsqu'il glissa les doigts à l'intérieur de sa petite culotte en coton.

Prenant tout son temps, il la caressa longuement, excitant chaque fibre de son corps. Ivre de plaisir, elle se cambra lorsqu'il passa la langue sur son point le plus sensible. Ce qu'elle ressentait était à la fois énorme et insuffisant.

— Eli !

— Tu es toujours aussi délicieuse, murmura-t-il.

Et, lui empoignant les fesses, il la tint serrée contre lui tandis qu'il la menait aux frontières du plaisir.

— Eli ! gémit-elle lorsqu'il introduisit un doigt au plus profond d'elle.

Comme il la caressait lentement tout en la couvrant de baisers, elle s'abandonna tout entière au plaisir qu'il lui donnait.

En voyant Amara au bord de l'extase, Eli n'y tint plus. Il se déshabilla à la hâte et se glissa dans le lit. Lorsqu'il sentit les doigts d'Amara courir sur son corps comme pour s'en souvenir dans ses moindres détails, il frissonna de plaisir et s'empara de sa bouche.

— Amara…

— Eli, je te veux. Tout entier… Maintenant !

Cette demande le galvanisa. Il prit un préservatif dans le tiroir de la table de nuit et l'enfila rapidement. Les lèvres d'Amara se collèrent sur son cou tandis qu'il la pénétrait lentement. Il brûlait de désir pour elle, mais il tenait à prendre son temps. Il l'avait attendue trop longtemps.

— Eli…, gémit-elle, prise de convulsions.

N'y tenant plus, il la rejoignit et leurs corps entremêlés partagèrent le même orgasme. *Son Amara.*

Plus tard, il se leva pour jeter le préservatif et regagna le lit. Faisant courir ses doigts sur le ventre d'Amara, il la berça doucement contre lui.

Tenir Amara dans ses bras, c'était la définition même du paradis.

9.

Eli se rendit au bureau des infirmières et tendit une tasse de thé à Amara. Le sourire qu'elle lui adressa le fit frissonner.

— Et moi qui craignais que tu ne m'apportes plus de thé, maintenant que nous sortons ensemble, dit-elle en lui faisant un clin d'œil.

— Avais-je le choix ? répondit-il pour la taquiner. Tu m'as manqué, la nuit dernière.

Leurs regards se croisèrent, et il se sentit le plus heureux des hommes. Amara travaillait avec lui et dormait chez lui plusieurs fois par semaine. Quand elle était là, elle avait le don de rendre la vie plus belle.

Il y eut soudain un appel radio, auquel Amara répondit aussitôt.

— Boston General. Répétez. Terminé.

— Un homme, âgé d'une trentaine d'années, victime d'un accident de voiture. On arrive dans trois minutes. Terminé.

Amara se leva et suivit Eli qui se dirigeait déjà vers la porte.

— Cela n'a pas l'air trop grave, dit-elle.

Il hocha la tête. Les paramédicaux n'avaient pas parlé d'état critique, mais il savait d'expérience que des blessures apparemment légères pouvaient soudain se révéler gravissimes.

Il suffisait parfois de quelques secondes pour qu'une vie se trouve menacée.

Une jeune femme blonde sauta de l'ambulance et faillit perdre l'équilibre. Elle se rattrapa à la portière, et fronça les sourcils.

— Désolée.

Elle se rangea sur le côté tandis que les ambulanciers sortaient un homme de l'arrière du véhicule.

— Je suis là, Julian, dit-elle en suivant le brancard alors qu'ils se dirigeaient tous vers la salle de traumatologie n° 3.

— La voiture s'est encastrée dans un arbre, expliqua l'un des paramédicaux. La portière s'est écrasée contre l'épaule du conducteur.

— Les routes sont mouillées, dit Julian.

— L'airbag s'est déployé, provoquant des brûlures au poignet, continua le paramédical. Et le conducteur s'est cogné la tête.

Il tendit ses notes à l'infirmière chargée des admissions.

— Je crois qu'il s'agit d'une réaction excessive, dit le patient en tirant sur sa minerve.

— Julian, laisse-les t'examiner. Je me sentirai mieux.

La jeune femme blonde se laissa tomber sur une chaise et ferma les yeux.

— Vous aussi, vous étiez dans la voiture ? lui demanda Amara.

— Côté passager. Je n'ai rien. Mais mon mari…

Elle ne termina pas sa phrase.

Amara, l'air soucieux, regarda Eli. Il haussa un sourcil interrogateur, et elle hocha la tête en se donnant des petits coups légers sur le front.

— Pouvez-vous me dire votre nom ? demanda-t-elle à la femme.

— Kelly.

Amara commença à l'examiner tandis qu'Eli s'occupait de Julian. Celui-ci souffrait d'une légère commotion cérébrale, les brûlures provoquées par l'airbag étaient superficielles. Il devrait simplement se reposer quelques jours, et tout irait bien pour lui.

— Eli !

Il se précipita pour venir en aide à Amara et arriva juste à temps pour retenir Kelly, qui venait de glisser de sa chaise.

— Kelly ! hurla Julian en se redressant sur sa table d'examen.

— Restez tranquille ! ordonna Eli.

— Ma femme…

— Je comprends, mais ne bougez pas, je vous en prie.

Griffin et Susan arrivèrent presque aussitôt en renfort.

— Elle a failli tomber en descendant de l'ambulance où se trouvait son mari, dit Amara tandis qu'ils emmenaient Kelly dans une autre salle d'examen. Ses mouvements étaient lents et exagérés, et je crois que les lumières ici lui faisaient mal aux yeux, même si elle n'en a rien dit.

Eli se frottait la nuque en regagnant la pièce où se trouvait Julian. La scintigraphie du cerveau de Kelly avait révélé une fêlure sur le côté droit du crâne. Sans doute avait-elle heurté la vitre de la portière et le petit saignement provoqué par ce choc n'avait provoqué des symptômes qu'au bout d'une heure.

Julian devrait se montrer prudent, mais ils allaient le libérer et il pourrait rendre visite à sa femme.

Eli entendit sa voix à travers la porte ouverte.

— Tout est arrivé si vite, disait Julian. La route était glissante. Kelly semblait s'en être sortie indemne, d'après les paramédicaux qui l'ont examinée sur place.

— Il est parfois difficile de détecter immédiatement un saignement cérébral, répondit Amara. Mais votre femme est entre les mains de quelques-uns des meilleurs médecins de Boston.

Bien sûr, une fois sa garde terminée, elle était venue prendre des nouvelles de Julian. C'était ce qu'Eli était venu faire, lui aussi.

Julian se passa la main sur le visage.

— Il me semble que je suis au Boston General, et non au Massachusetts Research… Oh ! pardon, je ne voulais pas vous offenser.

— J'ai travaillé au Massachusetts Research, répondit Amara avec un sourire. Si vous avez besoin d'une opération à cœur ouvert ou d'un traitement orthopédique, il n'y a pas de meilleur établissement dans tout l'État, et peut-être même dans tout le pays. Mais, ici, vous avez le meilleur service d'urgence de la ville. Seulement, nous ne faisons pas autant de publicité que les autres hôpitaux. Nous passons trop de temps à nous occuper des patients, fit-elle en adressant un clin d'œil à Julian. Allez, reposez-vous, maintenant.

Eli entra dans la chambre.

— Je viens vous donner des nouvelles. Vous devez vous montrer prudent, surveiller le moindre mal de tête, et si vous avez de la famille dans les parages, ce serait bien que quelqu'un vienne vous tenir compagnie pendant que votre femme est ici.

— Merci, murmura Julian.

— On va venir vous apporter votre décharge.

Il sortit de la chambre en même temps qu'Amara.

— Tu es extraordinaire, dit-il en se penchant vers elle autant que le permettait la situation.

Elle lui tint la main un bref instant.

— Merci. Nous faisons une bonne équipe, toi et moi.

— Et tu viens de me donner une bonne idée pour améliorer l'image du Boston General. Nous devons lancer une campagne publicitaire pour faire connaître notre travail.

Elle cligna les paupières.

— Eli, ce n'est pas ton boulot. Reste concentré sur les patients. Le Boston General fait un excellent travail. C'est tout ce qui compte.

— Nous accomplissons un travail exceptionnel et ça devrait être reconnu publiquement.

— Mais *c'est* reconnu. Peut-être pas par les magazines nationaux, dans lesquels les classements sont établis à partir de votes obtenus grâce à des méthodes qui n'ont rien à voir avec les soins donnés aux patients. Où les paramédicaux ont-ils amené Julian et sa femme ? Ici. Toi, Griffin, le Dr Jackson et le Dr Carmichael, vous êtes sollicités chaque année pour donner des conférences. L'an dernier, tu as été l'orateur principal dans deux colloques. La reconnaissance prend des formes différentes. Remporter un trophée n'est pas le plus important.

— C'est quoi, alors ? demanda-t-il en haussant les épaules.

Elle lui posa la main sur le bras.

— Savoir qu'on est à la hauteur, qu'on fait bien son travail. Mais ça ne donne pas lieu à un gros battage publicitaire.

Elle jeta un coup d'œil autour d'elle avant de lui planter un petit baiser rapide sur la joue.

— Je sais que tu voudrais que cet hôpital figure dans le classement national et que les gens le perçoivent comme un établissement de premier ordre, mais il l'est déjà. Nous devons simplement trouver le moyen de retenir le personnel, conclut-elle en se dirigeant vers le bureau des infirmières.

Resté seul, il regarda autour de lui. Il avait adoré le Boston General dès le premier jour où il y avait travaillé. Amara avait raison – le service des urgences était de premier ordre. Mais elle se trompait quand elle disait que les classements ne comptaient pas. Ce que les gens pensaient, ou ce qu'ils croyaient, était important. Or ils se laissaient influencer par les classements. Une reconnaissance officielle aiderait à trouver des financements et à résoudre certains problèmes, comme celui de fidéliser le personnel.

Il allait trouver un moyen pour faire savoir à tout le monde à quel point *son* hôpital était génial.

Amara attrapa le bol de lait de Lizzy et tourna les yeux vers l'escalier. Eli avait promis de descendre pour le petit déjeuner. Il était plongé dans l'étude d'un tas de documents que Marshall lui avait confiés la veille. S'il n'était pas là dans quelques minutes, elle monterait le chercher.

Toute la semaine précédente, il ne s'était pas passé un seul jour sans qu'Eli soit sollicité par Marshall ou qu'il travaille sur un projet concernant le Boston General. Il ne pourrait pas garder un tel rythme bien longtemps. Mais au moins s'était-elle chargée d'organiser le stand pour la fête de la Santé. Eli lui faisait confiance.

Pour elle, le plus important n'était pas de remporter la victoire, mais de fournir une bonne information au public sur l'équilibre alimentaire. Et préparer les recettes de sa mère l'apaisait. Les faire découvrir aux visiteurs du stand était une façon pour elle de lui rendre hommage.

Elle avait passé les trois précédentes nuits chez Eli et, aujourd'hui, elle devait regagner son appartement pour relever son courrier et prendre quelques affaires de rechange. Ensuite, elle rentrerait à la maison.

À la maison. L'expression la frappa. Dans l'appartement qu'elle louait, elle ne se sentait pas chez elle. Elle n'avait même pas pris la peine de refaire la décoration. Mais ici, chez Eli, c'était différent. Elle se sentait à la maison.

Elle aimait Eli, mais elle avait encore peur qu'il s'éloigne d'elle. Et il ne lui avait pas dit qu'il l'aimait. Mais ils venaient juste de se retrouver. Ils avaient le temps de se dire « je t'aime ». Tout ce qu'elle voulait, pour l'instant, c'était qu'il descende prendre son petit déjeuner.

À cet instant, il apparut en haut des marches.

— Je commençais à craindre que tu ne passes la journée dans ton bureau, dit-elle en le menaçant du doigt.

— Je n'y suis resté qu'une heure !

Il embrassa Lizzy sur le front, puis donna un long baiser à Amara.

— Eh bien, cette heure m'a paru interminable ! dit-elle.

Il rit.

— Toutes mes excuses ! Tu es magnifique, ce matin.

— Sur quoi ton père t'a-t-il demandé de travailler ?

— Sur la collecte de fonds de Collins Research, répondit-il en se servant un café. Je crois qu'il a été plus impressionné que je ne le pensais par l'aide que je lui ai apportée.

— Tu *es* impressionnant, dit-elle en lui pressant la main. Mais maintenant, c'est le moment du petit déjeuner.

Eli posa sa tasse, prit Lizzy dans ses bras et s'assit en mettant l'enfant sur ses genoux.

— J'avoue qu'au début, j'ai cru qu'il plaisantait. Avant, jamais il ne nous laissait l'aider, que ce soit Sam ou moi.

— Vous en aviez envie ?

— Non.

Soudain, son regard s'illumina.

— Mais, cette année, le Boston General sera le grand bénéficiaire de la collecte.

— Vraiment ? Marshall a choisi de doter le Boston General ?

Amara n'en revenait pas.

Qu'est-ce que Marshall demanderait en échange ?

Devant les yeux d'Eli qui brillaient d'excitation, elle s'efforça d'ignorer son sentiment de malaise et de garder un ton calme.

— C'est déjà arrivé par le passé, que Marshall choisisse un hôpital local ?

Elle connaissait déjà la réponse, aussi ne fut-elle pas surprise qu'Eli secoue la tête.

— C'est pourquoi tout doit être parfait, dit-il. Si le Boston General reçoit une somme importante, imagine tout ce que l'hôpital pourra faire. Nous mettrons les projecteurs sur le travail que nous accomplissons et peut-être figurerons-nous dans le classement national.

Elle secoua la tête.

— Tu ne connais même pas les critères nécessaires pour apparaître dans cette liste, et là, il s'agit de collecter des fonds. Ça n'a rien à voir avec les soins donnés aux patients.

Il haussa les épaules, et elle sentit son inquiétude croître. Marshall était en train d'allécher Eli en lui faisant miroiter l'obtention d'une énorme subvention.

Mais peut-être n'était-ce qu'une promesse en l'air…

Surmontant sa panique, elle tenta de se concentrer sur l'aspect positif des choses.

— Sais-tu quelle somme l'hôpital recevra ? demanda-t-elle en déposant des grains de raisin dans l'assiette de Lizzy.

La petite fille adorait les écraser, et cela avait l'avantage de la faire tenir tranquille.

— L'an dernier, l'association De L'Eau potable pour tous a reçu quinze millions de dollars.

— Quinze millions ?

Comment pouvait-on récolter autant d'argent au cours d'une seule soirée ?

— Le montant le plus bas que Marshall ait atteint lors d'un de ses galas de bienfaisance était de dix millions. Je parie que, cette année, nous allons battre tous les records. Marshall m'a dit de viser les vingt millions.

Avec autant d'argent, le Boston General pourrait financer plusieurs nouveaux projets.

— Ce matin, continua-t-il, j'ai dressé la liste des sponsors à contacter et des investisseurs à rencontrer. Marshall a toujours misé sur la Côte Est, mais il y a aussi quelques nouvelles start-up médicales en Californie et une autre dans le Nevada qui réalisent aussi des choses étonnantes.

Il était tout excité.

— Quelle part Marshall t'a-t-il confiée dans l'organisation de cet événement ? demanda-t-elle, en redoutant la réponse.

— Il m'a dit de tout prendre en main, dit-il avec un grand sourire.

— Et si tu faisais tout ce travail pour rien ? Si Marshall ne tenait pas ses promesses ? Comment réagirais-tu ?

Il fronça les sourcils et poussa un long soupir.

— Jamais il ne ferait…

Il se tut et ferma les yeux.

— Qui sait ? dit-il, soudain tendu.

Elle sentit son ventre se tordre. Il avait toujours rêvé de l'estime de Marshall. Mais il devait comprendre que son père pouvait ne jamais lui faire ce cadeau. Peut-être n'en était-il pas capable.

La collecte de fonds aurait lieu dans plusieurs mois, mais ce projet allait prendre beaucoup de temps à Eli. Et peut-être sans qu'il en tire le moindre bénéfice.

— Dans ce cas, je tenterai de nouveau ma chance l'année prochaine, dit-il avec un haussement d'épaules.

— As-tu l'intention de travailler à plein temps pour Marshall ?

— Mais non.

— Tu dois donc assumer ton poste à l'hôpital. Et Lizzy ? Et moi ? Que deviendrons-nous si, pendant les huit prochains mois, tu consacres le peu de temps libre que tu t'accordes à prouver à Marshall qu'un grand collecteur de fonds sommeille en toi ? Qu'as-tu à y gagner ?

Et que risques-tu de perdre ?

En le provoquant ainsi, elle voulait l'obliger à réfléchir. Il lui avait promis de maintenir un équilibre entre son travail et sa vie personnelle. Et elle voulait l'aider à tenir sa promesse, même s'il devait pour cela reconnaître que son père abusait peut-être de lui.

— Tu as raison, dit-il d'un ton calme. Il se peut que Marshall ne me voie jamais comme son égal. Et je n'ai jamais eu envie d'avoir la pleine responsabilité de la collecte de fonds. Je peux lui donner un coup de main, mais…

Il se tut, affichant un sourire forcé.

— Pour Lizzy et moi, tu es le meilleur, Eli. Peu importe ce que disent les classements ou ce que pense ton père. Tu es un homme extraordinaire.

— C'est tout ce qui compte pour moi.

Il l'embrassa sur la joue, mais elle le sentait encore tendu.

Qu'aurait-elle pu dire de plus pour le convaincre ? Alors, elle l'enlaça et le tint serré contre elle, essayant de lui communiquer ainsi tout ce qu'elle ressentait pour lui.

Tu es merveilleux… Je t'aime…

Amara laissait l'eau chaude glisser sur sa peau. Peut-être n'aurait-elle pas dû, ce matin, parler à Eli comme elle l'avait fait. Mais qu'arriverait-il si Marshall ne répondait jamais aux attentes de son fils ? Et si Eli continuait de chercher son approbation ?

Elle soupira et commença à se tâter la poitrine, procédant à l'examen de routine que le chirurgien lui avait recommandé. Même s'il avait fait de son mieux pour lui enlever la totalité du tissu mammaire, il y avait toujours le risque, dans les mastectomies, qu'il en reste quelques fragments.

Soudain, elle sentit une petite boule sous ses doigts. Respirant profondément, elle se rinça les cheveux et se força à terminer sa douche. Peut-être s'était-elle laissé emporter par son imagination, ou bien était-ce simplement un peu de tissu cicatriciel qu'elle n'avait pas remarqué jusque-là. Avant de fermer le robinet, elle se tâta de nouveau le sein. La boule, de la taille d'un petit pois, était toujours là.

Le corps engourdi, elle sortit de la douche et s'enveloppa dans un drap de bain. Elle avait suivi toutes les recommandations que lui avaient faites le conseiller généticien, le gynécologue obstétricien et le chirurgien plastique. *Absolument toutes.* Et il y avait encore un problème.

Elle tenta de se convaincre qu'il s'agissait peut-être simplement d'un kyste ou d'un morceau de tissu cicatriciel, mais c'était comme si elle se retrouvait soudain sans force.

Et si elle avait… ?

Elle ne put même pas formuler sa phrase jusqu'au bout.

Elle composa le numéro de Susan. Ce soir, elle se sentait incapable de s'occuper des patients. L'infirmière en chef décrocha à la troisième sonnerie. Amara lui expliqua qu'elle n'était pas bien, ce qui n'était pas vraiment un mensonge. Susan lui souhaita un bon rétablissement avant de raccrocher et de lui trouver une remplaçante.

Amara appela ensuite son médecin. Par chance, un patient avait annulé son rendez-vous et le médecin proposa de la recevoir le lendemain après-midi.

Elle fut tentée de téléphoner à Eli, puis elle y renonça. Il devait travailler, cette nuit, et elle l'avait déjà suffisamment perturbé aujourd'hui. Et puis, elle n'était pas certaine de pouvoir verbaliser ses craintes. Peut-être n'était-ce rien du tout. *Il le fallait.*

Mais lorsque les larmes arrivèrent, elle les laissa couler.

— Qu'arrive-t-il à Amara ? demanda Griffin en tapant sur l'épaule d'Eli.

— Pourquoi cette question ?

— Elle a téléphoné ce soir, à peine deux heures avant le moment de prendre sa garde.

— Pourquoi ? répéta Eli.

Il regarda du côté du bureau des infirmières. Amara n'y était pas. Soudain, l'inquiétude le gagna. La discussion qu'ils avaient eue à la table du petit déjeuner avait-elle mis Amara mal à l'aise ? Alors qu'elle avait cherché à le rassurer, il ne lui avait même pas demandé comment elle se sentait. Il était resté beaucoup trop centré sur lui-même.

— Je n'en ai pas la moindre idée, répondit Griffin. Peut-être que Susan en sait davantage.

Eli alla voir l'infirmière en chef.

— Que se passe-t-il avec Amara ?

— Je ne sais pas. Elle a dit qu'elle ne se sentait pas bien et semblait bizarre. Comme… éteinte.

Eli prit son téléphone et composa le numéro d'Amara. Il tomba sur le répondeur.

Peut-être dormait-elle.

Peut-être avait-elle attrapé un virus. Mais il ne pouvait s'empêcher de penser qu'il s'était passé quelque chose de vraiment grave.

Eli grimpa l'escalier du vieil immeuble de luxe qui avait été transformé en appartements. Amara n'avait répondu à aucun de ses messages. Il avait besoin de la voir, de la tenir dans ses bras. De se rassurer.

Lorsqu'il frappa à la porte, elle ne répondit pas. Il se passa la main dans les cheveux. Il ne voulait surtout pas faire un scandale dans le couloir, mais il fallait qu'il la voie.

— Amara, mon cœur, ouvre-moi.

Et il frappa de nouveau.

— Amara, je ne partirai pas d'ici. Ouvre-moi ou dis-moi où tu caches ta clé de secours.

Silence.

— Viens m'ouvrir, mon amour. Quoi qu'il se passe, je peux t'aider. Je t'en prie…

Un signal de son téléphone lui indiqua qu'il venait de recevoir un message.

La clé est sous le pot de fleurs vert.

Il laissa échapper un énorme soupir de soulagement.

La petite entrée et la cuisine étaient désertes. Il poussa la porte de la chambre. Amara était assise dans un grand fauteuil près de la fenêtre.

— Tu es censé être à l'hôpital, dit-elle d'une petite voix mouillée de larmes.

Elle avait le regard si vide qu'il en eut le cœur serré.

— J'ai terminé ma garde. Susan et Griffin t'envoient leurs amitiés.

Il l'embrassa sur le front et se glissa près d'elle, lui passant un bras autour des épaules. Ils restèrent tous les deux silencieux. Eli sentait les larmes d'Amara couler sur son cou.

Il continuait de se taire. Elle lui parlerait quand elle serait prête à le faire. L'important, c'était qu'elle sache qu'il était là. *Quoi qu'il se soit passé.*

Après quelques minutes, il lui posa un baiser sur la joue et lui pressa la main.

— Je vais aller te faire du thé.

La voir dans un état quasi catatonique le terrifiait.

Elle hocha la tête et, prenant une serviette, se dirigea vers la salle de bains.

Elle en sortit juste au moment où Eli posait la tasse de thé sur le petit plan de travail de la cuisine.

— Merci, Eli.

Sa voix était plus ferme, mais elle semblait avoir toujours l'esprit ailleurs.

— Tout va bien, fit-elle.

— C'est faux, dit-il en croisant les bras, les yeux fixés sur elle. Nous formons une équipe, à présent. Quel que soit le problème, je t'aiderai à le régler.

Elle fut incapable de retenir ses larmes.

— Tu ne peux pas, Eli. Je… je…

Elle se mordit la lèvre avec tant de force qu'il prit peur.

— Amara ?

— J'ai découvert une grosseur, quand j'étais sous la douche.

Il s'efforça de cacher son émotion. Il devait soutenir Amara. Être un roc pour elle.

— Tu as pris rendez-vous avec un médecin pour savoir ce qu'il en est ?

— Je le vois demain…

— Parfait. Si, je dis bien *si* c'est cancéreux, nous y ferons face ensemble.

— Ensemble ?

— Bien sûr, répondit-il en l'enlaçant.

Pourquoi posait-elle cette question ? Parce que son père n'avait pas soutenu sa mère. Soudain, la vérité lui sautait aux yeux. Amara n'était pas sûre qu'il reste auprès d'elle. Mais elle serait toujours sa priorité. Pour le meilleur et pour le pire. Jamais il ne l'abandonnerait. Jamais.

— Je me sens tellement vide. Tellement effrayée.

— C'est normal, dit-il en l'embrassant sur la tempe. Mais maintenant je suis là. Nous sommes ensemble.

Elle posa la tête sur son épaule.

— Personne ne sait de quoi sera fait demain, Amara. *Personne.* Le mieux que nous puissions faire, c'est de jouir de l'instant présent. De rire, d'aimer et d'espérer.

Elle lui enlaça la taille et laissa échapper un doux soupir.

— Merci, Eli. J'aurais dû t'appeler ou t'envoyer un texto.

— Oui, tu aurais dû. Mais je comprends. Et maintenant, tu vas faire ta valise.

— Ma valise ?

— Je crois que tu devrais venir vivre quelque temps avec Lizzy et moi, du moins tant que tu n'auras pas eu les résultats des examens médicaux.

— Eli…

— Tu es déjà avec nous presque tous les soirs. Si tu restes ici, tu vas ruminer et t'inquiéter. Quand on s'occupe d'un jeune enfant, on est trop fatigué le soir pour réfléchir à quoi que ce soit, dit-il avec un clin d'œil.

— Cette petite est adorable.

— C'est vrai. Mais n'essaye pas de faire dévier la conversation. Je te promets que le temps passera beaucoup plus vite si tu es avec moi.

— J'apprécie ton offre, Eli. Vraiment. Mais je peux gérer cela moi-même. J'en suis capable.

— Je le sais, dit-il, mais tu n'es pas obligée de faire face toute seule. Je suis là. Laisse-moi t'aider. Je t'en prie.

Elle hocha la tête.

— D'accord. Merci.

Elle se dirigea vers sa chambre et il se sentit soudain le cœur plus léger. Les relations ne se limitaient pas aux bons moments qu'on passait ensemble. Les vraies relations se construisaient dans des moments comme celui-ci, lorsque l'avenir ne s'annonçait pas des plus roses.

10.

Dans le bureau des infirmières, Amara essayait de se concentrer sur ses dossiers. Malgré ses efforts, depuis plusieurs jours elle ne cessait de penser aux tests qu'elle avait passés et dont elle attendait les résultats. Pendant cette attente interminable, travailler au Boston General l'aidait beaucoup. Cet endroit était particulier. Ici, le temps passait plus vite.

Et encore plus lorsqu'elle était avec Eli.

— Ma femme a besoin d'aide !

Dès qu'elle entendit le cri désespéré, elle attrapa une paire de gants et courut vers l'entrée des urgences.

Dehors, une jeune femme dans un état de grossesse avancée était allongée sur la banquette arrière d'une voiture. Sa respiration était rapide. Amara s'y attendait, Eli apparut à son côté.

— De combien est-elle enceinte ? demanda-t-il.

— Trente-neuf semaines, répondit le mari. Nous sommes allés chez le médecin hier, il nous a dit que nous avions encore le temps.

— Il arrive que les bébés aient leur propre agenda, dit Amara.

Pendant qu'Eli finissait de mettre ses gants, elle commença à examiner la femme.

— Comment vous appelez-vous ?

— Nicole.

— Moi, c'est Amara. Eh bien, Nicole, je vais relever votre robe et voir où vous en êtes. Nous pourrons alors prévenir l'équipe de la maternité. Dites-moi quel est l'intervalle entre deux contractions, s'il vous plaît ?

— Il est de…

Nicole s'interrompit et poussa un grognement sourd.

Le sommet de la tête du bébé apparut.

— Eli ! cria Amara.

Ils n'avaient même plus le temps de transporter Nicole aux urgences.

Laissant sa place à Eli, elle passa de l'autre côté de la voiture et, grimpant sur la banquette arrière, aida Nicole à s'asseoir un peu.

Pendant qu'Eli écartait les jambes de la future maman, visiblement paniquée, Amara s'efforça de la calmer.

— Essayez de ne pas pousser, d'accord ?

— Je ne peux pas m'en empêcher, gémit la jeune femme. Je...

Une nouvelle contraction l'empêcha de finir sa phrase.

Eli regarda par-dessus son épaule et lança un cri d'alarme.

— Nous ne pouvons pas la déplacer. Faites venir immédiatement un gynécologue obstétricien ! Le bébé arrive.

— Respirez, Nicole, demanda Amara d'une voix calme. Vous allez bientôt devenir maman et, pour l'instant, nous vous demandons de respirer.

— Lorsque la prochaine contraction arrivera...

La phrase d'Eli resta inachevée, car Nicole était en train de pousser.

— C'est très bien, Nicole, dit-il pour l'encourager.

Tous les trois étaient entièrement focalisés sur le petit miracle s'opérant sous leurs yeux. Certes, le lieu n'était pas idéal pour un accouchement, mais une nouvelle vie apparaissait, et l'endroit importait peu.

— Vous y êtes presque.

Il y eut une autre contraction et le bébé glissa dans les bras d'Eli. Le petit garçon se mit aussitôt à crier.

— Vous avez un fils superbe, annonça Eli. Et vous allez avoir une belle histoire à raconter.

Une infirmière de la maternité arriva et se chargea de l'enfant tandis que le Dr Mengh, l'obstétricien en chef, prenait la place d'Eli.

— Excellent travail, docteur Collins.

Amara se tourna vers Eli et sourit car il levait les deux pouces en signe de victoire. Ils formaient une bonne équipe.

Heureuse, elle regarda avec émotion la mère et l'enfant qu'on emmenait aux urgences.

Pourrait-elle connaître le même bonheur avec Eli ?

Pour la première fois depuis plusieurs jours, dans le cœur d'Amara, l'angoisse fit place à l'espoir.

Appuyé contre la porte de la chambre de Nicole, Eli observait Amara qui tenait le petit Kellen dans ses bras. Il la trouvait si belle que son cœur allait exploser. Il ne pouvait s'empêcher de l'imaginer tenant dans ses bras leur propre enfant. Elle serait une merveilleuse maman. Elle était parfaite avec Lizzy. Il voulait fonder une famille avec elle.

— Ah, tu es là.

Marshall, sourcils froncés, venait de surgir à côté de lui. Il lui fit signe de le suivre et Eli lui emboîta le pas.

— Pourquoi es-tu à la maternité ? lui demanda son père.

— Que veux-tu, Marshall ?

— Ce matin, je t'ai envoyé une liste de questions concernant le Boston General, pour la collecte de fonds.

— Je travaillais et, de toute façon, tu pouvais t'adresser directement au service des ressources humaines.

— Ils mettent un temps fou à répondre, rétorqua Marshall, l'air mécontent. Tu aurais dû me donner ces informations dans les plus brefs délais.

— Ils sont très occupés, et moi aussi. Je regarderai cela plus tard, si j'ai le temps.

Marshall plissa les yeux et regarda du côté de la chambre où se trouvait Amara.

— Te souviens-tu de ce que je t'ai dit ? Tu peux être un grand médecin.

— … « Ou bien un bon mari, mais pas les deux », acheva Eli.

Il ne le pensait plus, maintenant. Ce qu'il savait, c'était qu'il ne voulait pas être comme son père. Se mettre en colère parce qu'il n'avait pas reçu immédiatement la réponse à un message qui ne présentait aucun caractère d'urgence.

— Moi, je pense pouvoir faire les deux.

— On sacrifie toujours quelque chose, affirma Marshall. Autrefois, Mlle Patel n'a pas supporté que tu poursuives tes objectifs. Tu crois qu'aujourd'hui elle l'accepterait ?

— Oui.

Il était le premier surpris d'afficher une telle confiance. Mais s'il fallait sacrifier quelque chose, ce ne serait ni Amara, ni Lizzy ni le Boston General.

— Si tu ne te remues pas, dit Marshall, tu ne te sortiras jamais d'ici.

Se sortir du Boston General ? Comment Marshall pouvait-il voir les choses de cette façon ? Il pensait pourtant avoir été assez clair. De toute évidence, son père n'avait rien compris.

— Tu as raison, je dois faire des choix. J'enverrai une lettre officielle à la direction, mais considère d'ores et déjà que je démissionne du Collins Research Group.

Avant que Marshall n'ait eu le temps de réagir, Amara sortit de la chambre et vint vers eux.

— Bonjour, Marshall.

Il ne prit même pas la peine de lui répondre et s'en alla, passant en trombe devant Eli.

— J'ai dit quelque chose ? demanda-t-elle en le regardant battre en retraite.

— Non, c'est moi qui lui ai dit quelque chose. Je lui ai annoncé que je démissionnais du Collins Research Group.

— Quoi ?

Elle le regarda fixement, les yeux écarquillés.

— Eli, tu es sûr ?

— Honnêtement, non. Mais, sur le moment, j'ai jugé que c'était ce que j'avais de mieux à faire. Et je le pense encore.

Il lui passa un bras autour de la taille.

— Rentrons à la maison.

Amara laissa tomber dans la casserole le jus du citron qu'elle venait de couper. Elle avait réalisé toutes les recettes qu'elle présenterait à la fête de la Santé. Ce soir, elle préparait du riz au citron, le plat préféré d'Eli.

Il était d'excellente humeur depuis qu'il avait donné sa démission à Marshall. Mais elle craignait encore qu'il ne change d'avis. Ou qu'il ne doute de lui.

Sa décision avait été si soudaine. Et si jamais il la regrettait ? Ou s'il avait l'impression qu'elle avait fait pression sur lui ? Ce n'avait pas été son intention, mais si… ?

Le parfum du citron l'enveloppa, lui faisant oublier ses soucis – enfin, presque. Elle avait passé son enfance à aider sa mère à faire ces recettes, et l'odeur du citron et des épices contribuait à la détendre. Sa mère aurait été ravie qu'elle renoue avec Eli, qu'elle appréciait beaucoup.

— Cela sent délicieusement bon, dit Eli qui venait d'entrer dans la cuisine. C'est du riz au citron, n'est-ce pas ?

Il l'embrassa sur le front.

— Oui, ce sera prêt dans vingt minutes, dit-elle sans pouvoir réprimer un bâillement.

Il la regarda avec inquiétude.

— Si tu veux te reposer, je peux commander à dîner. Ou si nous mangions ces fameuses lasagnes surgelées ?

— Jamais ! s'écria-t-elle en riant. Je vais bien, c'est juste un peu de fatigue.

— Tu as besoin de quelque chose pour le stand ? Tu n'es pas obligée de tout faire toute seule.

— Ça ira.

Elle bâilla de nouveau.

— Amara, si la fête de la Santé te donne trop de travail, je peux t'aider. Je…

— Non ! coupa-t-elle. Je vais bien.

Elle espérait qu'à force de le répéter, cela deviendrait une réalité.

— Si tu avais besoin de quelque chose, tu me le dirais, n'est-ce pas ?

— Bien sûr.

Il lui sourit et la prit dans ses bras. Et elle sentit tous ses soucis refluer dans un coin de son cerveau.

Amara se retourna dans le lit et soupira en sentant le bras d'Eli glisser autour de sa taille. Elle avait dormi avec lui toutes ces dernières nuits et cela l'aidait à faire passer le temps plus vite. Elle aimait tant se blottir contre lui.

Il avait été un roc pour elle. Sa présence rassurante lui avait permis de ne pas devenir folle en attendant les résultats de ses tests. Il lui avait dit que jamais il ne la quitterait, et elle voulait désespérément le croire, mais elle avait toujours été frappée du nombre de couples qui ne survivaient pas à l'annonce d'une maladie. Pour le meilleur et pour le pire… La promesse était belle, mais pas toujours réalisable.

Eli était toujours très occupé depuis qu'il avait démissionné du Collins Research Group. Amara doutait de ses capacités à rester tranquille. Il avait passé presque tout son temps libre à chercher comment faire figurer le Boston General sur la liste établie par la revue *US News & Reports*. Elle craignait que cela ne devienne une véritable obsession pour lui. *Ce l'était déjà.*

Et s'il ne trouvait jamais la paix ? Si ni elle ni personne ne parvenait à combler le manque créé par le fait d'avoir grandi dans l'ombre de Marshall Collins ? Si Eli finissait par se comporter comme l'avait fait son père à elle ?

Elle soupira. Elle cherchait des motifs d'inquiétude dans l'espoir d'oublier la menace qui pesait sur son état de santé. Elle en était consciente, mais ne savait comment retrouver un certain calme.

Elle jeta un coup d'œil au réveil. 3 heures du matin. Une fois de plus, elle allait devoir se montrer opérationnelle après n'avoir dormi que quelques heures. Ce n'était pas idéal pour participer à la fête de la Santé, mais elle se débrouillerait pour tenir le coup. Passer la journée à faire la cuisine serait toujours plus facile que s'occuper des patients.

Elle sentit des lèvres se poser sur sa nuque.

— Tu as du mal à dormir ? demanda Eli d'une voix ensommeillée.

— Je vais bien. Rendors-toi.

Comme il commençait à la caresser, elle laissa échapper un petit gémissement de plaisir.

— Je ne crois pas que tu aies vraiment envie que je dorme…

Et, bientôt, elle oublia tous ses soucis et ses doutes.

Eli regarda le réveil sur la table de nuit. Ils devaient être à l'hôpital dans moins de deux heures s'ils voulaient que leur stand soit prêt quand la fête de la Santé ouvrirait ses portes. Il fallait donc qu'ils se lèvent maintenant et fassent déjeuner Lizzy avant de la conduire chez sa mère.

Mais Amara dormait si bien. C'était la première fois depuis une semaine. Elle vivait dans l'attente des résultats de ses tests et semblait tendue chaque fois que le téléphone sonnait. Il se sentait totalement impuissant et souffrait de ne pouvoir la délivrer de ses angoisses.

Ses recherches pour faire figurer le Boston General dans le classement des meilleurs hôpitaux du pays lui avaient occupé l'esprit pendant cette longue attente des résultats des analyses. Amara aussi s'y était intéressée, regardant les statistiques, écoutant ses théories et lui suggérant même quelques idées.

Doug Jenkins, le directeur du Boston General, n'était toujours pas convaincu de l'intérêt des classements. Il avait dit à Eli que les seuls chiffres auxquels il prêtait attention concernaient les temps d'attente aux urgences, les problèmes de fidélisation du personnel et les résultats à long terme obtenus par le département d'oncologie. Et il avait sèchement refusé de se lancer dans une campagne médiatique.

Mais il avait accepté de regarder tout ce qu'Eli trouverait sur le sujet des classements nationaux. Et Eli était bien décidé à lui fournir le maximum d'informations. Il fallait que tout le monde considère le Boston General pour ce qu'il était – un grand hôpital.

Qui méritait d'être reconnu.

Amara roula sur le côté et, sans ouvrir les yeux, lui posa la main sur le torse. Il sourit de son petit soupir de contentement. Elle avait l'air si bien qu'il n'avait pas le cœur de la réveiller. Se glissant hors du lit, il l'embrassa sur la tempe. Elle avait besoin de dormir.

Il descendit au rez-de-chaussée et passa un appel téléphonique. Par précaution, il avait engagé Pippin Werth, l'un des meilleurs chefs de Boston, le lendemain du jour où Amara avait découvert sa grosseur au sein. Il avait essayé à plusieurs reprises de lui parler de Pippin, mais chaque fois qu'il lui avait proposé de se faire aider pour l'organisation du stand, elle avait refusé de l'écouter.

Et il n'avait pas voulu évoquer l'éventualité, s'ils recevaient les résultats des tests avant la fête de la Santé, qu'elle soit dans l'incapacité d'y participer.

Il aurait eu l'impression de trop tenter le sort.

Amara sentit des petits baisers sur sa tempe.

— Amara, mon amour…

Elle entendit ces mots dans un état de semi-conscience. Il y avait si longtemps qu'elle n'avait pas aussi bien dormi.

Mais quelle heure était-il ? Elle n'avait pas entendu le réveil sonner. Elle s'assit dans le lit et se frotta les yeux.

— J'ai trop dormi ?

— Non, tu te réveilles juste à temps.

Elle regarda du côté de la table de nuit, mais le réveil était tourné dans l'autre sens.

— Je vais chercher un dossier dans le bureau, dit Eli.

Au même instant, Lizzy se mit à hurler.

— Je l'ai mise dans son parc le temps de venir te réveiller, mais elle déteste être dans ce truc.

Il avait levé et préparé la petite fille pour laisser Amara dormir le plus longtemps possible. Mais maintenant, ils devaient se dépêcher s'ils voulaient arriver à l'heure à la fête.

Lizzy se remit à crier.

— Va t'occuper d'elle, dit Amara. Je vais chercher le dossier si tu m'expliques où il est.

Eli hésita un instant, puis se dirigea vers la porte.

— Dans le tiroir du haut, à droite, lança-t-il avant de sortir précipitamment.

Amara se prépara à la hâte, puis elle se rendit dans le bureau et ouvrit le tiroir qu'Eli lui avait indiqué. Il ne contenait qu'un seul dossier. Sur la couverture était collé un post-it « Pippin Werth ». Pourquoi Eli avait-il un dossier au nom de l'un des meilleurs chefs de Boston ?

En entendant sonner la pendule accrochée au mur, Amara sentit son sang se figer dans ses veines. 9 heures ! Ils étaient censés arriver à l'hôpital à 7 heures afin que le stand soit prêt pour l'ouverture des portes. Et la fête de la Santé commençait à 9 heures ! *Maintenant !*

Elle ouvrit le dossier et vit un chèque au montant largement supérieur à son salaire mensuel. Il était rédigé à l'ordre de Pippin Werth. Dans la partie « commentaire », Eli avait écrit : *Fête de la Santé.* Elle comprenait à présent pourquoi il l'avait laissée dormir ce matin.

Soudain, elle crut ne plus pouvoir respirer. Après tout le mal qu'elle s'était donné…

Les recettes de sa mère… Elle avait le cœur brisé. *Mais pourquoi… ?*

Il lui avait donné carte blanche pour le stand, mais, en réalité, il ne lui faisait pas confiance.

— Nous devons y aller, dit Eli lorsqu'elle entra dans le salon.

— Pourquoi ? fit-elle en le regardant fixement, les bras croisés. Pippin Werth s'occupe sûrement très bien du stand. Tu l'as payé assez cher pour cela.

Jonglant avec Lizzy, son sac de couches et sa peluche préférée, Eli déglutit en voyant la douleur qui se cachait derrière la colère d'Amara.

— Je suis désolé.

Se débarrassant du sac de couches, il posa Lizzy à ses pieds et lui donna sa peluche.

— Je ne voulais pas te blesser, mon cœur, dit-il à Amara. Tu as à peine dormi depuis…

Il n'acheva pas sa phrase. Amara et lui n'évoquaient jamais la grosseur qu'elle s'était découverte.

— Tu n'avais pas besoin que cette fête de la Santé te crée un souci de plus.

— Ce n'était pas à toi d'en décider ! Et tu ne m'en as même pas parlé ! Sans doute as-tu eu peur cette année, à cause de moi, de ne pas remporter la victoire ?

— Tu es injuste ! Tu étais épuisée et tu avais besoin de repos. Les partenaires sont censés s'entraider, dans une équipe.

— Les partenaires se disent ce qu'ils font.

Il se passa la main dans les cheveux. Elle avait raison. Sauf que ce n'était pas l'envie de gagner, mais la peur, qui l'avait conduit à prendre cette décision.

— J'aurais dû t'en parler, mais si le Dr Henricks…

Il se tut, incapable de prononcer le mot *cancer.*

— Oui, tu aurais dû, répliqua-t-elle, les lèvres tremblantes. Il y avait d'autres solutions, comme de demander à un autre médecin de nous remplacer. Ou bien nous pouvions annuler, ou simplement remettre la démonstration à plus tard. Cette année, il y a près d'une trentaine de stands. Nous pouvions…

— La Chaîne 4 couvre l'événement, dit-il.

Il s'en voulut aussitôt d'avoir dit cela.

— Alors tu as engagé un chef pour t'assurer qu'en cas de défaillance de ma part, une chaîne de télévision locale ne montrerait pas un stand vide ?

Elle était au bord des larmes.

— Je suis désolé, Amara. J'ai essayé de t'en parler à plusieurs reprises, mais chaque fois que je te proposais un coup de main pour le stand, tu refusais.

— Parce que je m'en sortais très bien toute seule.

— Ou bien parce que tu ne voulais pas que je t'aide, parce que tu ne me fais pas confiance ? Tu ne me crois pas capable de tenir mes promesses.

Il retint son souffle, le regard braqué sur elle. Jamais il ne la quitterait. Mais il fallait qu'elle en soit convaincue.

— Je me moque bien de gagner ou pas cette année. Je veux

que cette fête de la Santé soit un succès, dans l'intérêt du Boston General. Mais j'avais aussi besoin de t'aider, Amara.

Il s'approcha et la prit dans ses bras, heureux qu'elle ne le repousse pas.

— Nous avons passé ensemble toutes les nuits de cette semaine et je sais que tu as très peu dormi. Je t'ai entendue pleurer sous la douche.

— Je ne voulais pas que tu t'inquiètes, murmura-t-elle.

— Mes sentiments pour toi sont assez solides pour ne pas se laisser ébranler par des larmes bien compréhensibles.

Elle se blottit contre lui, le regard brillant.

— Pardon de ne pas t'avoir demandé de m'aider.

— Et moi, je te demande pardon d'avoir tout gâché. Je voulais prendre soin de toi, mais dans ma façon de le faire je me suis trompé sur toute la ligne.

Amara commençait à se détendre.

— Je sais que ces derniers jours n'ont pas été faciles pour toi, dit-elle.

— J'étais avec toi et Lizzy, alors j'ai adoré cette semaine.

Il disait vrai. Il avait adoré chaque seconde passée avec elle.

— Dès que nous arriverons à notre stand, je prendrai tout en main. Je vais faire les recettes de maman.

— J'y compte bien !

— Eli ?

— Oui ? Que puis-je faire pour toi ?

Après avoir remercié Pippin pour avoir tout mis en place et servi les premiers visiteurs, Eli avait passé la plus grande partie de la journée à servir d'assistant à Amara. Leurs provisions étaient à présent presque épuisées.

— Mon téléphone ne cesse de sonner. Peux-tu voir qui appelle ?

Il obéit et consulta la liste des appels manqués. Aussitôt, son cœur se serra. On était samedi, mais le Dr Henricks avait appelé trois fois.

S'il téléphonait pendant le week-end…

— C'est le Dr Henricks ? demanda Amara d'une petite voix tandis qu'elle tendait une coupe de riz au citron à un visiteur.

Eli hocha la tête.

— Je vais te remplacer ici. Prends tout ton temps.

Amara regarda la file qui s'était formée devant son stand.

— Je crois qu'il y en aura pour tout le monde.

— Sûrement. Vas-y ! J'essayerai de m'en tirer pas trop mal.

— Tu t'en sortiras très bien, dit-elle, la voix tremblante.

Il aurait donné n'importe quoi pour pouvoir la réconforter.

Il servit tout le monde et chacun repartit avec sa coupe de riz et le fascicule des recettes préparées par Amara.

Eli la chercha du regard. Où était-elle passée ? Il fallait qu'il la retrouve. *Maintenant.*

Après avoir accroché une pancarte indiquant que le stand était fermé, il sortit de la tente.

Amara était dans le jardin de l'hôpital, assise sur un banc, la tête entre les mains, les épaules agitées de secousses comme si elle pleurait.

Mon Dieu, non... Malgré la peur qui le paralysait, il la rejoignit. Elle avait besoin de lui. Il s'assit à côté d'elle et l'enlaça. Lorsqu'elle se tourna vers lui et l'embrassa sur les lèvres, elle avait les joues mouillées de larmes.

Elle lui sourit.

— Ce n'est que du tissu cicatriciel.

Il la regarda, la bouche grande ouverte. Cela faisait dix jours qu'il se préparait au pire. Il avait une envie folle de sauter de joie, de crier son bonheur, de ramener Amara chez lui, de faire l'amour toute la nuit avec elle, de pleurer. Il était traversé de mille émotions en même temps.

— Je... je...

Il se mit à rire tout en s'essuyant une larme sur la joue.

— Le Dr Henricks s'est excusé de m'avoir fait peur. Il est passé à son bureau après être venu à la fête de la Santé et, quand il a vu que les résultats étaient arrivés, il a pensé que je serais contente de ne pas avoir à attendre jusqu'à lundi pour les connaître. Et, depuis quelques minutes, je suis sur ce banc, passant du rire aux larmes, tellement je suis heureuse !

— Je t'aime. Je n'ai jamais cessé de t'aimer, Amara, et quoi qu'aurait pu t'annoncer le Dr Henricks, cela n'y aurait rien changé. Je…

Elle lui posa un doigt sur la bouche.

— Tu parles de façon décousue…

— Je sais. Il y a si longtemps que je voulais te dire tout cela, mais sans doute le moment est-il mal choisi.

— Moi aussi, je t'aime, dit-elle en se blottissant contre lui.

Il l'embrassa avec passion, puis la fit tournoyer.

— Allons-nous rester jusqu'à la fin de la fête ? Ou bien veux-tu que nous partions avant ?

— Restons jusqu'au bout ! décida Amara.

11.

— Désolée que nous ayons perdu, Eli, dit Amara en léchant son cornet de glace.

Après avoir passé la journée devant un fourneau, Eli avait eu envie d'une glace.

— Mais j'ai gagné, rectifia-t-il en l'embrassant. Et j'ai pu déguster quelques merveilles culinaires. Plus important encore, tu es en bonne santé. Tout cela mérite d'être fêté par une bonne glace.

— Je t'aime, Eli. Je ne me lasserai jamais de te le répéter.

— J'espère bien !

— Papa ! lança une voix affolée venant de la terrasse du restaurant.

Aussitôt, Eli se précipita avec Amara vers un petit groupe entourant un homme âgé gisant sur le sol. Amara se rua aussitôt vers le comptoir.

— Appelez le 911 ! ordonna-t-elle au barman. Dites-leur qu'une personne a perdu connaissance et qu'il y a sur place un médecin et une infirmière.

Puis elle se tourna vers un autre employé.

— Y a-t-il un défibrillateur ici ?

Une femme intervint :

— Je suis la directrice du restaurant. Il y en a un dans une pièce derrière. Je vous l'apporte.

Amara rejoignit Eli, occupé à faire le vide autour du vieil homme.

— Que tout le monde s'écarte ! cria-t-il.

Elle s'accroupit près de lui et chercha le pouls du patient.

— Je ne le trouve pas…

— Il ne respire pas, dit Eli. Je vais commencer la réanimation.

Où était le défibrillateur ?

À l'hôpital, elle avait à sa disposition tous les appareils nécessaires pour secourir les patients. Ici, Eli et elle ne devaient compter que sur leur savoir-faire.

— Voilà, je l'ai trouvé ! s'écria la directrice en revenant en courant, le défibrillateur dans les mains. Il était dans le bureau, au fond d'un placard.

— Merci, dit Eli en s'emparant de l'appareil.

Après avoir coupé la chemise du vieil homme, il lui posa les palettes sur la poitrine. Le premier choc électrique ne donna aucun résultat, mais, après la seconde décharge, le cœur recommença à battre, au grand soulagement de tous.

Une sirène se fit entendre et, bientôt, une ambulance s'arrêta devant le restaurant. Eli expliqua rapidement la situation aux paramédicaux, puis il leur céda la place. Ils allaient prendre le patient en charge et le préparer avant son transfert à l'hôpital.

Le fils du vieillard remercia chaleureusement Amara et Eli avant de se ruer vers l'ambulance pour accompagner son père.

— Heureusement que votre femme et vous étiez là, déclara la patronne du restaurant avec un grand sourire en se plantant devant eux.

— Nous ne sommes pas mariés, dit aussitôt Amara.

Mais peut-être qu'un jour… L'idée la fit sourire.

— Oh ! dit la femme en rougissant. Vous semblez si bien vous entendre… Mais, bien sûr, vous êtes collègues, murmura-t-elle avant de s'éloigner.

— Collègues ? J'utiliserais d'autres termes, dit Eli en riant.

— Lesquels, par exemple ? demanda Amara.

— Eh bien, des partenaires, des amants, des…

Au même instant, une jeune femme lui tapota le bras pour attirer son attention.

— Vous êtes bien le Dr Collins, n'est-ce pas ?

— Mais oui. Excusez-moi, vous êtes… ?

— Lia Trupee, journaliste à la Chaîne 4. Je vous ai vu à la fête de la Santé du Boston General. Pourriez-vous me faire un résumé de ce qui vient de se passer ici ?

Eli lui expliqua en quelques mots les circonstances dans lesquelles Amara et lui étaient intervenus, puis il fit glisser la conversation sur les atouts du Boston General.

Amara, rayonnante, l'écoutait parler avec enthousiasme des qualités de son hôpital. La fierté d'Eli était contagieuse.

— Regardez, on parle du Boston General dans le journal ! dit Susan en agitant un exemplaire sous le nez d'Eli et de Griffin.

Griffin tourna les pages et fronça les sourcils.

— Vous parlez du petit paragraphe en page 6, racontant comment Eli et Amara ont secouru un homme victime d'une crise cardiaque, qui n'a même pas été transporté chez nous par la suite ?

En effet, l'ambulance avait conduit M. Thomas March, le patient, à l'hôpital où travaillait Marshall. Eli avait voulu s'occuper de lui, mais son père lui avait sèchement déclaré que M. March ne pouvait être en de meilleures mains que chez lui. Eli n'avait rien dit, mais cette attitude méprisante lui était toujours aussi difficile à supporter.

— Très drôle, répondit Susan d'un ton pincé. Nous voyons rarement le nom de notre hôpital ou celui des gens qui y travaillent dans le journal et, quand ça arrive, ça fait du bien.

Eli s'empressa de lire le petit paragraphe. À son grand regret, la journaliste n'avait fait mention d'aucune des qualités du Boston General qu'il lui avait citées. Elle aurait au moins pu rendre hommage à l'établissement dans lequel travaillaient ces « deux personnels soignants héroïques », comme elle les appelait, Amara et lui.

— Eli, la fille de Mme Delgado est ici, dit Amara qui venait de le rejoindre.

— Tu as lu l'article dans le journal ? demanda-t-il tandis qu'ils se dirigeaient vers la chambre de Mme Delgado.

— Je crois que Susan l'a montré à tout le monde ! Pour ma part, j'ai trouvé les termes de *personnels soignants héroïques* quelque peu exagérés. Ah, je dois t'avertir que la fille de Mme Delgado n'est pas contente.

— Pourquoi ?

Âgée de quatre-vingt-onze ans, Helen Delgado avait été amenée par précaution à l'initiative de sa maison de retraite, parce qu'elle souffrait d'une vilaine bronchite. La plupart de ses problèmes étaient liés à son âge, et Eli avait simplement recommandé du repos, avec pour consigne de bien hydrater la patiente et de surveiller son état de santé. Il était en train de signer sa décharge lorsque Susan avait apporté le journal.

— Je ne sais pas, dit Amara en soupirant. Elle voulait parler à un médecin, pas à une simple infirmière.

Elle était blessée, et il le comprenait. Dans tous les services, les infirmières étaient en première ligne, mais les gens les voyaient trop souvent comme des assistantes sans importance.

— Je suis désolé, Amara.

— Merci. Mais, tu sais, j'en ai entendu d'autres ! C'est juste agaçant. Au fait, cette femme s'appelle Sylvia Mora.

Quand ils entrèrent dans la chambre, Sylvia Mora marchait de long en large, pendue au téléphone. Dès qu'elle les vit, elle raccrocha sans même dire au revoir à son interlocuteur.

— Avez-vous fait une analyse de sang à ma mère ?

La vieille dame couchée dans le lit laissa échapper un petit ronflement. Eli soupira.

— Votre mère souffre d'une infection des voies respiratoires. Cela passera avec quelques jours de repos et des fluides. Avec l'âge, les veines deviennent plus fragiles. En faisant une prise de sang dont les résultats montreront certainement qu'il s'agit d'une simple bronchite, nous risquons d'abîmer ses veines. Ce sera douloureux, et elle aura des bleus pendant au moins une semaine, sans doute davantage. Je ne veux pas lui infliger une épreuve inutile.

Sylvia Mora le fusilla du regard.

— Lui avez-vous fait une radio des poumons ?

— Non, mais je l'ai auscultée.

— Elle a peut-être une pneumonie ! Et vous refusez de faire correctement votre travail.

Eli la regarda avec un sourire rassurant. Aucune intervention médicale ne pouvait stopper les ravages du temps, mais nombre de personnes n'étaient pas prêtes à accepter l'inévitable.

— Lorsque les gens atteignent un certain âge, ils…

— Alors, parce qu'ils sont vieux, vous pensez que vous pouvez rester les bras croisés. Ah, pourquoi sa maison de retraite l'a-t-elle amenée ici ? Le pire hôpital de tout Boston.

— Non, c'est faux, protesta Eli.

— L'infection de votre mère disparaîtra d'elle-même dans quelques jours, déclara Amara. N'importe quel autre hôpital vous dirait la même chose.

Sylvia Mora prit son téléphone et commença à consulter un site Internet.

— Vous croyez vraiment que le Dr Anderson, du Massachusetts Research, me dirait cela ? Elle a cinq étoiles sur le site RateMyMD.com.

Quel était ce site ? Eli n'en avait pas la moindre idée, mais il se promit de s'informer plus tard.

— Oui, elle vous dirait exactement la même chose.

Furieuse, Sylvia Mora continua de pianoter sur son téléphone.

— Vous, vous n'avez que trois étoiles et demie, alors excusez-moi de vouloir exiger ce qu'il y a de meilleur pour ma mère.

Trois étoiles et demie ? Eli savait qu'il était ridicule de prêter foi à ce type d'évaluations sur Internet, mais il fut pris d'un doute. Qui l'avait jugé incompétent ?

— Le Dr Collins est l'un des meilleurs urgentistes de l'État, protesta Amara. Il est très respecté par ses pairs.

Mais Eli lui fit signe de se taire.

— La décharge de votre mère sera prête dans un instant. Sa bronchite sera terminée dans quelques jours et elle ira alors tout à fait bien.

— Vous avez raison, elle *ira* très bien, répliqua Mme Mora en prenant son sac. Parce que, dès que nous aurons quitté cet endroit, je l'emmènerai au Massachusetts Research.

Eli hocha la tête sans rien dire. Mme Mora avait parfaitement le droit de réclamer un autre avis sur l'état de santé de sa mère.

Mais il était curieux de savoir ce que le site RateMyMD.com disait sur lui et sur le Boston General.

— Il s'agit d'un système d'étoiles accordées en fonction de l'expérience personnelle des patients, dit Eli.

Amara lui trouva l'air soucieux.

— Eli, ces classements n'ont aucun sens. Ils sont faits par des inconnus qui se plaignent en racontant n'importe quoi.

Il hocha la tête, mais poursuivit ses recherches.

— Je le sais. Pourtant, plusieurs médecins y ont actualisé leur profil en indiquant qu'ils étaient nommés pour le rapport annuel.

— Ces applis ne signifient rien du tout !

— Tu as raison, dit Eli en soupirant. Elles sont stupides.

Mais elle n'était pas certaine qu'il en soit vraiment convaincu. Ni qu'il ait vraiment confiance en lui. Si seulement elle trouvait le moyen de l'empêcher de se critiquer à outrance…

— Tu as raison, répéta-t-il. Je t'aime. Et je te remercie de me faire garder les pieds sur terre.

Il sourit, mais il y avait encore de l'incertitude dans son regard.

— Nous devrions réfléchir à nos vacances de l'année prochaine, dit Amara en mettant un guide touristique de l'Italie sur la liasse de documents qu'Eli avait sur les genoux.

Il posa ses papiers sur la table basse.

— Choisis la date et l'endroit, et je serai là.

— Mais le plus amusant, c'est de préparer le voyage ! J'ai acheté deux autres guides aujourd'hui.

— Encore ? dit-il en riant. Tu as l'intention de te procurer tous ceux qui ont été publiés ?

— Peut-être.

Il la prit sur ses genoux et l'embrassa.

— Tu essayes de me distraire de mon travail, dit-il en soupirant.

— Oui, je l'avoue. Depuis huit jours, tu ne cesses d'enquêter sur les modes de classement nationaux et d'explorer toutes les applis. Tu as même dormi sur le canapé la nuit dernière. Tu dois faire une pause, Eli.

Il l'embrassa de nouveau, espérant lui redonner le sourire.

— Ce que je lis est très intéressant. Certaines personnes affirment que les classements reflètent ce qu'est une institution, d'autres déclarent qu'ils sont achetés, mais on ne parle nulle part de la façon dont sont choisis les candidats. Or, toute la question est là. Si votre hôpital ne fait pas l'objet d'une enquête, on n'a aucune chance de figurer sur la liste finale.

Il tapa sur sa liasse de documents.

— Mais je vais trouver. Le Boston General doit au moins participer à la compétition cette année.

Amara fronça les sourcils, et il fut pris de remords. Il n'avait pas souvent été présent, cette semaine.

Il s'empara du guide qu'elle tenait sur ses genoux.

— Mais ce soir, dit-il, tout cela n'a aucune importance, parce que nous allons parler de nos futures vacances.

— Tu viens te coucher, Eli ?

Cela faisait plusieurs nuits qu'il n'était pas allé au lit en même temps qu'elle, mais elle voulait croire que, ce soir, ce serait différent.

— Qu'est-ce que tu dis ? demanda-t-il sans lever les yeux.

Elle essayait de ne pas se montrer jalouse des recherches qu'il menait, mais c'était difficile. Elles semblaient accaparer toute son attention.

Comment cela avait-il pu se produire aussi vite ? Elle savait combien il était important pour lui que le Boston General et lui figurent dans les classements nationaux. Mais allait-il consacrer tout son temps à des projets de ce genre ?

Elle tenta d'oublier ses peurs tandis qu'elle le regardait prendre frénétiquement des notes tout en consultant des sites Internet.

— Tu viens te coucher ? répéta-t-elle.

Il se frotta les yeux et lui sourit.

— J'arrive dans dix minutes, mon cœur.

— Promis ? dit-elle en l'embrassant sur les lèvres.

— Promis.
Mais il avait déjà le regard fixé sur l'écran devant lui.
— Je t'aime, lança-t-elle en se dirigeant vers la porte.
Il ne répondit pas. Ce n'était pas grave, pensa-t-elle.
Mais elle eut du mal à trouver le sommeil – seule dans son lit.

12.

Eli était en retard à leur rendez-vous, une fois de plus.

La semaine précédente, ils avaient prévu de déjeuner ensemble avant chacune de leurs gardes, mais Eli n'avait cessé de prendre de plus en plus de retard. La veille, il était arrivé si tard qu'ils n'avaient même pas eu le temps de manger. Aujourd'hui, elle avait passé la commande sans l'attendre, ne voulant pas arriver au Boston General le ventre creux.

Eli s'éloignait d'elle, et cela lui fit venir les larmes aux yeux. Il passait son temps à travailler, négligeant sa vie de famille – tout comme son père à elle l'avait fait.

La première chose qu'il faisait le matin, et la dernière le soir avant de se coucher, c'était de consulter ses messages. La nuit précédente, pour la troisième fois de la semaine, il avait dormi sur le canapé. Et l'on n'était que mercredi.

Il mettait tant d'ardeur à faire figurer le Boston General dans le classement national qu'il avait fini par convaincre le directeur de l'hôpital de soutenir son projet. Pour Doug, c'était surtout un moyen de fidéliser le personnel de son établissement.

Elle comprenait le besoin qu'avait Eli d'atteindre son objectif, mais elle souffrait qu'il en fasse une priorité dans sa vie. Et de se retrouver si souvent seule.

Elle mit dans une boîte le sandwich qu'elle avait commandé pour Eli et sortit du pub, affrontant la chaleur de l'après-midi. Elle soupira en voyant qu'elle n'avait reçu aucun message.

— Amara !

Eli accourait vers elle, tout essoufflé.

— Je suis désolé !

Peut-être avait-il cette fois une bonne excuse ?

— J'ai oublié toute notion de l'heure, mais j'ai trouvé ! dit-il en brandissant un classeur.

Il affichait un grand sourire qu'elle jugea un peu forcé.

— Ah, tu m'as commandé un sandwich ? fit-il en voyant le sac qu'elle tenait à la main.

Elle le lui tendit.

— Qu'y avait-il de si important pour que tu sautes encore la pause déjeuner ?

Il prit son sandwich et mordit dedans à pleines dents.

— Ah, tu es la meilleure. Que ferais-je sans toi ?

Tu t'en tirerais très bien.

Ce constat brisa le cœur d'Amara. Sans elle, il se débrouillerait très bien. Il se concentrerait sur le Boston General et sur Lizzy, et il s'attaquerait sûrement à de nouveaux projets qui le tiendraient en haleine.

Mais elle, que ferait-elle sans lui ?

Elle s'empara du classeur et essaya de comprendre à quoi correspondaient les chiffres et les graphiques figurant sur les pages qu'elle feuilletait.

— Ce sont les critères retenus pour le rapport annuel. Ou, du moins, une partie de ces critères, dit-il en mordant dans son sandwich tandis qu'ils marchaient vers l'hôpital.

— Alors, c'est pour tous ces schémas, ces graphiques et ces statistiques que tu m'as fait attendre ?

Elle était furieuse. Il avait préféré se plonger dans cette paperasse plutôt que de déjeuner avec elle.

— Mais c'était ce que nous cherchions depuis un bon moment ! protesta-t-il.

— Que *toi*, tu cherchais.

Il hocha la tête et frémit en croisant le regard furibond d'Amara.

— Oui, que je cherchais. Mais dans l'intérêt de tous. Pour que le Boston General soit reconnu comme il le mérite.

— Ou pour que *toi*, tu sois reconnu comme tu le mérites ?

Lâchant un soupir, elle lui rendit le classeur. Soudain, elle se sentait trop fatiguée pour se mettre en colère.

— Tout cela parce que la fille d'une patiente a décidé

d'emmener sa mère dans un autre service d'urgences. C'était juste une réaction de peur de sa part, et les évaluations que tu trouves sur cette appli n'ont aucune valeur.

Elle franchit la porte des urgences, Eli sur ses talons.

— Amara, je suis désolé. J'aurais dû te téléphoner.

— Oui, tu aurais dû.

Elle se dirigea vers la salle de repos du personnel, ouvrit son placard, y rangea son sac, puis se tourna vers Eli.

— En ce moment, tu ne penses qu'à faire entrer le Boston General dans le classement national, c'est devenu une obsession. Mais tu dois aussi t'intéresser à autre chose.

— Cette semaine, Amara, il y a deux articles dans la presse qui parlent de notre hôpital. Mon plan fonctionne.

— Je sais ! dit-elle en refermant bruyamment la porte du placard. Je connais tous les chiffres et les statistiques concernant notre hôpital, le Massachusetts Research et six hôpitaux de Californie, parce que je t'aime et que je t'ai écouté quand tu m'en parlais. Mais tu m'avais promis de maintenir un équilibre. Tu m'as dit que tu m'aimais.

— Mais je t'aime.

— Cette semaine, tu es arrivé en retard à tous nos rendez-vous et tu avais toujours l'esprit ailleurs. Je mérite que tu fasses attention à moi. Je ne veux pas passer après ta quête des honneurs.

— Je dois poursuivre ces recherches, Amara. C'est très important.

— Plus important que ta famille ? Plus important que moi ? Est-ce que tu t'entends parler ?

Il lui rappelait tellement Marshall et son propre père qu'elle en était malade. Elle devait s'en aller, sinon elle risquait de dire quelque chose qu'elle pourrait regretter. Ou bien elle allait fondre en larmes, et cela non plus elle ne le voulait pas.

— Il faut que j'aille travailler.

Et elle sortit sans se retourner.

Adossé aux vestiaires, Eli songeait à tout ce qu'Amara venait de lui dire.

Jamais il n'avait pensé que l'enquête qu'il menait était plus importante qu'Amara, mais il n'avait pas su le lui faire comprendre. Il était conscient de s'être laissé absorber par ses recherches, cependant elles lui semblaient capitales.

Attirer l'attention sur le Boston General, c'était la possibilité de disposer de plus de moyens, de faciliter le recrutement du personnel, de le fidéliser, et de se pourvoir d'un équipement technologique des plus modernes. Les patients en seraient les premiers bénéficiaires. S'il continuait ses recherches, il était certain de parvenir cette année à faire figurer le Boston General sur la liste.

Mais Amara avait raison quand elle lui reprochait de la négliger. Elle méritait mieux. Il l'aimait et il ne voulait pas qu'elle en doute un seul instant.

Il alla la trouver dans le bureau des infirmières et, avec un sourire timide, posa une tasse de thé devant elle.

— Amara, je suis désolé de tout ce qui s'est passé, mais j'ai les choses bien en main, maintenant.

— Vraiment ? dit-elle froidement. Sais-tu seulement ce que tu veux, Eli ?

— Être reconnu. Ou plutôt, que le Boston General soit reconnu.

— Et si cela ne marchait pas ? Si tu ne parvenais pas à obtenir que cet hôpital soit retenu comme candidat potentiel et fasse l'objet d'une enquête ?

— Eh bien, nous continuerions de tenter notre chance.

Elle le regarda au fond des yeux.

— Eli, si tu veux travailler dans un établissement jouissant d'une réputation nationale, tu devrais postuler pour entrer au Massachusetts Research ou dans un autre hôpital du même genre. Tu as un CV impressionnant, ils seront sûrement ravis de t'embaucher.

Chacun de ces mots était comme un coup de poignard en plein cœur. Il ne voulait pas aller exercer ailleurs. Ce qu'il voulait, c'était que leur hôpital se voie reconnu comme il le méritait. Comment ne l'avait-elle pas compris ? Il faisait tout cela pour le Boston General, pas pour lui – du moins, pas seulement pour lui.

— Amara, j'ai reçu beaucoup d'offres venant d'établissements prestigieux, mais je les ai toutes refusées.

— Recevoir des distinctions ne te rendra pas plus heureux. Et Marshall n'y attachera aucune importance.

— Ce n'est pas la question, répondit-il, agacé.

— En es-tu certain ?

Pourquoi mêlait-elle son père à tout cela ? Il n'avait rien à voir là-dedans.

— Écoute, Amara, je voudrais me faire pardonner. Si nous sortions ensemble, demain soir ? Un vrai rendez-vous d'amoureux ? Nous irons où tu voudras.

Elle restait le nez plongé dans ses papiers.

— Je ne sais pas, Eli. Je te souhaite vraiment de réussir, mais ta famille ne peut pas être l'éternelle sacrifiée.

Il frémit. Il ne pouvait la perdre à nouveau. C'était impossible.

— Je t'aime, dit-il. Je sais que les choses ont été compliquées, ces derniers temps, et que je n'étais guère disponible, mais je te le promets, cela ne se reproduira plus. Lizzy et toi, vous êtes ce qu'il y a de plus important dans ma vie. Je te le jure. Dis-moi où tu veux aller demain, indique-moi le lieu et l'heure, et j'y serai. Rien ne m'en empêchera !

Elle se mordilla la lèvre, puis hocha la tête.

— Je voudrais aller danser.

— Danser ?

— Oui. Nous deux, ensemble, serrés l'un contre l'autre, nous balançant au son de la musique.

Elle le regardait avec un petit sourire.

Le cœur d'Eli se remit à battre. Amara ne s'en allait pas. Il ne l'avait pas perdue. Il devait juste se recentrer sur elle.

— Je vais astiquer mes chaussures.

Grande nouvelle ! Pouvons-nous remettre notre sortie à plus tard ? Je t'appellerai bientôt.

Amara lut le message et se regarda dans la glace. Ce soir, elle était revenue chez elle et avait sorti de la penderie une robe noire avec un décolleté en V assez vertigineux. Elle l'avait enfilée, excitée à l'idée de voir la réaction d'Eli. Elle avait voulu se faire belle pour aller danser. Et il décommandait au dernier moment. Il lui posait un lapin.

Combien de fois était-ce arrivé à sa mère ? Plus son père connaissait le succès, plus il négligeait sa famille. Amara ne voulait pas connaître le même sort que sa mère. Une vie de solitude.

Autant mettre dès maintenant un terme à sa relation avec Eli. Elle craignait, si elle attendait plus longtemps, de ne plus avoir le courage de le faire.

Les larmes aux yeux, elle attrapa ses clés de voiture.

Eli leva son verre en l'honneur de son invité, M. Jonah Richards. Ce chercheur était responsable du lancement des enquêtes – celles qui déterminaient les classements publiés dans *US News & Reports.* La victoire était à portée de main.

Il entendit la porte d'entrée s'ouvrir.

— Eli ?

La voix d'Amara résonnait dans le vestibule. Que faisait-elle ici ? Il lui avait envoyé un message, lui disant qu'il l'appellerait bientôt. Il regrettait d'avoir dû remettre leur rendez-vous, mais quand il lui en expliquerait la raison, elle comprendrait sûrement.

— Nous sommes ici, Amara ! Je suis content que tu sois venue, je voudrais te présenter quelqu'un.

En lui voyant les yeux rougis par les larmes, un froid glacial l'envahit. C'était sa faute. Mais pour une bonne raison. *Une raison géniale.*

— Voici Jonah Richards. Il est responsable du rapport annuel.

— En fait, rectifia Jonah, j'aide à l'organisation. Pour le classement de cette année, c'est la semaine prochaine que nous commençons les entretiens et les enquêtes. Votre compagnon a choisi le bon moment pour prendre contact avec moi.

— Je n'en suis pas certaine, répondit froidement Amara. Je suis venue simplement chercher quelques affaires, ajouta-t-elle en se tournant vers Eli.

Tandis qu'elle se dirigeait vers l'escalier, elle salua Jonah d'un signe de tête.

— Ravie de vous avoir rencontré. Pour le rapport, sachez que je considère le Boston General comme un merveilleux endroit où travailler.

Le cœur déchiré, Eli la suivit des yeux. Il l'avait blessée, une fois de plus. Mais il venait d'obtenir que leur hôpital figure dans l'enquête. Elle aurait dû s'en réjouir.

— Accordez-moi quelques minutes, dit-il à Jonah.

— De toute façon, je dois partir. Ma femme va se demander où je suis passé. Nous restons en contact, docteur Collins.

Eli l'accompagna jusqu'à la porte et, à peine son invité sorti, il se rua vers l'escalier.

— Amara…

Il eut un choc, elle rassemblait toutes ses affaires et les mettait dans un sac de voyage.

— Je suis désolé, Amara. Il m'a téléphoné parce qu'il voulait me poser quelques questions urgentes. J'ai…

— Je comprends, répondit-elle d'une voix à peine audible.

Alors, pourquoi faisait-elle ses bagages ?

Le chagrin qu'il lut dans ses yeux noirs lui broya le cœur.

— Je suis désolé, Amara. Nous pouvons aller danser, maintenant. Pour fêter la bonne nouvelle ! Cette robe est magnifique. Tu es magnifique. Je vais aller me changer. Lizzy est déjà chez ma mère.

— Alors, tu as réussi à nous faire accepter dans l'enquête, dit-elle en fermant son sac de voyage.

— Oui

Soudain, il fut terrifié à l'idée de ce que cela allait peut-être lui coûter.

— Reste, je t'en prie.

— J'aimerais pouvoir le faire…

— Mais tu vas t'en aller.

Elle soupira.

— Depuis des semaines, je passe mon temps à t'attendre. Pour aller au lit, pour déjeuner, et je me retrouve toujours toute seule. Tu m'avais promis de me consacrer cette soirée et, une fois de plus, tu as donné la priorité à la tâche que tu t'es fixée.

As-tu seulement pensé à remettre à demain ce rendez-vous avec Jonah ? Le lui as-tu proposé ?

— Non.

Il avait été si excité qu'il avait dit à Jonah de venir dès ce soir.

— Mais cela ne se reproduira plus, Amara.

— J'aimerais le croire, mais tu m'as dit exactement la même chose hier et, moins de vingt-quatre heures après, tu ne tiens déjà plus ta promesse. C'est peut-être égoïste de ma part, mais je veux être une priorité pour la personne qui partage ma vie.

Tu l'es. Eli avait envie de le lui crier, mais il était comme paralysé. Il la regarda franchir la porte sans avoir pu lui dire un mot pour la retenir.

Ouvrant le tiroir de la table de nuit, il en sortit le petit écrin qui contenait la bague de fiançailles qu'il avait choisie plusieurs semaines auparavant avec l'intention de faire sa demande en mariage… *Quand ?* Il avait été si occupé qu'il n'avait pas pris le temps de passer à l'acte.

Et maintenant, il était trop tard.

La tasse de thé était encore chaude quand Amara s'assit derrière le bureau. Depuis une semaine, Eli avait fait en sorte qu'ils n'aient plus les mêmes horaires de travail. Sans la douleur qui irradiait dans tout son corps, elle aurait pu croire que ces derniers mois n'avaient été qu'un rêve – le meilleur et le pire des rêves.

— Les rapports d'enquête de *US News & Reports* sont arrivés aujourd'hui, annonça Griffin en déposant l'enveloppe sur le bureau, avant de repartir aussitôt.

Elle songea un instant à jeter l'enveloppe dans la corbeille à papier, mais si le Boston General figurait sur la liste, elle se devait, par loyauté, d'en être fière.

Elle entendit l'une des infirmières pousser des cris d'excitation.

— Regardez ! C'est génial !

Amara ne voyait autour d'elle que des visages radieux. Chacun tenait à la main la liste des candidats potentiels et, dans tout le service, ce n'étaient plus que rires, sourires et échange de félicitations.

Pour une simple nomination...

Eli avait raison – le personnel de l'hôpital avait envie qu'on reconnaisse sa valeur. Et il avait réussi à leur faire ce cadeau. Dommage qu'il ne soit pas là pour fêter cette victoire avec eux.

Elle ouvrit l'enveloppe et commença à lire la liste des hôpitaux et des praticiens. Le Dr Carmichael et Griffin étaient tous les deux cités, mais pas Eli. Lui qui avait tant œuvré pour atteindre cet objectif...

Elle alla trouver Griffin.

— Où est le nom d'Eli ? Je sais que les hôpitaux proposent les médecins qu'ils veulent voir figurer sur la liste des candidats potentiels. Eli n'y est pas.

— Il a refusé sa nomination, dit Griffin en soupirant. Contente ?

Non.

— Il... Il...

Avait-elle, par ses peurs, brisé les rêves d'Eli ?

Si elle lui avait demandé de lui donner la priorité sur son travail, elle n'avait pas voulu pour autant qu'il renonce complètement aux distinctions et aux honneurs.

Et s'il avait simplement cherché à faire reconnaître la valeur du Boston General et de son personnel ? Si cela lui avait suffi ? Et si seulement elle avait accepté de reporter leur rendez-vous manqué ? Ou attendu qu'il lui téléphone ?

Peut-être qu'ils auraient pu l'un et l'autre avoir tout ce qu'ils désiraient.

Lizzy jouait sur le tapis tandis qu'Eli se servait un autre café. Il n'avait guère dormi depuis qu'Amara l'avait quitté. Il s'en voulait beaucoup de la manière dont il s'était comporté et il avait du mal à se regarder dans la glace le matin.

Il avait cherché pendant si longtemps à faire reconnaître sa valeur. D'abord par Marshall, puis par l'obtention d'une distinction qui n'avait aucune importance. C'était ridicule.

Lorsqu'il avait décidé de laisser tomber ce projet, il avait passé toute une journée à se demander ce qu'il voulait, lui. Qu'était, pour lui, une vie réussie ?

Il avait facilement trouvé la réponse. Il était déjà un grand médecin, il n'avait pas besoin d'une reconnaissance officielle. Ce qu'il voulait, c'était avoir une famille heureuse, une longue vie remplie d'amour, de travail et d'aventures.

Pendant quelques merveilleuses semaines, il avait connu cette vie-là. Jusqu'à ce qu'il soit déstabilisé par les commentaires désobligeants de la fille d'une patiente. Ce n'était pas la faute de Mme Mora. Il aurait réagi de la même façon aux critiques venant de n'importe quelle autre personne – son père, Griffin, une infirmière… Il aurait eu à cœur de leur prouver qu'ils avaient tort de mal le juger.

Amara, elle, n'avait jamais cherché à le remettre en question. Elle avait toujours respecté ses choix et l'acceptait tel qu'il était. Il n'avait jamais eu besoin de gagner son estime, car il l'avait eue, dès le début.

C'était ce qui lui faisait le plus mal. Il n'avait pas su garder ce qu'il avait de plus cher dans la vie. Il l'avait toujours aimée. *Toujours.*

On sonna à la porte. Il se passa la main dans les cheveux, conscient de n'être guère présentable. Mais quelle importance ?

— C'est ouvert ! cria-t-il.

Amara… Amara le rejoignit dans la cuisine.

— Pourquoi le nom de Griffin Stanfred figure-t-il dans ce rapport, et pas le tien ? demanda-t-elle dès le seuil d'une voix fatiguée.

Que faisait-elle là ? Il mourait d'envie de la serrer dans ses bras. De l'embrasser, encore et encore.

Il haussa les épaules.

— L'hôpital pouvait désigner deux médecins par département. J'ai suggéré à Doug de citer deux noms dans chaque catégorie. Le simple fait d'avoir une nomination est un point positif que Griffin et les autres peuvent intégrer dans leur CV.

— Cela ne répond pas à ma question, et tu le sais, dit-elle en lui jetant un regard noir. Pourquoi as-tu, *toi*, retiré ton nom de la compétition ? Est-ce à cause de moi ? Tu as voulu te punir ?

Elle avait une voix tremblante.

— Oh ! mon cœur, non. Je l'ai fait pour moi, et pour Griffin.

— Pour Griffin ? Je ne comprends pas.

— Il voudrait faire progresser sa carrière d'ici un an ou deux. Moi, je n'ai pas l'intention de quitter le Boston General. À moins que tu ne le veuilles ?

— Non, répondit-elle dans un murmure.

Cette simple réponse redonna espoir à Eli.

— Cette nomination compte davantage pour lui que pour moi.

— Mais cela veut aussi dire que la reconnaissance et les honneurs iront à Griffin, alors que tu en avais besoin.

— Non. J'en avais envie. Au point que je n'ai pas vu tout ce que m'apportait la personne qui comptait le plus pour moi. Et je l'ai perdue.

Il saisit la main d'Amara.

— Je n'ai pas besoin de courir après les récompenses, mon amour. Si on m'en donne, je les accepterai avec plaisir, mais je veux retrouver ce que j'ai eu et dont je n'ai pas su profiter, parce que j'étais trop absorbé par mon travail. Je veux passer des journées au zoo, des soirées à danser, prendre des vacances, traîner au lit... je veux tout cela. Et consacrer le reste de ma vie à essayer de te le montrer, si seulement tu veux bien m'accorder une *seconde* seconde chance.

Une larme roula sur la joue d'Amara.

— Je n'ai jamais voulu que tu renonces aux honneurs.

Elle eut un hoquet.

— Ou peut-être si. Parce que j'étais effrayée. J'avais si peur que tu me laisses derrière toi que je n'ai pas pensé un seul instant que je pouvais courir à côté de toi. Que nous pourrions poursuivre nos rêves ensemble. J'ai failli laisser la peur nous priver du bonheur qui nous attend.

— Oh ! mon cœur...

— Non, laisse-moi terminer, je t'en prie.

Du revers de la main, elle essuya une larme sur sa joue.

— Mon père courait après le succès et ma mère restait tout le temps seule, mais c'était sa vie à elle. Pas la mienne. Je refuse que la peur m'empêche d'être heureuse, dit-elle en réprimant un sanglot.

Elle lui caressa tendrement la joue.

— Je veux que tu reçoives toutes les récompenses que tu mérites. Et je veux être près de toi quand on te les remettra. Je veux être ta partenaire en toutes circonstances. Je t'aime.

— Moi aussi, je t'aime.

Il crut que son cœur allait exploser de joie. Tandis qu'ils échangeaient un long regard, il sentit que tout son monde retrouvait son équilibre.

C'était la plus belle des récompenses.

Épilogue

— Il fait chaud ! se plaignit Lizzy.

— Ce sera bientôt fini, répondit Amara qui la tenait par la main.

Le directeur de l'hôpital montait sur l'estrade. Doug avait juré que cela ne durerait pas plus d'un quart d'heure.

— À bras ! réclama Lizzy.

À trois ans, elle avait du mal à comprendre que son poids et le ventre arrondi d'Amara empêchaient désormais celle-ci de la porter. Mais, aujourd'hui, la petite fille se montrait si patiente qu'Amara se pencha pour la prendre dans ses bras.

Avant qu'elle n'ait achevé son geste, Eli les rejoignit.

— Et si je te portais, mon cœur ? dit-il en soulevant l'enfant après avoir posé un baiser sur la joue d'Amara.

Elle lui sourit.

— Tu ne montes pas sur l'estrade ? J'avais cru comprendre que Doug voulait faire de toi le roi de la fête.

Il rit.

— Je lui ai dit que je voulais avoir la meilleure place pour ne rien perdre du spectacle et, pour cela, il vaut mieux rester ici, où l'on a un peu de recul. Nous verrons beaucoup mieux la bannière.

L'équipe de la revue *US News & Reports* avait envoyé des bannières à tous les hôpitaux figurant sur la liste du rapport annuel. Amara avait plaisanté en faisant remarquer que le magazine s'offrait ainsi une belle campagne de publicité et Eli était tombé d'accord avec elle. Cela restait malgré tout un petit « plus » des plus agréables.

Alors que la bannière était déroulée sur la façade de l'hôpital,

Amara regarda Eli. Cela lui avait pris quelques années, mais il avait réussi.

— Heureux ?

Il lui posa la main sur le ventre, là où leur fils nichait, bien au chaud.

— Incroyablement heureux, dit-il en l'embrassant. Et cela n'a rien à voir avec la bannière.

Elle rit et pointa du doigt les mots se détachant en lettres bleu vif sur la banderole et d'après lesquels, cette année, le Boston General était reconnu comme l'un des meilleurs hôpitaux du pays.

— Malgré tout, dit-elle, c'est un bonus appréciable.

Eli éclata de rire.

— C'est vrai.

LUCY RYDER

Attirée par un chirurgien

Traduction française de
ELISA MARTREUIL

BLANCHE

HARLEQUIN

Titre original :
TEMPTED BY THE HEART SURGEON

1.

Après un dernier coup d'œil derrière elle, Samantha Jefferies s'engouffra dans le bar de l'hôtel, qu'elle eut la bonne surprise de trouver grouillant de monde et plongé dans une semi-obscurité. Idéal pour se soustraire aux avances insistantes d'un des témoins du marié ainsi qu'à cette noce insupportable, véritable fantasme d'adolescente où elle était l'une des onze – oui, onze ! – demoiselles d'honneur.

À la vérité, elle noircissait un peu le tableau : sans les scènes d'hystérie et les débordements d'émotions, la fête aurait été acceptable. Et qui était-elle pour critiquer ? Stacey, au moins, avait pris sa vie en main tandis qu'elle, Samantha, avait vu la sienne exploser en vol. Alors, autant échapper momentanément à son enfer quotidien, non ? Pourquoi même ne pas jouer à être quelqu'un d'autre pendant une heure ou deux ? Faire comme si elle n'avait pas vu ce qu'elle avait vu et oublier qu'elle était habillée comme pour le bal du lycée ? Prétendre que son propre mariage était encore d'actualité ? Ce qui était d'ailleurs le cas, tant qu'elle n'aurait pas informé sa grand-mère de la rupture.

La vieille mégère allait piquer une crise, elle qui, pour une fois, avait agréé sans réserve le fiancé de Sam. À tort ! En effet, deux jours plus tôt, celle-ci avait surpris son fiancé dans son majestueux bureau en pleine action avec, non pas sa secrétaire, mais *son* secrétaire. *Son* assistant personnel.

De quoi faire perdre les pédales à n'importe qui, non ? Et pour ajouter à son humiliation, elle était aujourd'hui affublée d'une robe rose bonbon dont le corsage sans bretelles, qui moulait exagérément ses formes, attirait davantage de regards masculins qu'elle ne le souhaitait. Pour couronner le tout, avec ses longues jambes bien visibles dans l'explosion d'organza rose de la jupe, elle ressemblait à un flamant rose sans grâce, échappé du zoo de San Diego.

En fait, Samantha aurait été ravie que la petite-fille de Lilian Gilford, P-DG des laboratoires pharmaceutiques Gilford et doyenne de la haute société de Boston, soit accoutrée d'une tenue digne des Folies-Bergère, si elle n'avait cherché à se fondre dans le décor pour échapper à M. Letripoteur et essayer de trouver les raisons de ne pas sombrer à tout jamais après les trois derniers jours qu'elle venait de vivre.

Endurcie par des années de conditionnement, Samantha ignora les petits sourires et les regards curieux des clients. Une fois au comptoir, elle jeta dessous ses sandales à talons aiguilles puis se jucha sur un tabouret en se démenant pour que sa jupe ridiculement courte ne remonte pas trop. Bien que décidée à changer momentanément de personnalité et à goûter à tout ce que la vie avait à offrir avant de devoir échanger ses talons hauts contre de confortables chaussures plates à lacets, elle n'était cependant pas prête à exhiber son indécent string rose.

Le barman apparut devant elle, tout sourire malgré l'allure déconcertante qu'elle devait offrir. Sam regretta qu'il ait l'air si jeune – il paraissait avoir seize ans – car elle se serait volontiers aventurée à flirter avec lui, histoire de tester ses nouvelles ailes.

— Vous ne trouvez plus le chemin du bal, princesse ?

— Et vous, vous avez l'autorisation de vendre de l'alcool à votre âge ? rétorqua-t-elle gentiment alors qu'elle aurait voulu mordre.

— Que prendrez-vous ? marmonna le barman avec un soupir, de toute évidence habitué à ce qu'on se moque de son apparence juvénile.

— Donnez-moi la carte des alcools, s'il vous plaît.

Si elle voulait entamer une vie de célibataire libérée, autant commencer par des boissons à la hauteur de son projet. Elle n'avait jamais mis les pieds dans un bar auparavant et encore moins bu un quelconque digestif. Jamais Samantha Jefferies, petite-fille de Lilian Gilford et fiancée de Lawrence Winthrop

III, n'aurait songé à consommer quelque chose de plus alcoolisé que du sherry.

Mais tout allait changer. Surtout si les cheveux bleutés élégamment coiffés de sa grand-mère devaient s'en dresser sur sa tête !

— Votre mère sait-elle que vous êtes ici ? reprit le barman d'un ton hautain.

— La carte, gamin. Et plus vite que ça. Sinon, adieu le pourboire.

— À vos ordres, princesse, répondit-il avec bonhomie, en faisant glisser la carte vers elle. Alors, qu'est-ce qui vous ferait plaisir ?

— Servez-moi toute la liste en commençant par le haut. Pourquoi jouer petit bras ?

Le Dr Adam Knight la repéra à la seconde où elle entra dans le bar de l'hôtel de luxe du centre de San Francisco en ce samedi soir. Difficile de ne pas la remarquer quand elle semblait aussi peu à sa place dans ce lieu plein de hockeyeurs et de fêtards qu'une pivoine au milieu du désert.

Elle respirait la féminité, de ses cheveux châtain foncé parsemés de fleurs et relevés sur le sommet de la tête à ses longues jambes interminables en passant par ses épaules dénudées et son dos droit comme un I. Elle marchait pieds nus et, de sa main menue, balançait négligemment une paire de sandales roses à talons de dix centimètres.

— Je parie dix dollars qu'elle vient du château, commenta derrière lui son collègue, Wes Kirkland.

— Vous n'y connaissez vraiment rien, les mecs, intervint, avec un petit rire méprisant, une brune assise à leur table. Si vous voulez mon avis, elle sort d'une fête costumée.

— Ah oui ? demanda Wes, ironique. Et déguisée en quoi ? En flamant rose ?

Plutôt que de participer à la discussion, Adam préféra observer la jeune femme devant qui le barman alignait une série de petits verres d'alcool, des shots. Au deuxième qu'elle vida, elle allongea ses jambes de danseuse de cabaret sur le tabouret voisin et, au troisième, elle se trouva entourée de hockeyeurs qui commandèrent tous des shots pour ne pas être en reste.

Il vit Mlle Pivoine rire, puis secouer la tête et s'agripper au comptoir pour ne pas tomber de son tabouret quand un des types voulut l'enlacer par la taille. Un autre mastodonte intervint et, l'espace d'un instant, Adam crut qu'ils allaient en venir aux mains. Mais, en quelques mots, Pivoine les remit à leur place avant de se laisser glisser à terre et de virevolter sur ses longues jambes vers la piste de danse pour se perdre parmi les danseurs.

Enfin, se perdre… Impossible avec sa robe rose, songea Adam, amusé.

— Je parie qu'elle accepterait de danser avec moi, reprit Wes. Il suffit que je lui dise que je suis médecin. Les nanas adorent !

— À mon humble avis, elles préfèrent les joueurs de hockey, répliqua Janice avec un mouvement de tête vers les jeunes femmes qui se pressaient autour des hockeyeurs au bar.

N'écoutant ses compagnons que d'une oreille, Adam ne quittait pas Mlle Pivoine des yeux. C'est ainsi qu'il aperçut une des armoires à glace l'entraîner dans une danse endiablée, la guidant entre les danseurs comme il aurait manœuvré un palet à travers une ligne de défenseurs et, finalement, la renverser en arrière sur son bras dans une pose théâtrale.

Elle éclata d'un rire grave et rauque et, alors qu'elle essayait d'éloigner le visage de son cavalier de son décolleté, elle croisa le regard d'Adam. Il eut l'impression de recevoir un coup de poing dans le plexus solaire. Le temps se figea, s'étirant entre eux comme s'il était retenu par des élastiques invisibles qui se rompirent brutalement lorsque le joueur de hockey la redressa, ses mains enveloppant ses formes en un geste possessif.

Elle repoussa son partenaire si violemment qu'elle trébucha en arrière et bascula… sur les genoux d'Adam qui peinait à se ressaisir après ce moment étrange qui les avait liés tous les deux.

Dans un geste réflexe, il la retint de son bras vigoureux, l'étouffant presque contre son torse puissant.

Sam poussa un cri et, en se débattant pour se libérer de cette étreinte virile – plutôt agréable, ma foi –, elle heurta du coude la poitrine de l'homme qui étouffa un gémissement qu'elle trouva fort sensuel. La soirée allait décidément de mal en pis. D'abord, le témoin du marié avec ses mains baladeuses, ensuite le hockeyeur entreprenant, et maintenant lui !

Elle se tourna et se trouva presque nez contre nez avec l'homme dont elle venait de croiser le regard. Il était encore plus beau vu de près et à l'endroit ! Son grand front, son nez parfaitement droit, sa mâchoire carrée et son teint cuivré donnaient à son visage une force et une noblesse qui ne laissaient aucun doute sur ses origines indiennes.

Elle s'immobilisa. Puis, de leur propre chef, ses yeux se dirigèrent vers les lèvres magnifiquement dessinées et étirées en un sourire. Probablement l'inconnu s'amusait-il qu'une femme en rose lui offre une lap-dance comme dans les clubs de strip-tease, songea-t-elle.

— Excusez-moi, bredouilla-t-elle, le souffle court.

Incapable de détacher les yeux de la bouche de l'homme, elle espéra qu'il attribuerait sa respiration saccadée à sa danse effrénée avec le joueur de hockey et non à l'effet qu'il produisait sur elle.

Elle finit par lever le regard vers ses cheveux noirs, lisses et épais, qui lui arrivaient aux épaules et qui donnaient l'envie quasiment irrépressible de les faire couler entre les doigts. Pour résister à la tentation, elle lui agrippa les épaules dont la musculature ne déçut pas ses attentes.

Il élargit alors son sourire, révélant de belles dents saines qui brillaient dans la pénombre.

— Il n'y a pas de mal, dit-il, sa voix grave de baryton faisant naître un délicieux frisson dans le dos de Samantha.

Et quand, ses yeux dans les siens, il lui posa ses grandes mains sur les hanches, elle se sentit chavirer.

Elle n'avait jamais rencontré un homme aussi séduisant. Un homme qui respirait la sensualité par tous les pores de sa peau. Sans la délicieuse excitation qui l'envahissait, elle serait restée là, les bras ballants, bouche bée de stupeur, telle une adolescente. Mais si elle voulait démarrer rapidement sa nouvelle vie de célibataire, quelle meilleure occasion de mettre à l'épreuve ses talents de séduction ?

Comme elle laissait son regard courir sur le visage de l'inconnu, elle fut frappée par ses yeux de la même couleur ambrée que le whisky préféré de son grand-père. Et, comme la première fois où elle avait goûté à cet alcool de prix, le monde se mit à tourner autour d'elle.

— Dé-désolée, balbutia-t-elle, happée dans les profondeurs de ce regard. Je…

— Hé ! lança quelqu'un derrière elle, brisant l'envoûtement. Bas les pattes ! C'est ma nana !

En même temps qu'il protestait ainsi, son précédent « cavalier » l'empoigna par l'épaule pour la tirer de son perchoir. D'un violent mouvement, elle se dégagea et se jeta au cou de l'ensorceleur.

— Protégez-moi ! murmura-t-elle contre ses lèvres.

Elle enfonça alors les doigts dans son épaisse chevelure et… embrassa un parfait inconnu ! Une première pour elle !

Une première qui l'aurait probablement horrifiée avant les petits verres d'alcool, les deux flûtes de champagne et la découverte, quarante-huit heures auparavant, de la raison pour laquelle son fiancé avait insisté pour ne pas la voir nue avant la nuit de noces. Quarante-huit heures qu'elle avait passées à se demander pourquoi elle n'avait pas remarqué, comme tout le monde, que le beau blond qui lui était promis ne dédaignait pas du tout le sexe… mais avec son secrétaire, un certain Ronnie.

C'était pour cette raison qu'elle se trouvait là, sur les genoux d'un superbe inconnu, prête à jeter son bonnet par-dessus les moulins. À moins que ce ne soit à cause de l'ironie qu'elle lisait dans ses yeux d'ambre ? Peu importe. Plus personne ne la retenait, à présent. D'ailleurs, ne venait-elle pas de décider de prendre sa vie en main au lieu de suivre docilement la route que sa grand-mère lui traçait ?

Cette perspective la libéra totalement. D'autant plus que, comme elle rentrait à Boston le lendemain matin, elle ne verrait plus aucune des personnes présentes ce soir.

Alors qu'elle était toujours prisonnière du regard d'ambre de l'inconnu, elle eut fugacement l'impression sidérante de connaître cet homme. Avant qu'elle ait eu le temps de se raisonner, son cœur se mit à battre la chamade et elle fut saisie d'un désir aussi effrayant qu'euphorisant.

Mais l'inconnu s'immobilisa et, de ses mains puissantes, lui enserra les épaules. Aussitôt, elle s'attendit à un rejet humiliant. Une crainte infondée car il la rapprocha de lui… pour l'embrasser à son tour.

En une fraction de seconde, au contact des lèvres charnues, elle perdit la tête : elle était prête à s'offrir à cet homme.

Non, se corrigea-t-elle. S'offrir à son baiser seulement. Se donner aussi rapidement serait aussi saugrenu que de croire qu'un seul regard avait suffi à créer un lien intime.

— Elle n'est pas pour toi, coco, je suis meilleur danseur que toi, entendit-elle quelqu'un dire dans un brouillard.

Mais, enivrée par l'ardeur de l'inconnu, elle oublia le bar et les clients et se laissa emporter dans un monde dont elle avait seulement rêvé jusque-là. Elle découvrait le feu après avoir erré pendant près de vingt-huit ans dans un désert de glace. Elle vivait enfin ce que tous les autres vivaient.

Elle s'étonna de la douceur et de la chaleur de ses lèvres et ne put retenir un soupir béat lorsqu'il lui caressa la langue de la sienne. Ivre de désir, elle se colla contre lui et se régala du goût un peu amer de la bière qu'il venait de boire qui se mêlait à une saveur mystérieuse et d'une masculinité confondante.

Plus le baiser s'enfiévrait, plus Sam s'enflammait. Même dans ses fantasmes les plus secrets, jamais on ne l'avait embrassée ainsi. L'homme semblait vouloir la dévorer ici et maintenant, devant tous ces étrangers.

Devant tous ces étrangers ? Cette brutale prise de conscience agit sur elle comme une douche froide.

Elle s'écarta brutalement et le regarda d'un air égaré.

— Je… Euh… je suis dé… désolée.

— Pas moi, murmura-t-il d'une voix aussi chargée de désir que son regard.

La fièvre qui embrasa Sam lui monta jusqu'au visage, l'empourprant. Mais pas de honte. Ou en tout cas pas uniquement.

C'est alors qu'elle remarqua un mouvement. Jared, le témoin aux mains baladeuses, fondait sur elle tel un inspecteur des impôts sur un dossier de contrôle fiscal. Juste au moment où elle commençait enfin à apprécier l'anonymat que procurait la lumière tamisée du bar !

La réprobation qu'elle lut dans les yeux de Jared la mit dans une colère inhabituelle pour elle. Son smoking classique paraissait ridicule et prétentieux comparé au jean délavé et au T-shirt blanc moulant les larges épaules de l'inconnu qui, même sans rembourrage, dégageaient une force rassurante.

— Amanda…, dit sèchement Jared, évidemment contrarié de la voir entre les bras d'un autre homme alors qu'elle avait esquivé ses mains à lui tout le week-end. Qu'est-ce que tu fabriques ici ? Je te cherche partout.

Pour l'acculer dans un coin, sans aucun doute, songea-t-elle.

Elle s'apprêtait à lui répéter pour la centième fois qu'elle s'appelait Samantha et non Amanda quand la saisit le besoin viscéral de choquer Jared pour qu'il perde son air hautain. Le besoin de se rebeller contre tout ce qui l'empêchait d'être celle qu'elle voulait être ; de se libérer définitivement de l'image de femme respectable qu'on lui imposait depuis son enfance ; de se comporter pour une fois comme une femme normale, c'est-à-dire douée de désirs et d'émotions, à des années-lumière de celle, effacée, froide, éternellement élégante et digne que sa grand-mère souhaitait la voir devenir.

Elle n'adhérait plus à ce modèle depuis le moment où, à Boston, elle avait surpris son fiancé avec son amant.

Comme si Jared n'existait pas, elle emprisonna les joues de l'inconnu entre ses paumes et, plongeant dans ses yeux ensorcelants, elle lâcha la bride à la créature libertine cachée en elle : elle déposa un baiser langoureux sur ses lèvres. Il y répondit avec un enthousiasme flatteur et incendiaire qui donna à Sam l'impression d'être une femme fougueuse qu'un homme viril pourrait désirer.

À contrecœur, elle mit fin à leur étreinte et s'écarta.

— Le devoir m'appelle, murmura-t-elle en suivant délicatement de son index le contour de la lèvre inférieure de l'inconnu.

Quand elle vacilla, ses jambes se mettant à flageoler et sa tête à tourner, il lui offrit sa main.

Eh bien, ma cocotte, plus d'alcool pour toi !

Mais n'aurait-elle pas plutôt dû se promettre d'arrêter les baisers grisants de séduisants inconnus ? Certainement, si elle avait pu y renoncer aussi facilement.

— Êtes-vous certaine de ne pas vouloir rester ? demanda doucement l'inconnu, ses yeux dans les siens.

Elle hésitait à partir. Mais…

— Amanda ! l'appela Jared sur ce ton péremptoire et détestable que sa grand-mère utilisait quand elle jugeait que Sam ne se comportait pas en Gilford.

Jared, lui, correspondait, ou avait correspondu, en tout point aux critères que la vieille mégère attendait chez un homme avant de l'autoriser à entrer dans la famille : bonne naissance, arbre généalogique sans tache, vieille fortune.

Et d'un ennui mortel.

— Je… Je ne peux pas, répondit-elle avec regret.

Il la retint de son regard ténébreux et sensuel lui envoyant des messages qu'elle s'efforça de déchiffrer.

— Dommage pour moi, murmura-t-il, sa grande main chaude et rassurante retenant la sienne jusqu'au dernier moment.

2.

Adam récupéra la carte magnétique de sa chambre et se dirigea vers les ascenseurs, au fond du hall. Après le départ de Pivoine – « Amanda » comme l'avait appelée l'autre débile –, la soirée avait perdu tout intérêt.

Il l'avait regardée partir, saisi par un sentiment d'abandon, comme si quelque chose d'important lui filait entre les doigts.

Sa grand-mère, avec ses conceptions d'une autre époque, aurait sans nul doute parlé de coup de foudre alors qu'il s'agissait d'une simple vengeance de sa libido qu'il négligeait depuis un moment. En outre, il devenait trop vieux pour des aventures d'une nuit même si, étonnamment, les jeunes femmes aux jambes interminables accoutrées d'une robe improbable de reine du bal semblaient soudain appartenir à ses fantasmes intimes.

Il arriva au moment où les portes de l'ascenseur se fermaient et il les retint de la main. L'excuse qu'il s'apprêtait à formuler mourut sur ses lèvres quand il aperçut une explosion de rose, une belle bouche pulpeuse qui s'entrouvrait de surprise et de grands yeux d'un bleu si éclatant qu'ils semblaient briller entre les cils noirs et épais.

Il contempla cette femme à présent chaussée de ses sandales roses dont les hauts talons allongeaient encore ses jambes. Même la lumière crue de l'ascenseur n'altérait pas sa beauté qui devint plus éclatante encore quand son teint délicat rosit sous son regard. Une marque de timidité si inattendue chez la séductrice effrontée de tout à l'heure qu'elle piqua la curiosité d'Adam davantage encore que son accoutrement.

Prenant soudain conscience qu'il empêchait la fermeture des portes et que l'autre occupante de l'ascenseur, enceinte jusqu'aux yeux, le regardait bizarrement, il salua les deux femmes puis pénétra dans la cabine. Une fois qu'il eut appuyé sur le bouton de son étage, il s'adossa à la paroi et examina la pivoine du bar qui affichait froideur et indifférence comme si elle ne l'avait pas embrassé avec ardeur quelques heures auparavant.

— Euh… Re-bonjour, répondit-elle à son salut en essayant de garder contenance malgré ses joues qui s'empourpraient.

— Vous avez échappé à votre geôlier à ce que je vois.

— Mon quoi ? Ah ! vous parlez de Jared ? Non. Nous ne sommes pas ensemble.

— Quelle femme saine d'esprit voudrait de Jared ? intervint avec mépris la femme enceinte, elle aussi une explosion de tulle et organza rose vif, en frottant son énorme ventre. C'est un comptable. Vous savez comment sont ces gens-là.

— Daphne, voyons ! la reprit Amanda en s'excusant du regard auprès d'Adam dont le sourire s'élargissait.

— Quoi ?

— Il est peut-être comptable, chuchota Amanda en désignant discrètement Adam.

— Non, impossible, déclara Daphne. Regarde-le. Ça se voit.

— Ce n'est pas écrit sur leur visage.

— Bien sûr que si ! Prends par exemple Pete et Rowland, ou Jared et son frère Mark et… hou là !

L'ascenseur venait de s'arrêter si brutalement entre deux étages que les deux femmes durent se rattraper à la barre derrière elles. Les lumières tremblotèrent et, juste avant qu'elles ne s'éteignent définitivement, Adam vit Daphne serrer son ventre entre ses mains, l'air affolé. Il avait assisté à suffisamment d'accouchements durant son internat pour savoir ce qui se préparait.

— Ne t'inquiète pas, Daph, dit Amanda d'une voix tendue. C'est certainement un simple petit problème informatique. L'ascenseur va repartir d'une minute à l'autre.

— Ce n'est pas à cause de la panne que j'ai crié…, gémit Daphne. Je crois que je suis en train de perdre les eaux.

— Mais non, répliqua Amanda d'un ton rassurant. C'est ta vessie qui te joue des tours. C'est normal dans ton état. Je suis sûre que… euh…

Adam sentit qu'elle le regardait.

— Adam…, murmura-t-il.

Dire qu'elle ignorait jusqu'au nom de l'homme à qui elle avait fait des avances si éhontées ! semblait penser Amanda, gênée.

— Je suis sûre que… Adam, donc… ne t'en voudra pas. C'est tout à fait compréhensible chez une femme enceinte.

— En fait, le travail a commencé, expliqua Adam en cherchant à tâtons le bouton d'appel d'urgence juste avant que l'éclairage de secours ne s'allume enfin.

— Le travail ? répéta Amanda tout en regardant le ventre de Daphne comme si elle s'attendait à voir un extraterrestre en sortir. Mais ce n'est pas possible, voyons ! Dis à Adam que tu n'es pas à terme. Dis-lui qu'il se trompe. Dis au bébé que ce n'est pas le moment. Ça ne fait pas neuf mois, Daph. Et puis, Stan n'est pas là, ajouta-t-elle après avoir repris sa respiration. Tu ne peux pas accoucher sans lui.

— Je ne crois pas que le bébé va attendre l'arrivée de Stan, répliqua Daphne, presque amusée, avant d'attraper le bras d'Amanda en gémissant. J'espère que tu as quelques notions d'obstétrique, mon chou, parce que je ne peux compter que sur toi.

Adam scruta Amanda, intrigué par ses efforts désespérés pour garder son sang-froid.

— Je ne connais rien aux bébés et encore moins aux accouchements.

— Moi, si, répliqua Adam en lui tendant son téléphone.

Il consulta sa montre et, quand il releva la tête, il s'aperçut que les deux femmes le regardaient comme s'il venait de proférer une obscénité.

— Je suis médecin, ajouta-t-il distraitement tandis qu'il calculait le temps écoulé depuis la dernière contraction.

— Médecin ? répéta Amanda sans cacher son soulagement. Je vous en supplie, dites-moi que vous êtes gynécologue.

— Appelez le numéro d'urgence, ordonna-t-il sans répondre parce qu'il ne voyait aucune raison de leur apprendre qu'il était chirurgien cardiaque.

Prenant Daphne par le bras, il l'obligea gentiment à se mettre à quatre pattes.

— Cette position sera plus confortable, expliqua-t-il en commençant à lui masser le dos avant de poursuivre à l'adresse d'Amanda, recroquevillée dans un coin, qui avait l'air apeuré d'une biche prise dans les phares d'une voiture : Expliquez-leur la situation et dites-leur d'envoyer une ambulance et un camion de pompiers.

— Les pompiers ? s'écrièrent en chœur les deux femmes, épouvantées.

— Vous croyez qu'il y a le feu ? s'affola Daphne en se redressant d'un coup. Je n'accoucherai pas en plein milieu d'un incendie !

— C'est hors de question, répliqua Amanda qui fixait Adam de ses grands yeux bleus tandis que de ses doigts tremblants elle tapait le 911. C'est juste au cas où les techniciens ne parviendraient pas à régler à temps le problème informatique. Les pompiers pourraient nous extraire de là.

— Absolument, renchérit doucement Adam dont l'estime pour Amanda monta d'un cran. En attendant, Daphne, pensez seulement à bien respirer pendant les contractions, sans pousser surtout. D'accord ?

Après avoir exposé la situation au régulateur du centre de secours, Amanda se tourna vers Adam et le menaça à voix basse :

— Vous avez intérêt à savoir ce que vous faites parce que je ne plaisantais pas. Je n'y connais absolument rien. Je sais seulement que je suis censée faire bouillir de l'eau, apporter des serviettes propres et, ensuite, disparaître jusqu'à ce que tout soit terminé.

Avant de répondre, Adam lui saisit le poignet et, la forçant à s'agenouiller à côté de Daphne, lui posa la main sur les reins de son amie. Il lui donnait un rôle dans l'espoir que cela l'aiderait à garder la tête froide.

— Pas de souci, je sais ce que je fais. Respirez calmement et tout ira bien.

Elle avala sa salive et hocha la tête.

— Parfait, commenta-t-il avec un sourire. Maintenant,

massez-la pour la soulager. Elle a probablement l'impression que son dos va exploser. Et ne vous inquiétez pas, Daphne et son bébé savent ce qu'ils ont à faire.

— Vous croyez ça ? haleta Daphne. J'ai le regret de vous informer que c'est mon premier bébé. Je n'ai aucune idée concernant la suite des événements.

— Tu as suivi les cours d'accouchement sans douleur, non ? répliqua Amanda.

— Oui, mais il n'y a jamais été question d'accoucher dans un ascenseur. Rien non plus sur le sujet dans aucun des livres que j'ai lus.

Elle laissa échapper un cri, les yeux plissés de douleur.

Amanda eut un mouvement de recul, mais continua malgré tout à masser frénétiquement son amie.

— Elle serait certainement mieux allongée, dit-elle avec espoir.

Mais Adam secoua la tête. Malgré lui, il se régalait de la situation.

— Cette position est plus naturelle, pour l'instant. Dans l'idéal, il faudrait qu'elle soit accroupie le moment venu.

Les deux femmes se regardèrent avec effarement.

— Accroupie ? répéta Daphne d'une voix stridente. Vous avez perdu la raison. En fait…

Elle repoussa leurs mains et saisit la barre derrière elle pour se mettre debout.

— … il est absolument hors de question que mon enfant vienne au monde ici. C'est compris ?

— Daphne…

— Dépêche-toi d'appeler le Samu, coupa sèchement Daphne. Soit j'accouche dans un hôpital, soit je n'accouche pas du tout.

Sam ne put répondre. Voyant Daphne chanceler sous l'effet d'une nouvelle contraction, elle l'empoigna pour l'accompagner dans sa chute, puis s'agenouilla à côté d'elle, la tête levée vers le beau médecin. Adam, se rappela-t-elle.

Il avait mis un genou à terre et posé une main sur le ventre de Daphne. La concentration augmentait encore la beauté de ses traits.

— Ça va, Daph ? demanda Sam, au bord de l'hystérie.

— Non, murmura la parturiente, encore terrassée par une contraction. Une pastèque va passer dans mon vagin. Comment veux-tu que ça aille ?

— Tout va bien aller, assura Adam avec un petit rire amusé qu'il ravala prestement devant la mine choquée des deux femmes.

Quant à Daphne, qui haletait comme on le lui avait appris, elle le regardait avec hostilité.

— Tout ça est votre faute, lança-t-elle, les dents serrées.

— Ma faute à moi ? s'étonna-t-il.

— Vous êtes un homme, non ? Si vous et votre espèce ne regardiez pas les femmes avec ces yeux brûlants de sensualité, rien de tout cela n'arriverait.

Au ton sur lequel Daphne avait dit « votre espèce », Sam supposa que le pauvre Stan allait passer un mauvais quart d'heure.

— Regarde-le ! Je parie qu'il pourrait féconder une femme sans méfiance à cent mètres de distance. Fais gaffe à ses yeux, ma cocotte. Ils sont puissants. Il suffit qu'il les pose sur toi et tu danseras nue sur ses genoux.

Sam s'étrangla presque. Daphne serait-elle voyante ? Avait-elle deviné ce qui s'était passé au bar ? Adam, lui, avait clairement compris l'allusion involontaire car il emprisonna Sam de son regard de feu en lui souriant de toutes ses dents. Et alors qu'elle croyait avoir touché le fond, elle l'entendit dire :

— Il faudrait que vous lui enleviez sa culotte pour que je vérifie la dilatation de l'utérus.

— J'espère avoir mal entendu. En tout cas, ne comptez pas sur moi pour ôter les sous-vêtements de qui que ce soit. Et certainement pas de quelqu'un que j'ai rencontré il y a seulement deux jours.

— Hé ! protesta Daphne. N'oublie pas que nous avons survécu ensemble à ce cirque pendant deux jours. Ça fait de nous davantage que de simples connaissances, il me semble.

Adam regardait Sam d'un air ironique. « Tu n'aurais pas

rechigné à ôter ta petite culotte si je te l'avais demandé », semblait-il dire.

Il avait peut-être raison. Mais seulement après une petite dizaine de shots .

— Pour l'amour du ciel ! intervint Daphne. Ce ne sont pas tes parties intimes à toi qu'il va voir complètement distendues. Je me déshabillerais bien moi-même, mais… Oh ! bon sang !

En panique, elle s'allongea sur le dos. Elle avait la respiration haletante comme si elle venait de grimper quatre à quatre douze étages.

— Elles ne se rapprochent pas, j'espère. Parce que je vous ai prévenu : ça ne se passera pas ici.

— Compris, répondit Adam avec un regard appuyé à Sam. Mais ce serait bien que je puisse voir où en est le travail.

Après encore quelques secondes d'hésitation, Sam se résigna. À vingt-huit ans, elle avait passé l'âge de laisser une crise d'angoisse la priver de ses moyens au pire moment possible.

Elle s'exécuta donc. Daphne, visiblement amusée par son embarras, se tortilla sous sa jupe en tulle rose bonbon pour essayer de lui faciliter la tâche alors que Sam se débattait avec l'élastique accroché dans le talon d'une des chaussures de la future maman. Le visage écarlate, maugréant contre les hommes qui n'étaient bons qu'à transformer les femmes en gigantesques ballons à pattes, Sam finit par tirer rageusement sur la culotte en dentelle qu'elle lança à une Daphne hilare.

— Bravo…, commenta Adam avec un sérieux inattendu avant d'écarter doucement les genoux de Daphne pour procéder à l'examen gynécologique.

En sueur et apparemment indifférente à ce qu'un autre que Stanley voie ses parties intimes, Daphne murmura :

— Dites-moi que vous vous êtes trompé et que je ne suis pas sur le point de…

Une contraction lui coupa la parole.

— Non, pas d'erreur, répondit Adam posément. Le sommet du crâne de bébé est visible. Ne poussez pas avant que je vous le dise, d'accord ?

— Un, je vous rappelle que je refuse d'accoucher ici, protesta à grand-peine la parturiente en s'effondrant contre Sam. Et deux, j'ai envie de pousser plus que tout. Presque plus encore que d'étrangler Stan pour m'avoir mise dans cet état.

Elle agrippa le bras de Sam le temps que passe la contraction suivante.

— Et dès que je sors d'ici, je l'avertis que le sexe, c'est fini pour lui. Définitivement…

— OK, Daphne, dit Adam, très concentré. La tête est en train d'apparaître. Alors, allez-y, poussez !

En criant comme si on l'éventrait, Daphne s'arc-bouta et devint si rouge que Sam craignit qu'une artère ne se rompe. Elle sentit son cœur se serrer de compassion et, bien que s'accrochant du regard à Adam – un roc dans la tempête –, elle eut brusquement l'impression de se vider de toute force. Sa tête se mit à bourdonner horriblement. Elle était tétanisée, incapable d'aider, comme vingt ans plus tôt.

— Amanda…

La voix grave et virile s'insinua à travers le brouillard qui l'enveloppait, mais ne parvint pas à endiguer le flot des souvenirs qui continuaient aujourd'hui à lui donner des cauchemars.

— Hé, Amanda ! insista Adam avec douceur.

Sam comprit à cet instant qu'il s'adressait à elle.

— Ça va ?

— Oui, répondit-elle avec effort.

Ressaisis-toi ! Ce n'est pas toi qui accouches, nom d'un chien !

— Simplement… C'est la première fois que j'assiste… à une naissance.

— Tout va bien se passer, ne vous inquiétez pas. Les femmes mettent des enfants au monde depuis des millénaires.

Elle évita de justesse la veste qu'il venait d'enlever et de lui lancer. Puis, quand il ôta son T-shirt, elle resta bouche bée devant le spectacle qui s'offrit à elle.

— Waouh ! murmura Daphne en écho aux pensées de Sam, les yeux rivés sur les muscles d'Adam qui roulaient sous sa peau satinée. Vous avez de la chance d'être aussi beau à regarder. Sinon, je vous détesterais.

Entièrement absorbé par sa tâche, Adam ne releva pas.

— Poussez encore, Daphne, ordonna-t-il. Amanda, prenez mon T-shirt. Je vous aurais bien demandé de sacrifier votre robe, mais j'ai comme l'impression que vous ne portez pas grand-chose en dessous. Arrêtez de pousser, Daphne !

— M'arrêter ? Vous êtes fou ? Je ne peux pas !

— Le cordon est enroulé autour du cou du bébé, expliqua posément Adam les mains sous la jupe de Daphne. Mais ne vous inquiétez pas. Tant que vous ne poussez pas ou n'exercez pas de pression…

Il se mit à jurer et le sang de Sam se figea dans ses veines. Mais, heureusement, il ajouta bien vite :

— C'est bon. Je l'ai. Poussez encore et vous pourrez tenir votre bébé dans vos bras.

Quand ils entendirent enfin l'agitation à l'extérieur de l'ascenseur et la voix d'un homme hurlant comme un fou « je suis là, ma chérie », Daphne était assise, appuyée contre Sam, et regardait avec émerveillement le miracle entre ses bras.

Un quart d'heure plus tard, l'ascenseur atteignait le rez-de-chaussée et les urgentistes se précipitaient pour prendre en charge Daphne et son bébé.

Encore sous le coup de ce qu'elle venait de vivre, Sam serait certainement tombée dans sa hâte à sortir de la cabine sans Adam qui la tenait par le coude.

— Ne partez pas, lui glissa-t-il à l'oreille avant de rejoindre les urgentistes qui transféraient Daphne sur une civière.

Les yeux de Sam s'embuèrent lorsqu'elle vit la façon dont Stan couvait du regard sa femme et son enfant. Une scène de bonheur qui aurait été une scène d'horreur si Adam n'avait pas été là pour empêcher que le bébé ne meure étranglé par le cordon ombilical.

Ce qui était en soi une victoire capitale, mais…

— Attendez ! hurla Daphne.

Sam leva la tête. La jeune mère, à présent sereine et détendue, les doigts amoureusement entrelacés à ceux de son mari, la regardait.

— Avec l'accord de Stan, je l'ai appelé Samuel Adam en hommage à vous deux.

De stupeur, Samantha ne put que balbutier :

— C'est… Je… Je n'ai rien fait… J'ai…

— Bien sûr que si ! Et beaucoup plus que tu ne l'imagines.

— Merci, murmura Sam d'une voix enrouée de larmes.

Adam, comprenant qu'elle était sur le point de craquer, intervint :

— C'est un grand honneur, Daph. Mais elle a raison, nous n'avons rien fait. C'est vous qui avez effectué tout le travail.

Sa voix de baryton coula comme du miel dans les oreilles de Sam qui eut l'impression qu'ils avaient formé une équipe, tous les deux sur un pied d'égalité. Ce qui ne correspondait pas à la réalité bien sûr puisque, contrairement à elle, il avait gardé tout du long un calme imperturbable.

— Je sais que j'ai tenu des propos outranciers, poursuivit gravement Daphne. Et j'ai eu tort.

— Tort ? répéta Sam qui, sous l'effet conjugué d'un reste d'adrénaline, de la sensualité d'Adam et de sa fierté d'avoir servi à quelque chose, avait perdu presque tous ses moyens.

Avec un petit air coquin, Daphne regarda de manière appuyée Adam et Sam qui étaient quasiment collés l'un à l'autre.

— Il vaut vraiment la peine, même à une distance de cent mètres, dit-elle avec un large sourire avant que les urgentistes ne l'emmènent, laissant une Sam toute rougissante.

C'est alors que cette dernière entendit le petit rire très doux d'Adam et elle ressentit aussitôt des picotements sur sa peau soudain brûlante.

Que lui arrivait-il donc ? Quelle femme normale venant de vivre une situation dramatique penserait à se donner à un parfait inconnu ?

Aucun doute, elle devait partir d'ici avant de se laisser aller à quelque folie.

3.

— Ça va ? s'inquiéta gentiment Adam.

Elle sursauta comme si elle avait reçu une décharge électrique et leva la tête vers lui pour se détourner aussitôt sous l'intensité de son regard.

— Euh… Pardon ? demanda-t-elle en s'humidifiant nerveusement les lèvres.

— Vous êtes toute rouge et vous paraissez agitée.

— Il fait très chaud ici, répliqua-t-elle en s'éventant de la main, consciente qu'un ventilateur au plafond apportait un courant d'air frais et qu'elle avait la chair de poule. J'ai l'impression que je vais faire une crise cardiaque. Je me sens très oppressée.

— Non, aucun symptôme d'infarctus, commenta-t-il avec calme. C'est une crise d'angoisse.

Étonnant d'ailleurs pour cette femme apparemment si libérée quand il l'avait rencontrée au bar, songea Adam. Il est vrai qu'elle avait failli céder à la panique dans l'ascenseur.

— N'importe quoi !

— Très bien. Dans ce cas, ces palpitations dans votre cou ne peuvent être que le signe d'une excitation sexuelle.

Elle porta une main à sa gorge.

— Vos doigts tremblants sont le signe que vous brûlez d'envie de me toucher et votre respiration hachée indique un besoin impérieux de baisers et de caresses.

— Quoi ? Mais pas du tout !

Elle regardait autour d'elle fébrilement, à la recherche d'une issue de secours. Mais il la prit fermement par les épaules, la força à tourner la tête vers lui et dit de sa voix apaisante – et horripilante – de médecin :

— Alors, expliquez-moi ce qui vous effraie au point de chercher à vous sauver en pleine nuit malgré les dangers auxquels vous vous exposez. En tout cas, dans cette robe.

Au bout de quelques secondes, elle finit par détendre ses épaules et ferma les paupières. Mais il avait eu le temps d'apercevoir une lueur de gêne et de tristesse qui toucha en lui une corde romanesque dont il ignorait l'existence.

Ne supportant pas de la voir malheureuse, il se pencha pour avoir ses yeux au niveau des siens et la secoua doucement.

— Allons ! Ce n'est pas si grave !

— Pour vous peut-être, rétorqua-t-elle avec un rire étranglé. Ce n'est pas vous qui avez l'air d'un flamant rose névrosé.

— Un joli flamant rose, commenta-t-il en riant, soulagé de voir la panique s'estomper dans ses yeux magnifiques. Et qui peut se vanter de ne pas souffrir d'au moins une névrose ?

— Vous, je parie. Je suis sûre que vous ne laissez pas le passé vous ôter tous vos moyens au mauvais moment.

Qu'avait-elle vécu pour qu'une situation stressante la paralyse ? s'interrogea Adam en la dévisageant.

— Vous perdriez votre pari. J'ai mes démons, comme tout le monde.

— Peut-être, mais vous ne les laissez certainement pas prendre le dessus et vous priver de toutes vos capacités, dit-elle, paraissant dégoûtée d'elle-même.

— Arrêtez de vous dévaloriser, répliqua gentiment Adam. Moi, je suis formé à gérer les urgences médicales.

Mais les sentiments ? Eux l'effrayaient, en général. Surtout ceux qui l'incitaient à offrir la protection de son large torse et de ses épaules musclées à une femme en rose. Ceux-là étaient dangereux et devaient être évités à tout prix.

— Je viens d'une famille de médecins, dit-elle de but en blanc d'une voix fiévreuse, comme si elle divulguait un lourd secret. Cela aurait dû me préparer à garder mon sang-froid devant une femme sur le point d'accoucher.

— Vous savez, moi aussi, j'ai été à deux doigts de perdre les pédales quand le travail a commencé, avoua-t-il avec un petit rire. Je suis chirurgien cardiaque, pas obstétricien. Les crises cardiaques ? Je suis votre homme. Mais les naissances… Croyez-moi, j'étais loin d'être serein ! conclut-il dans un frisson théâtral.

— Cela m'étonnerait. Vous avez été formidable avec Daphne. Vous êtes un super médecin, ajouta-t-elle après un long silence en cherchant son regard.

— C'est exact, répliqua-t-il avec un tel naturel qu'elle éclata de rire. Au moins, vous ne pensez plus à ce qui vous donnait envie de prendre vos jambes à votre cou.

— En plus, vous êtes perfide, ajouta-t-elle d'un air rêveur.

Puis elle se détourna pour appeler l'ascenseur et s'arrêta net, ses yeux inquiets levés vers Adam.

— Vous croyez que… ?

— Ça ne risque rien. Les probabilités pour qu'il y ait une panne deux fois dans la même nuit sont infimes. Cela vous rassurerait-il que je vous accompagne ? demanda-t-il en appuyant sur le bouton qu'elle avait évité comme s'il allait l'électrocuter.

— Je… Euh…

Les portes coulissantes s'ouvrirent, mais elle ne bougea pas. Adam posa alors une main dans le creux de ses reins pour la pousser doucement dans la cabine.

— Nous ne craignons rien. Ils ont résolu le problème, apparemment. Mais si vous avez peur, nous pouvons prendre l'escalier, ajouta-t-il en la sentant se raidir et en la voyant s'essuyer la lèvre supérieure avec des doigts tremblants.

Un geste qui attira son attention vers cette jolie bouche qu'il savait d'expérience voluptueusement douce et chaude.

— Vingt-cinq étages ? Non, merci.

Sur cette déclaration, elle repoussa la main d'Adam du panneau de contrôle et appuya résolument sur le bouton de son étage.

Les portes se fermèrent et l'ascenseur commença à monter.

À la tension dans les épaules de la jeune femme, Adam comprit qu'elle s'attendait à ce que la cabine s'arrête de nouveau brutalement entre deux étages.

Alors qu'il se tournait vers elle pour la rassurer une nouvelle fois, il respira son parfum : à la fois raffiné et simple, avec une touche ardente, sauvage et électrisante. S'en emplissant les poumons, il se demanda quelle était sa vraie nature. Posée et guindée ou passionnée et déjantée ?

Il avait le sentiment que derrière la façade de grande bourgeoise se cachait un être bouillonnant qui attendait juste le moment d'être libéré.

— Heureusement que vous étiez là pour assister Daphne, dit-elle brusquement. Si j'avais été seule, elle aurait eu des soucis et je n'aurais probablement plus de robe.

Une image qui troubla secrètement Adam.

— Vous vous sous-estimez. Je crois que vous vous seriez très bien débrouillée.

— Je m'évanouis à la vue du sang, figurez-vous. Difficile d'être efficace dans ces conditions…

Il se souvint de sa soudaine pâleur quand elle avait compris ce qui se passait. Il n'empêche que ses yeux d'un bleu stupéfiant brillaient d'une intelligence, d'un humour, d'une douceur et d'une chaleur qui la rendaient irrésistible.

Il effleura de son pouce la bouche pulpeuse.

— Vous ne devriez pas laisser les autres décider de qui vous êtes…

— Vous avez raison, murmura-t-elle après un moment de stupeur. Je ne devrais pas.

Avant qu'il ne la pousse à s'expliquer plus avant, l'ascenseur arriva à l'étage d'Adam. Rechignant à la quitter et à peut-être ne plus jamais la revoir, il proposa :

— Que diriez-vous de boire un dernier verre ?

Elle savait qu'il lui proposait davantage qu'un dernier verre, et dire qu'elle était tentée était un euphémisme. Mais l'allusion à son incapacité à s'affirmer l'avait brutalement ramenée à la réalité.

— Je… je ne peux pas.

Le fait que les circonstances et un fiancé infidèle l'aient placée à une croisée de chemins ne justifiait pas qu'elle fasse n'importe quoi. Par exemple, qu'elle accule cet homme à la porte de l'ascenseur et déguste sa bouche si parfaitement dessinée.

Ni qu'elle quitte la relative sécurité de l'ascenseur au bras d'un homme avec qui elle avait passé quelques heures torrides mais qu'elle ne connaissait ni d'Eve… ni d'Adam, et qu'elle accepte son invitation à boire un dernier verre alors que la tête lui tournait déjà à cause de lui.

Pour se donner la force de résister, elle se planta fermement sur ses jambes, bras résolument croisés sur sa poitrine, et l'affronta du regard. Difficile cependant de dissimuler la lutte qu'elle livrait contre elle-même.

— Vous êtes sûre ? insista Adam avec une lueur de déception dans ses yeux ensorceleurs.

Il avait délibérément utilisé une voix grave et posée bien que légèrement râpeuse. En effet, une démonstration d'autorité ou d'agressivité serait allée à l'encontre de ce qu'il cherchait : Sam se serait immédiatement repliée derrière ses remparts.

Sam se surprit à secouer et à hocher la tête tout à la fois.

Quelle détermination ! ironisa-t-elle intérieurement.

— Oui, je suis sûre.

Sur un dernier regard, il se tourna pour partir. Il n'avait pas franchi les portes que Sam craqua et le rappela d'une voix étranglée et à peine compréhensible.

— Attendez !

Avant de changer d'avis, elle s'élança vers Adam qu'elle poussa contre le chambranle métallique. Puis, se haussant sur la pointe des pieds contre le corps dur et chaud, elle s'empara de la bouche d'Adam pour la deuxième fois de la soirée.

Adam, qui l'avait entendue prendre brièvement sa respiration, s'était déjà à moitié retourné quand elle se jeta contre lui, de voluptueuses formes féminines lui emplissant les bras. Alors qu'il reculait en chancelant sous le choc, elle lui enlaça le cou et colla ses lèvres aux siennes.

Acceptant sans discuter sa bonne fortune, il la serra contre lui et, insinuant la langue entre ses lèvres, il se perdit dans ses gémissements rauques.

Pressée contre lui, elle l'embrassait avec plus de passion que de virtuosité. Peu importe. Son sexe s'était dressé aussi vite que celui d'un adolescent au moment de son premier vrai baiser. Il la plaqua contre son érection, ne laissant ainsi aucun doute sur ses intentions.

En réponse, elle enfouit les doigts dans sa crinière noire et commença à lui griffer si délicieusement le crâne qu'il faillit perdre tout contrôle.

Jamais auparavant il n'avait été emporté par un désir aussi violent pour une femme, songea-t-il alors que ses mains glissaient irrémédiablement vers les seins de Samantha.

— Amanda, dis-moi que tu n'es plus sous l'emprise de l'alcool. Dis-moi que tu sais ce que tu fais.

Tout en lui murmurant ces paroles, il lui mordillait le cou en descendant jusqu'à l'épaule et suivait de ses pouces la courbe de ses seins. Comme elle le suppliait de ne pas en rester là, il se mit à lui dévorer la bouche avec une passion exacerbée par les gémissements qu'elle laissait échapper et qui lui apparurent comme le summum de l'érotisme.

La porte de l'ascenseur, en cherchant à se fermer, lui rappela où ils se trouvaient. Il souleva alors Sam qui lui entoura sans hésiter la taille de ses longues jambes et la porta jusqu'à sa suite. Dès qu'il eut réussi à ouvrir sa porte et qu'il l'eut claquée du pied derrière lui, il poussa Sam contre le mur du vestibule et, quelques secondes plus tard, leurs vêtements commençaient à voler. Adam essaya de calmer le jeu, mais Sam, qui ne semblait pas l'entendre de cette oreille, enfonça ses dents dans le muscle à la base du cou d'Adam.

— Amanda… mon cœur. Pas si vite, s'il te plaît.

Comme elle n'obtempérait pas, il lui saisit les mains qu'il plaqua contre le mur à hauteur de sa tête.

— Arrête, Amanda. Sinon ce sera fini avant d'avoir commencé.

Amanda… En entendant ce prénom, Samantha sortit brutalement de sa transe et la réalité lui sauta alors à la figure : elle s'apprêtait à coucher dans une chambre d'hôtel avec un homme qu'elle connaissait à peine ! Elle, Samantha Jefferies !

Après une brève hésitation, elle renonça à rétablir la vérité sur son nom. Ce soir, elle ne serait pas Samantha Jefferies, fille de Vivienne et Edward Jefferies, mais Amanda, la femme qui s'échappait des mariages mondains pour embrasser de beaux inconnus dans les bars. La femme qui aidait à donner la vie. La femme qui se frottait sans vergogne contre le sexe d'un homme.

La femme qui pouvait faire ce qu'elle voulait. La femme capable de mettre un homme à ses pieds. Grisant !

Avec un cri de bête affamée, elle se cambra et l'embrassa sans retenue, s'abandonnant au plaisir d'être quelqu'un d'autre.

Il était de loin l'homme le plus sexy qu'elle ait jamais rencontré. Un corps musclé à souhait. Des épaules, un torse, des abdominaux, tout était l'œuvre d'un sculpteur. L'ensemble couvert d'une peau d'un beau cuivre doré. Elle salivait à l'idée de goûter à ces merveilles.

Sans même s'en apercevoir, elle se mit à le mordiller dans le cou, sur l'épaule. Savourant ses exclamations étouffées et les frissons qu'elle sentait sous sa bouche, elle poursuivit hardiment son chemin diabolique.

Aiguillonnée par l'enthousiasme qu'il manifestait, elle sillonna, de ses ongles, son ventre dont les muscles bandés frémirent et s'arrêta net au bouton de son jean en découvrant sa braguette prête à craquer sous la pression de son sexe.

— Ça ne doit pas être très agréable, commenta-t-elle avec un rire rauque avant de plonger la main sous la ceinture du caleçon, à la rencontre du membre qui se tendait vers ses doigts.

Sans réfléchir, elle essuya la goutte qui perlait au bout du sexe d'Adam et se lécha ensuite le pouce, à la fois ébahie et excitée par cette initiative, une première pour elle.

Et elle ne la regretta pas car Adam hoqueta un juron. Ses yeux brillaient comme ceux d'un tigre. Elle-même sentit une onde de désir déferler entre ses cuisses et elle faillit à son tour perdre le contrôle lorsque, lui emprisonnant les poignets au-dessus de la tête, il plaqua son érection contre elle et s'empara de sa bouche avec voracité.

Elle sentit les longs doigts s'insinuer sous la bande de dentelle sur sa hanche, descendre jusqu'au petit triangle de tissu à son entrejambe et s'introduire dans l'humidité de son sexe. Elle poussa un petit cri de surprise et de plaisir.

Sans lui laisser le temps de reprendre ses esprits, Adam, la bouche brûlante, dessina avec ses dents un trait de feu de la base de son cou à la peau délicate sous l'oreille tout en massant son clitoris gonflé et palpitant.

Sam s'offrait sans retenue à ces caresses. Elle renversa la tête en arrière avec un gémissement enroué quand il la souleva pour prendre un de ses mamelons dans sa bouche.

— Capote, dit-il d'une voix à peine audible. Jean. Poche arrière. Vite.

Après quelques tâtonnements, elle trouva ce qu'elle cherchait tandis qu'Adam lui enlevait son string et se débarrassait de son propre jean. Elle déchira l'étui et, comme elle s'apprêtait à dérouler le préservatif sur la verge d'Adam, il le lui arracha des mains.

— La prochaine fois, murmura-t-il en enfilant la protection avec impatience.

Avant qu'elle ait eu le temps de lui dire qu'il n'y aurait pas de prochaine fois, il la pénétra d'un coup de reins puissant... et s'immobilisa, tête renversée en arrière, respiration arrêtée, muscles bandés, s'efforçant visiblement de retarder l'explosion. Sam n'avait jamais rien vu ni éprouvé d'aussi excitant.

Il commença enfin son va-et-vient, se retirant lentement avant de s'introduire de nouveau avec force. Sam s'arc-bouta pour l'accueillir plus profondément, chaque coup de boutoir la rapprochant de l'extase.

— Regarde-moi, Amanda. Je veux te voir jouir.

Incapable de ne pas lui obéir, elle ouvrit les paupières et se retrouva plongée dans des étendues noires et liquides bordées d'une frange d'or.

Dans un ultime coup de reins, Adam l'amena à un orgasme si violent que ce fut à peine si elle entendit son cri de plaisir à lui lorsqu'il éjacula.

4.

Deux mois plus tard

Sam détacha sa ceinture de sécurité et prit son téléphone. Au cours des deux derniers mois, son emploi du temps chargé l'avait empêchée de trop penser à l'annulation de son mariage avec Lawrence et à son séjour à San Francisco.

Pendant la journée, en tout cas. La nuit, c'était malheureusement une autre histoire. Elle allait pourtant devoir effacer de son esprit ce bref épisode californien car aucun beau ténébreux n'était inscrit au programme de sa vie à venir. Mais la partie n'était pas gagnée ! songea-t-elle en sentant le désir monter en elle comme de la lave au souvenir de la nuit qu'elle avait passée avec cet homme terriblement sexy à peine quelques heures après l'avoir rencontré.

Quelle femme convenable aurait couché avec un inconnu deux jours seulement après la rupture – même justifiée – de ses fiançailles ? Aucun doute : elle était une moins que rien et l'enfer l'attendait au bout de la route.

Pour le moment, c'était la Californie qui l'attendait, ce qui revenait au même d'après sa grand-mère dont la mauvaise opinion de ce lieu de perdition avait été confirmée par la nouvelle de l'annulation du mariage de sa petite-fille. Elle était entrée dans une fureur glaciale… qui n'avait eu aucune prise sur Sam. Inconcevable, en effet, pour elle de vivre dans le mensonge comme son aïeule.

Ce fameux week-end, un déclic s'était produit en Sam qui rendait impossible tout retour en arrière. Sa vie avait basculé de manière définitive quand elle avait surpris une scène qu'elle aurait voulu ne jamais avoir vue. À la suite de cette découverte, dans un accès de révolte incontrôlable, elle avait fait une razzia dans une luxueuse boutique de lingerie. Elle avait acheté son premier string et dépensé une fortune en articles plus affriolants les uns que les autres dans l'espoir de se sentir de nouveau désirable.

Qui oserait prétendre que la séquence qu'elle avait vécue, entre les shots qu'elle avait bus les uns à la suite des autres, la lap-dance qu'elle avait offerte à un apollon avec qui elle avait ensuite fait l'amour et l'accouchement de Daphné dans l'ascenseur en panne, ne changeait pas radicalement une vie ?

Et n'était-il pas normal qu'elle se soit sentie complètement différente à son retour à Boston ? Elle avait eu l'impression de se réveiller après une longue cryogénie dans un monde qu'elle ne reconnaissait pas, prisonnière de la vie et du corps d'une autre.

Heureusement, Colleen Rutherford, la maîtresse de son grand-père pendant plus de quarante ans, était venue à son secours en renouvelant son offre : le poste de directrice de projet à la Fondation Galahad, celui-là même que Sam, en pleins préparatifs de mariage, avait refusé un an plus tôt.

Cette fois encore elle avait hésité, jusqu'à ce qu'une entrevue particulièrement éprouvante avec sa grand-mère la pousse finalement à franchir le pas. La redoutable P-DG des laboratoires pharmaceutiques Gilford l'avait convoquée au restaurant *Le Mandarin* et l'avait sermonnée sur ses devoirs en tant que Gilford, la sommant de cesser ses pleurnicheries puériles et de relancer le projet de ses noces avec Lawrence Winthrop III.

Cette mise en demeure, étant donné les circonstances de la rupture, avait abasourdi Sam. Étrangement d'ailleurs, car elle savait que sa grand-mère s'était accommodée de vivre dans le mensonge pendant quarante ans au nom des sacro-saintes apparences. Lilian avait balayé les objections de Sam d'un revers de main et ignoré ses explications. Elle lui avait déclaré que, de tout temps, les hommes trompaient leur femme et qu'elle devait aux Gilford de faire un bon mariage pour racheter celui de sa mère qui avait trahi la famille en épousant un Jefferies.

Sam avait écouté poliment. Puis elle était retournée au musée d'art où elle travaillait comme coordinatrice des programmes et avait téléphoné à Colleen – Coco – Rutherford : l'offre tenait toujours, lui avait assuré cette dernière.

Sam avait alors écrit une lettre de démission au musée et mis sa maison du South End sur le marché, le tout en un après-midi.

Et aujourd'hui, un mois plus tard, elle volait vers l'ouest et une nouvelle vie. Malheureusement, elle n'avait pas réussi à effacer de son esprit les images du week-end à San Francisco et, maintenant qu'elle se reposait enfin – et qu'elle se dirigeait vers le lieu de sa disgrâce –, elle ne pensait qu'à la nuit qu'elle avait passée avec cet Adam et regrettait d'avoir quitté la chambre d'hôtel comme une voleuse pendant qu'il se douchait. Mais aussi libérateur qu'ait été pour elle à l'époque son accès de révolte, elle n'était pas faite pour les aventures d'une nuit avec de beaux inconnus. Trop de honte et de peur pour elle.

Quand elle s'était réveillée, elle était allongée, nue, en travers d'un lit queen-size, dans un état de béatitude. Puis, en l'espace d'un instant, la réalité lui était apparue et elle avait perdu les pédales. Elle ignorait tout de l'étiquette du « lendemain matin » – contrairement à celle de la haute société qui, grâce à sa grand-mère, n'avait aucun secret pour elle – et, profitant de ce qu'Adam faisait sa toilette, elle était descendue du lit où se mélangeaient leurs deux odeurs, manquant, dans sa précipitation, se prendre les pieds entre les draps jetés en boule sur le sol. Zigzaguant avec précaution entre les petits étuis vides disséminés sur le parquet comme autant de mines antipersonnel, elle avait attrapé sa robe rose et ses sandales – impossible de mettre la main sur le string – et avait filé.

Malgré ses doutes sur sa capacité à gérer les changements radicaux qu'elle avait effectués au cours des dernières semaines, le fait d'avoir tiré un trait sur son ancienne vie et de ne plus avoir à endosser les attentes des autres la grisait.

Là où elle allait, personne ne s'intéressait aux Gilford de Boston. Elle était une ratée gênante dans une famille à côté de laquelle les Rockefeller et les Oppenheimer apparaissaient comme des miséreux ? Tout le monde s'en moquait.

Dynamisée par ce sentiment de liberté tout neuf, elle ouvrit un nouveau document sur sa tablette et tapa en titre : « Mon programme ». Dorénavant, elle allait prendre en main son destin au lieu de laisser à d'autres le soin d'organiser sa vie. Pour cela, un certain nombre de résolutions s'imposait.

Le front plissé de concentration, elle commença à taper :

Ne plus me fiancer à des hommes « comme il faut » selon les critères Gilford.

Ne plus céder à la pression familiale.

Ne plus vouloir être ce que je ne suis pas.

Ne plus essayer de masquer mes formes, mes cheveux ou ma grande taille.

Ne plus porter des sous-vêtements sages ou des chaussures plates.

Ne plus faire de crises d'angoisse.

Et ne plus me lancer dans une aventure d'une nuit avec un apollon ténébreux.

Oui, elle allait prendre son destin en main. Quoi qu'il lui en coûtât.

Adam se cala dans son fauteuil et étouffa un bâillement, de fatigue, bien sûr, car il venait de passer dix heures au bloc opératoire, mais d'ennui surtout. Il était fourbu, il avait faim et se serait volontiers dispensé de cette réunion du conseil d'administration de la Fondation Galahad à laquelle il était tenu d'assister en tant que membre fondateur. Aussi écoutait-il d'une oreille distraite le Dr Colleen Rutherford dresser le panégyrique de la toute nouvelle directrice de projet… qui brillait par son absence.

Coco Rutherford lui avait déjà tout dit sur cette Samantha Jefferies, de Boston, lors du vote pour son recrutement le mois précédent. Du moment qu'il pouvait se consacrer entièrement à la raison première de la fondation – consultations, greffes et opérations pour les malades dont les moyens ne leur permettaient pas d'en supporter le coût –, il laissait de bon cœur la gestion de l'organisme à d'autres.

Jusqu'à présent Coco Rutherford, son mentor et sa patronne, avait pris en charge les affaires quotidiennes et ne recourait aux services des autres membres fondateurs qu'en cas d'absolue nécessité. Adam était chirurgien. Il avait un emploi du temps très lourd et détestait s'occuper de la paperasse administrative, lever des fonds ou organiser des campagnes de dons d'organes. Pour toutes ces tâches, Coco n'avait pas sa pareille.

Étouffant un autre bâillement, Adam laissa son esprit vagabonder le long d'un chemin qu'il prenait systématiquement chaque fois qu'il disposait de deux minutes à lui. Depuis le week-end de sa communication à l'université de Californie de San Francisco, il n'avait cessé de penser à Mlle Pivoine, bien qu'ils aient tacitement convenu qu'il ne s'agissait que d'une aventure d'une nuit. Malgré tout, des questions ne cessaient de le tarauder. Où se trouvait-elle ? Pourquoi était-elle partie sans lui dire au revoir ? La reverrait-il ?

Il avait remarqué la marque d'une bague sur son annulaire. Avait-elle enlevé son alliance pour cacher qu'elle était mariée ? Avait-elle récemment divorcé ? Ou avait-elle voulu enterrer sa vie de jeune fille par une dernière nuit d'amour entre les bras d'un autre homme avant de se mettre la corde au cou ?

Finalement, peut-être valait-il mieux qu'elle se soit éclipsée pendant qu'il se douchait parce qu'il n'avait pas l'habitude de coucher avec des femmes mariées ou de servir d'ultime exutoire à une future mariée. Lui-même était le résultat d'une révolte de dernière minute d'une débutante à la veille de ses noces. Et toute sa vie il s'était senti étranger tant dans le monde de son père que dans celui de sa mère.

S'il ignorait l'origine sociale d'Amanda, il était quasiment sûr en revanche qu'il avait représenté pour elle l'occasion de se rebeller contre quelque chose. Malgré tout, il s'était réveillé avec l'espoir de la convaincre de passer la journée avec lui.

Il ne connaissait d'elle que son prénom et sa tendance à céder à la panique dans une situation de crise. Ah ! il savait aussi qu'elle avait un minuscule grain de beauté sur l'extérieur de son sein gauche, des fossettes très coquines dans le creux des reins et des lèvres douces et pulpeuses. Que lorsqu'elle était excitée, ses étonnants yeux bleus viraient au cobalt. Au souvenir de la façon dont elle s'était mordu les lèvres pour retenir ses gémissements érotiquement rauques quand il avait exploré son corps avec sa bouche, il commença à s'agiter sur son siège.

Aussi s'apprêtait-il à proposer le report de la réunion lorsqu'il entendit des voix dans le couloir. Il sentit ses poils se hérisser sur ses bras et, au moment où il levait les yeux de la feuille où il était en train de gribouiller des pivoines, la porte s'ouvrit d'un coup. Dans un tourbillon de parfum – un parfum qu'il aurait reconnu entre tous –, la nouvelle recrue entra, hors d'haleine.

— Veuillez excuser mon retard, murmura-t-elle en se glissant dans le premier fauteuil disponible qui se trouvait par hasard en face d'Adam. Mon avion n'a pas décollé à l'heure de Boston et, à l'arrivée, la compagnie avait égaré mes bagages.

Adam n'entendit plus rien autour de lui : ni la fin des excuses, ni la réponse de Coco Rutherford, ni les murmures des autres membres du conseil d'administration parce que devant lui était assise, en chair et en os, la femme de ses pensées.

Était-ce vraiment elle ?

Il l'étudia de plus près. Certes, elle ressemblait de façon frappante à la femme avec qui il avait passé la nuit la plus torride de sa vie, mais son image stricte et élégante de cadre était très éloignée de celle de Mlle Pivoine, écarlate et débridée.

La minirobe rose bonbon de princesse avait cédé la place à une sage robe portefeuille turquoise dont le passepoil soulignait cependant la beauté extraordinaire de ses formes et, en lieu et place de ses sandales à hauts talons, elle portait des chaussures plates à bride noires. Ses cheveux châtains n'étaient pas en bataille mais tirés en un chignon sévère. Son maquillage était impeccable malgré le stress du retard et des bagages égarés. Ses lèvres rose tendre et ses longues, très longues jambes, firent surgir d'agréables souvenirs dans la tête d'Adam.

En dépit de tout, ses doutes subsistaient. Pouvait-il vraiment existister sur terre deux femmes semblables en tout point, jusqu'à la voix et la petite fossette sur la joue droite ? Ce ne fut que lorsqu'il croisa son regard bleu éberlué qu'il eut la certitude que cette inconnue très convenable et sa Pivoine ébouriffée et ébouriffante n'étaient qu'une seule et même personne.

Il se leva lentement et lui tendit la main par-dessus la table en sachant que, par politesse, elle n'oserait pas la refuser. Ses doigts étaient frais et il ne put qu'admirer son sang-froid car, malgré son infime mouvement de recul, elle ne retira pas immédiatement sa main. Oh ! ce n'était pas l'envie qui lui manquait ! Cela se voyait dans son regard.

Il la retint un peu plus longtemps que ne le permettait la bienséance et, quand il vit son regard vaciller imperceptiblement et qu'elle fit mine de se dégager, il la libéra.

— Alors, vous êtes… Samantha, c'est ça ? demanda-t-il poliment, laissant délibérément le bout de ses doigts s'attarder sur son poignet puis sur sa paume.

Elle cligna des yeux et, une fraction de seconde, parut trop troublée pour parler.

— Oui, c'est ça, dit-elle enfin dans un souffle avant de se tourner rapidement vers Coco qui les regardait tour à tour d'un air interrogateur et amusé comme si elle prenait plaisir à noter la brusque électricité entre eux.

Adam se rassit, bras croisés sur la poitrine dans une attitude de défi à laquelle Coco répondit par un discret haussement de sourcils et un bref sourire ironique avant de reprendre la réunion.

Il fit semblant d'écouter, mais il n'entendait rien, trop occupé à observer du coin de l'œil Samantha qui, elle, l'ignorait ostensiblement. Il savait qu'elle jouait la comédie parce qu'il la surprit à lui glisser des coups d'œil quand elle pensait que personne ne regardait. Sans compter que sa tension était quasiment palpable.

Quand Coco déclara enfin la séance close et invita tous les participants à un pot dans une pièce voisine, la salle se vida en moins d'une minute de ses occupants, à l'exception de cette dernière et d'Adam. Il suivait du regard Samantha qui se sauvait presque. Il avait une foule de questions à lui poser. Mais chaque chose en son temps, décida-t-il tandis que Coco se saisissait de son téléphone portable probablement pour décourager toute conversation. Malheureusement pour elle, il en fallait davantage pour intimider Adam qui la connaissait depuis qu'il l'avait choisie comme conseillère à la faculté de médecine.

— Que manigancez-vous ? demanda-t-il.

D'un doigt levé, elle lui demanda de patienter. Lorsqu'elle finit par lever la tête de son portable, elle le regarda d'un air innocent. Mais le curieux éclat dans ses yeux gris et son sourire fugitif n'échappèrent pas à Adam.

— De quoi parlez-vous, docteur Knight ? Pourriez-vous être plus explicite ?

— Je parle de cette expression sur votre visage. Et du fait que je vous connais depuis assez longtemps pour savoir que vous avez une idée derrière la tête. J'ai l'impression qu'une tuile va me tomber dessus.

— Vous êtes parano, mon cher, commenta Coco en riant. Surmenage, peut-être ? Allez, venez. Vous avez l'air affamé et vous brûlez d'envie de parler à Sammie.

Bon sang ! Cachait-il si mal ses émotions ?

— Elle fourmille d'idées pour collecter des fonds, ajouta-t-elle avant de s'en aller.

Aucun doute, se dit-il en la suivant. Elle complotait quelque chose.

Et elle avait vu juste : il avait hâte de discuter avec *Sammie*. Mais pas de ses projets de collectes de fonds ! Avant tout, il lui demanderait pourquoi ce Jared l'avait appelée Amanda.

Dès qu'il entra dans la pièce où le pot avait lieu, il la vit. Pendant une demi-heure, l'air de rien, il l'épia, s'approchant innocemment de chaque groupe dans lequel elle se trouvait pour écouter ce qu'elle disait. Comme il commençait à se lasser de ce petit jeu, il la vit glisser quelque chose à l'oreille de Coco et s'éclipser.

Il la suivit. Quand il poussa la porte de la salle, il aperçut une silhouette turquoise disparaître dans les toilettes des femmes.

Sam s'engouffra dans les toilettes et s'affala contre le mur. Elle suffoquait et elle posa une main tremblante sur son ventre pour soulager les crampes qui le tordaient. L'homme avec qui elle avait passé une nuit échevelée à San Francisco était un membre exécutif de la fondation pour laquelle elle travaillait désormais ! À San José.

Certes les deux villes n'étaient pas très éloignées. Mais jamais, même dans ses rêves les plus fous – non, ses cauchemars, rectifia-t-elle –, elle n'avait imaginé le revoir.

Rien n'aurait pu lui arriver de pire. Elle était censée prendre un nouveau départ, remettre les compteurs à zéro. Le fait que son passé lui revienne en pleine figure ne faisait pas partie de…

— Alors, *Amanda*, c'est une habitude chez toi de te sauver ?

5.

Sam sursauta et ouvrit les yeux d'un coup : Adam était nonchalamment appuyé contre la porte, à quelques dizaines de centimètres d'elle. Les mains dans les poches de son pantalon de chirurgien, il paraissait parfaitement à son aise. Elle ne l'avait pas entendu entrer, mais, étant donné son état de panique, elle n'aurait pas non plus entendu l'arrivée d'un régiment de chars d'assaut.

Elle posa une main tremblante sur son cœur qui battait follement.

— Je ne sais pas de quoi vous parlez.

Excitée par les souvenirs de leur nuit malgré ce déni, elle fut saisie de l'envie quasiment irrépressible d'enfouir les mains dans cette masse de cheveux noirs et d'attirer la bouche de cet homme contre la sienne, voire de s'aventurer sur les formidables abdominaux qu'elle devinait sous la tenue d'hôpital.

Horrifiée par ses fantasmes, elle se contenta de le dévisager avec méfiance. Aussi improbable que cela soit, il lui parut encore plus beau que la première fois qu'elle l'avait vu.

Ils s'épièrent pendant un long moment avant que Sam, agacée de sentir ses angoisses la rattraper, ne gagne les lavabos dans l'espoir qu'en s'éloignant de lui elle remettrait ses idées en place.

— Je m'appelle Samantha.

Un sourcil noir se haussa sur le front cuivré.

— D'accord. Dis-moi, était-ce juste pour le bénéfice du conseil d'administration ou comptes-tu continuer à prétendre que nous ne nous connaissons pas et que tu as une jumelle quelque part à San Francisco qui te ressemble trait pour trait jusqu'aux taches de rousseur sur le nez ?

— Quelles taches de rousseur ? marmonna-t-elle. Je n'en ai pas.

— Tu veux parier ? la défia-t-il gentiment. Il y en a quatorze sur ton nez, cinq sur tes…

Quand elle vit son regard se porter sur le miroir où sa poitrine se reflétait, Samantha sentit avec horreur ses tétons se durcir.

— Une douzaine dans le dos et trois à l'intérieur de ta cuisse droite, poursuivit-il en dessinant de lents zigzags le long de la colonne vertébrale de Samantha.

— Tout le monde n'a pas la chance d'avoir une peau qui supporte le soleil, répliqua-t-elle malgré son émoi.

Il s'immobilisa. L'avait-elle involontairement froissé ? Non, conclut-elle avec soulagement lorsque, se penchant vers elle, il se mit à lui souffler dans le cou, la faisant tressaillir de la racine des cheveux à la plante des pieds d'un plaisir qu'elle se reprocha.

Elle se détourna avec vivacité de la glace pour ne plus voir ses pommettes en feu, ses yeux écarquillés et ses pupilles dilatées, mais s'en mordit les doigts quand elle se trouva si près d'Adam qu'elle sentit la chaleur qui se dégageait de lui comme d'une centrale nucléaire. Si près qu'elle voyait des pépites d'or étinceler entre les cils épais et noirs de ses yeux chatoyants. Des yeux qui lui évoquèrent brutalement ceux d'un lion à l'affût.

Elle se rappela d'ailleurs la façon dont il ne l'avait pas quittée du regard pendant toute la réunion et comment, lors du pot, il l'avait suivie de groupe en groupe tel un félin en chasse, jusqu'à ce qu'elle n'ait plus d'autre choix que de se réfugier dans les toilettes.

— Que fais-tu ici, Adam ? demanda-t-elle d'une voix qu'elle aurait voulue froide et indignée.

L'expression amusée d'Adam la mit en rage. Il était trop près, trop troublant, trop… tout ! Elle essaya de l'écarter, mais se heurta à un roc.

— Tu es dans les toilettes réservées aux femmes, ajouta-t-elle en tentant d'ignorer la chaleur qui l'irradiait par l'intermédiaire de la main qu'elle avait posée sur le torse d'Adam. Or, si j'ai bonne mémoire, tu n'appartenais pas à cette catégorie de la population, la dernière fois.

— Ah ! Tu reconnais qu'il y a eu une dernière fois et que tu es bien la femme de la chambre 2014 qui, avec sa langue…

— Ça suffit !

Elle était au bord de l'hystérie. Plus jamais elle ne mélangerait alcool fort et champagne ! Car, bien sûr, c'était la seule explication à sa conduite, cette nuit-là.

— C'est vrai, je t'ai laissé croire que je m'appelais Amanda. Mais uniquement parce que je pensais ne jamais te revoir. Alors, qu'est-ce que ça pouvait faire ?

Le regard d'Adam se durcit.

— Tu ne crois pas qu'il est important pour un homme d'appeler par son vrai nom la femme qu'il pénètre au plus profond de son intimité ?

Elle sentit des spasmes dans son entrejambe au souvenir de la voix grave et sensuelle d'Adam murmurant « Amanda » à son oreille.

— Ah ? C'est… euh… important ?

Il la prit par la taille pour l'attirer contre son érection.

— Nous pouvons le vérifier tout de suite, si tu veux, murmura-t-il contre sa joue.

Dans un geste réflexe, elle renversa la tête en arrière pour offrir son cou à la caresse de ses lèvres… tout en protestant sans réelle conviction.

— Ce n'est pas une bonne idée.

Elle était tiraillée entre sa raison qui lui criait de s'écarter de cet homme et son corps qui la pressait de se serrer contre lui. Finalement, de peur de céder à une impulsion incontrôlable et de le dévorer à pleines dents, elle le repoussa puis regagna les lavabos, où il la suivit.

Machinalement, elle ouvrit le robinet et fit couler un peu de savon dans ses paumes.

— Je… Je n'ai pas envie, dit-elle d'une voix si rauque qu'elle lui parut appartenir à une étrangère.

Elle se savonna et se rinça sans oser le regarder car elle craignait que ses efforts pour apparaître professionnelle et maîtresse d'elle-même ne manquent de crédibilité. Comment était-elle donc censée se comporter avec un homme qui, de bien des façons, la connaissait mieux que son ex-fiancé ?

— J'ai déménagé de Boston parce que j'avais besoin d'un changement, expliqua-t-elle en se retournant vers lui sans pour autant affronter son regard. Coco m'avait déjà proposé ce poste il y a un an mais… euh… j'avais d'autres choses en tête à l'époque.

Après s'être essuyé les mains, une hanche contre le plan de toilette, elle croisa les bras sur sa poitrine dans une attitude qu'elle savait être de défense, mais qu'elle espéra faire passer pour décontractée. Le seul fait de se trouver dans la même pièce que cet homme lui mettait les nerfs à fleur de peau parce qu'elle ne se rappelait pas avoir jamais rencontré une situation analogue dans le livre de savoir-vivre de sa grand-mère.

— Et puis, il s'est passé quelque chose à…

Elle se tut. C'était une chose d'avouer combien elle avait été blessée de découvrir que Lawrence avait satisfait ses propres désirs charnels tout en prêchant l'abstinence avec elle jusqu'à la nuit de noces, et une autre de s'apercevoir que l'homme avec qui elle était censée passer sa vie lui avait menti depuis le début.

— San Francisco.

— Quoi ? demanda-t-elle, tellement plongée dans ses pensées qu'elle avait perdu le fil de la conversation. Oui. Euh… Non. Enfin, en partie, oui. J'ai pris conscience que j'essayais de faire plaisir à trop de monde et il a fallu certains… certains événements avant, pendant et après ce week-end pour que je comprenne que je devais changer ça d'une façon ou d'une autre.

En prononçant ces mots, elle s'était redressée et avait durci son regard.

— Je… Je ne cherchais pas… une aventure d'une nuit avec toi. Ni avec personne d'autre, d'ailleurs. Je veux, non, je *dois* réussir ce virage dans ma vie pour me prouver que j'ai eu raison de venir ici.

— Et tu crois que ceux qui apprendront que nous avons couché ensemble vont t'en empêcher ?

Il semblait tellement s'amuser que Sam releva le menton dans une attitude de défi.

— Oui… Non. Peut-être. Je n'en sais rien, mais comme

nous sommes amenés à travailler ensemble, je ne veux pas tout embrouiller avec… euh…

— Le sexe ? suggéra-t-il.

— Oui, dit-elle en laissant échapper son souffle qu'elle n'avait pas eu conscience d'avoir retenu.

Au bout d'un long silence durant lequel elle se força à soutenir son regard, Adam laissa ses yeux descendre vers la bouche de Samantha dont toutes les bonnes résolutions s'envolèrent sur-le-champ. Ses lèvres frémissantes d'impatience s'entrouvrirent d'elles-mêmes. Une alarme retentit dans la tête de Samantha au moment où il croisa de nouveau son regard, sa bouche et ses yeux d'ambre brûlant d'une sensualité hypnotique.

— D'accord, dit-il en se rapprochant. Je serai un modèle de discrétion en public. Mais en privé, je ferai tout pour que tu n'oublies rien.

Distraite par sa proximité, elle ne saisit pas tout de suite qu'il avait perfidement profité de sa déroute physique et mentale pour lui lancer un défi.

— Pardon ? marmonna-t-elle, indignée, en se reculant brutalement et en repoussant la main qu'il avait posée au-dessus de son sein. Il ne se passera rien, ni en public ni en privé, et certainement pas une nouvelle… une nouvelle… Enfin bref, ce à quoi tu penses ne se renouvellera pas. Comme je te l'ai dit, j'ai décidé de ne plus vivre en fonction de ce qui fait plaisir aux autres. À partir de maintenant, je vais me faire plaisir à moi. Je me suis fixé un programme et tu n'en fais pas partie.

Aussitôt, le regard d'Adam s'assombrit et ses mâchoires se serrèrent.

— Et ne me regarde pas comme ça, ajouta Samantha sur sa lancée. Parce que ma décision n'a rien à voir avec ta… ta…

Elle n'acheva pas, ne sachant comment s'expliquer sans le froisser.

— Ma quoi ? demanda-t-il avec une nonchalance feinte. Ma couleur de peau, trop foncée au goût de certains dans ton petit monde d'aristocrates ?

Samantha resta interloquée par l'amertume de son ton. Interloquée en même temps qu'elle se sentit insultée.

— Tu penses vraiment ce que tu viens de dire ? demanda-t-elle, le souffle court, au bord des larmes. Tu crois que j'ai couché avec toi parce que… parce que…

Elle avait la gorge trop nouée pour continuer.

— C'est excitant de s'envoyer en l'air avec quelqu'un né du mauvais côté de la barrière avant de courir épouser quelqu'un de convenable, non ? Tu ne serais pas la première, *Sam*.

— Pour information, riposta-t-elle furieuse de cette accusation injustifiée, ça n'a rien à voir avec tes origines, mais avec le fait que je ne cherche pas à avoir une relation pour le moment, et surtout pas avec un *médecin*.

Elle prononça ce mot avec dégoût et tourna le dos à Adam. Comme il ne répondait rien, elle lui fit de nouveau face : il la fixait d'un air incrédule.

— Le problème vient du fait que je suis médecin ? demanda-t-il d'un ton dubitatif. Tu plaisantes, je suppose.

— Dans ma famille, il n'y a que des médecins et des chirurgiens, marmonna-t-elle. Je suis un bébé non voulu arrivé sur le tard. Pendant toute mon enfance, j'ai prié pour être frappée par une maladie mystérieuse qui attirerait l'attention de mes parents sur moi. Non, ne souris pas, s'il te plaît ! Ce n'est pas drôle. On m'a refilée à des nourrices, à des gouvernantes et, finalement, à ma grand-mère qui avait aussi peu de temps à me consacrer que mes parents.

Elle inspira pour se calmer car elle ne voulait surtout pas qu'il s'apitoie sur elle. Surtout pas lui.

— Je m'étais mis dans la tête que j'avais été enlevée à la naissance par des extraterrestres et confiée à la mauvaise famille. Je ne trouvais pas d'autre explication au fait que je n'avais aucune aptitude pour la médecine et que la vue du sang me paniquait.

— Des extraterrestres ?

— Ce que je veux dire, c'est que les médecins cherchent à sauver des gens avec leurs super-pouvoirs, répliqua-t-elle, exaspérée. Or les gens qui veulent à tout prix prouver qu'ils sont des faiseurs de miracles ne m'intéressent pas.

— Alors quoi ? Tu cherches un homme qui reste à la maison et te masse les pieds ?

— Qui te dit que je cherche un homme ? rétorqua-t-elle, furieuse.

— Tu es sérieuse ? Tu veux vraiment me faire croire ça après San Francisco ? demanda-t-il, ironique.

Les joues écarlates, elle soupira d'agacement. C'était bien d'un homme de voir du sexe partout !

— Je n'essaye pas de te faire croire quoi que ce soit. Je t'explique seulement pourquoi je ne veux pas m'engager dans une relation pour le moment. En outre, vu mon palmarès amoureux… Attends, ne te sens pas visé, ajouta-t-elle en hâte.

— Ah oui ? demanda-t-il avec une lueur séductrice dans les yeux. Comment veux-tu que je ne me sente pas visé quand tu as couché avec moi uniquement pour te venger de ta famille ?

— Ce n'était pas pour me venger de ma famille.

— De qui alors ? De ton mari ? De ton fiancé ?

Sam se décomposa.

— Comment sais-tu que j'avais un fiancé ?

Il la dévisagea un long moment, puis lui prit la main gauche malgré sa résistance.

— À cause de cette marque, là, à ton annulaire. Mais cette nuit-là, elle paraissait toute récente, comme si tu venais d'ôter ton alliance ou ta bague de fiançailles.

Sam se laissa aller contre le mur et considéra leurs deux mains, la sienne blanche et délicate et celle cuivrée et musclée d'Adam.

— Oui, je venais effectivement de l'enlever, dit-elle en levant les yeux vers lui quand il resserra son étreinte sur ses doigts.

Cette fois, ce fut elle qui le retint.

— Mais ce n'est pas ce que tu crois.

— Et qu'est-ce que je crois selon toi, Samantha ? demanda-t-il, avec une expression indéchiffrable.

— Que j'ai couché avec toi alors que j'étais fiancée à quelqu'un d'autre.

Comme il la regardait en silence, elle essaya de préciser sa pensée, ce qui s'avéra plus difficile qu'elle l'avait imaginé. Finalement, incapable de dire quoi que ce soit sous son regard d'aigle prêt à fondre sur sa proie, elle lui lâcha la main et s'écarta.

Quand elle eut recouvré un semblant de sérénité, elle dit par-dessus son épaule sans le regarder :

— J'avais déjà rompu avec lui quand nous nous sommes rencontrés. Depuis deux jours.

— Pourquoi ? demanda-t-il, l'épaule contre le mur, les bras croisés sur son torse.

Elle poussa un soupir. Il méritait la vérité.

— Je l'ai surpris avec son secrétaire.

Il fit la moue, mais ne dit rien.

— J'ai bien dit *son* secrétaire, un certain Ronald.

— Oh ! s'exclama-t-il, comprenant enfin.

— Je me suis sentie… trahie.

— Il y a de quoi !

— Non, tu ne comprends pas, marmonna-t-elle en faisant volte-face. Je le connaissais depuis toujours. Je l'ai cru quand il m'a dit qu'il m'aimait. Je pensais qu'il voulait attendre la nuit de noces avant que nous… que nous…

La gêne l'empêcha d'achever sa phrase.

— Combien de temps ont duré vos fiançailles ?

— Presque deux ans, avoua-t-elle du bout des lèvres.

— Tu n'as pas eu de rapports sexuels pendant deux ans ?

— Moi, non, effectivement, répondit-elle en le défiant du regard d'ajouter un commentaire. Mais lui, si.

L'expression d'Adam aurait pu être comique si la situation n'avait pas été aussi humiliante.

— Cette nuit avec moi était donc ta première fois depuis deux ans ?

En fait, depuis beaucoup plus longtemps… Samantha ne savait plus où se mettre et, ne voyant aucun moyen de s'enfuir, elle opta pour l'attaque.

— De toute façon, ça n'a aucun rapport avec ce dont nous

parlions. J'essayais seulement de t'expliquer que coucher pour me consoler d'une rupture n'était pas une bonne idée et…

— Tu as entendu parler du destin ? coupa-t-il gentiment.

Elle le regarda en clignant des yeux, désarçonnée par ce coq-à-l'âne.

— Le destin, la providence, la prédestination, le hasard, le karma, appelle ça comme tu voudras.

— Je connais la définition, mais je ne vois pas le lien avec notre discussion, répliqua-t-elle, les yeux dans ceux d'Adam dans l'espoir de reprendre le dessus.

Mais il s'avança vers elle jusqu'à l'acculer contre le mur et plaqua une main sur le carrelage à côté de sa tête.

— As-tu remarqué que c'est la quatrième fois que les événements nous mettent sur la route l'un de l'autre ? murmura-t-il

— Les événements ?

— Oui, tu sais, le destin, la providence…

— Ça n'existe pas, voyons ! C'est juste une coïncidence.

— Une simple coïncidence que nous nous soyons trouvés dans le même bar du même hôtel à la même heure ? Que tu te sois écroulée sur mes genoux à moi plutôt que sur ceux de l'un de la dizaine d'hommes autour de la piste de danse ? Que nous ayons décidé de regagner nos chambres au même moment et que nous ayons pris un ascenseur qui est tombé en panne ? Et que deux mois plus tard, tu traverses le continent pour travailler dans la fondation dont je suis membre parce que nous connaissons tous les deux Colleen Rutherford ?

Il ménagea une pause pour laisser à Sam le temps d'assimiler son raisonnement et se pencha un peu plus vers elle.

— Non seulement je ne crois pas au hasard, *Samantha*, mais, en plus, je ne peux pas oublier que je te connais déjà intimement.

Elle déglutit nerveusement.

— Tu ne connais absolument rien de moi.

— Vraiment ? ironisa-t-il.

— Ça, c'est juste… physique. Mais ce n'est pas le sujet. Le sexe de consolation…

— Est une mauvaise idée, oui, je sais, coupa-t-il sèchement.

Il laissa alors ses doigts fureter le long du bras de Sam, monter jusqu'à son épaule, puis descendre en suivant le contour de son décolleté.

— Qu'il soit de consolation ou non, je ne peux rien oublier quand je te regarde.

— Moi, je n'ai rien à oublier puisque j'éradique de mon esprit tout ce qui n'est pas bon pour moi, dit-elle, mentant sans vergogne.

Et pendant trop longtemps, elle avait éradiqué de son esprit ses propres désirs afin de se conformer aux attentes des Gilford.

— Alors, s'il te plaît, va-t'en maintenant et laisse-moi reprendre mon programme.

Avant qu'elle puisse protester, il l'enlaça doucement et approcha ses lèvres suffisamment près des siennes pour la tétaniser et la tenter. Une tentation à laquelle elle s'abandonna parce qu'il ne lui avait pas laissé le temps de se rappeler qu'elle ne voulait pas de ce baiser. Ni de lui.

Faux ! Totalement faux. Elle l'avait désiré à San Francisco. Elle l'avait désiré tandis qu'elle faisait mine de s'intéresser aux propos de sa « tante » Coco pendant la réunion.

Elle avait tort d'embrasser Adam. Et pourtant… elle n'avait aucune envie d'arrêter. Non, vraiment aucune, songea-t-elle en enflammant leur étreinte.

Mais, alors qu'elle commençait à se perdre dans leur baiser, Adam s'écarta si brutalement qu'elle dut se rattraper à au plan de toilette. Elle le regarda, médusée. Il se trouvait à présent à deux mètres d'elle et respirait avec difficulté. Lentement, les yeux fiévreux, il se détourna et ouvrit la porte.

— Oubliez ça, si vous le pouvez, mademoiselle Jefferies, grommela-t-il par-dessus son épaule d'une voix à peine reconnaissable.

Puis il disparut.

6.

— Aspiration, ordonna Adam à l'infirmière de bloc pour qu'elle vide la cage thoracique du patient du sang qui s'y était accumulé. Desserrez le clamp et vérifiez l'état de l'artère, ajouta-t-il à l'adresse de l'interne en chirurgie. Lorsque vous vous serez assuré que la greffe tient, nous refermerons.

Du coin de l'œil, il entrevit un mouvement derrière la vitre de la salle d'observation au-dessus du bloc puis aperçut une silhouette qui sortait en courant. Une silhouette qu'il reconnut sur-le-champ. Aussitôt il sentit des picotements dans son dos.

Depuis le conseil d'administration deux semaines auparavant, il avait laissé à Samantha l'espace vital qu'elle avait réclamé, ce qui s'était avéré à la fois plus facile et plus difficile qu'il ne l'avait imaginé. Plus facile grâce à un soudain afflux de patients qui l'avait entièrement accaparé et qui l'avait empêché de suivre ses pulsions… D'où les difficultés.

Comment en effet laisser de l'air à la femme qui avait ébranlé son monde avec ses yeux bleus et ses baisers ardents ? Une femme qui vivait désormais ici, à San José, et qui avait en outre pris l'habitude de débarquer dans la salle d'observation au milieu d'opérations délicates. Mais ce n'était pas le moment de penser à Samantha !

— La température se maintient, monsieur Davis ? s'informa-t-il auprès du perfusionniste qui hocha la tête en réponse.

Le chirurgien assistant enleva alors le clamp…

Retenant leur respiration, tous les membres de l'équipe levèrent les yeux vers l'écran de la fluoroscopie et virent avec soulagement le sang emplir la dérivation, puis le cœur qui, après quelques soubresauts, se mit à battre.

— Les constantes ?

— Bonnes, répondit l'anesthésiste.

— Parfait. Monsieur Davis, augmentez la température. Monsieur Guthrie, nous pouvons commencer à refermer. Restons vigilants. Les quarante-huit prochaines heures restent critiques.

Six heures plus tard, avant de rentrer chez lui, Adam passa au service pédiatrique pour rendre visite à la petite Katie Ross, âgée de quatre ans, qu'il avait opérée le matin d'une communication interauriculaire.

Bien que relativement simple, la procédure nécessitait un suivi attentif pendant quelques semaines pour vérifier que le dispositif introduit dans le cœur pour colmater le trou ne s'était pas détaché, risquant de provoquer une embolie. Malgré cette malformation, la fillette aux yeux pétillants était pleine de vie et il allait falloir déployer des trésors d'ingéniosité pour la faire tenir tranquille.

Il dépassa le poste des infirmières, étonné du calme qui régnait dans ce service résonnant habituellement des pleurs d'enfants et des voix des infirmières qui essayaient de les rassurer. Soudain, il entendit un murmure dans le silence, puis un chœur de cris enfantins et, enfin, un rire féminin étouffé qui le renvoya d'un coup trois mois en arrière.

Il s'arrêta sur le seuil de la chambre de Katie et découvrit un groupe de gamins, entre trois et neuf ans, agglutinés autour du lit de la petite. Ils écoutaient attentivement une histoire tandis que les infirmières vérifiaient discrètement leurs constantes. La personne qui jouait différents personnages pour donner vie au récit n'était autre que la femme à qui il pensait beaucoup trop : Samantha Jefferies.

Étonnamment, elle ne paraissait pas déplacée dans ce cadre hospitalier malgré sa robe rose pâle aux épaules dénudées qui aurait été plus adaptée pour un déjeuner mondain. Un petit garçon aux cheveux noirs en bataille était blotti sur ses genoux, à moitié endormi.

Sans faire de bruit, Adam s'appuya contre le chambranle de la porte pour contempler la scène.

— Elle est géniale, non ? murmura derrière lui une voix qui s'avéra être celle de Janice Norman, l'infirmière en chef du service de pédiatrie.

Adam demeura imperturbable. Janice se trouvait à San Francisco le soir où il avait rencontré Samantha et, la connaissant – il l'avait rencontrée pendant son internat –, il savait que s'il manifestait le moindre intérêt pour Samantha, elle le détecterait et se ferait un malin plaisir de l'asticoter.

— Mlle Jefferies vient souvent ici ? demanda-t-il avec détachement, comme s'il cherchait seulement à faire la conversation.

— Oui, à cette heure-ci, en général. Parfois aussi dans l'après-midi, quand les gamins sont agités. Ils l'adorent. Ses histoires leur permettent d'oublier temporairement les misères que nous leur faisons subir. Vous savez, plus je la regarde, plus elle me rappelle quelqu'un, ajouta-t-elle, l'air de rien, confirmant les craintes d'Adam.

Soudain, Samantha leva les yeux et s'arrêta net au milieu d'une phrase. Elle demeura quelques instants hébétée avant de se détourner en rougissant. Mais Adam avait eu le temps de lire son angoisse et sa fragilité derrière sa surprise. Et, contre toute attente, cette fragilité le toucha en pleine poitrine. Plus exactement en plein cœur.

Bon sang ! Il ne manquerait plus qu'il tombe amoureux de cette femme qui le considérait comme un simple moyen de se consoler de sa rupture et qui envisageait la nuit d'amour la plus extraordinaire qu'il ait jamais connue comme du « sexe de rebond » selon la formule à la mode.

— Bon, alors, il y a quelque chose entre la reine du bal et vous ? reprit Janice.

Puis sans attendre sa réponse, elle poursuivit :

— Quand comptiez-vous me dire que la femme du bar à San Francisco est une parente du Dr Rutherford et travaille pour la fondation ?

Adam se contenta de hausser les épaules. Il n'avait pas prévu – et ne le souhaitait d'ailleurs pas – de parler de Samantha, même avec des amis. Ce qui s'était passé entre eux était trop privé pour constituer un sujet de conversation.

— Elles ne sont pas vraiment parentes, dit-il en affichant une perplexité à laquelle elle ne se laisserait certainement pas prendre. Elles se connaissent par son grand-père, je crois.

À leur insu, les enfants vinrent à son secours en commençant à bâiller.

— Il est un peu tard pour raconter des histoires, vous ne trouvez pas ? demanda-t-il en consultant ostensiblement sa montre.

En lui signifiant muettement qu'il ne perdait rien pour attendre, Janice le bouscula pour passer. Le soulagement qu'éprouva Adam à avoir échappé à un interrogatoire en règle ne dura que le temps que son regard dérive de nouveau vers Samantha et croise le sien. La voyant s'empourprer, il se demanda si elle aussi se rappelait leur nuit d'amour.

Mais pourquoi s'acharnait-elle à nier ce qu'il sentait exister entre eux ? Parce qu'il était médecin ? Parce que sa rupture avec son fiancé était trop récente pour qu'elle se lance déjà dans une autre relation ? Ou bien à cause de ses origines à lui ? Elle ne serait pas la première femme, et probablement pas la dernière, à coucher pour ressentir le frisson de l'interdit.

Sa propre mère à lui avait choisi son père pour cette raison, le temps de jeter sa gourme. Puis elle avait couru épouser un homme digne d'elle et de son milieu. Adam s'était souvent demandé si elle était tombée enceinte pour contrarier sa famille ou simplement par imprudence. Quoi qu'il en soit, il était un dommage collatéral et avait passé sa vie à cheval entre deux cultures.

Il n'avait aucune envie de répéter l'erreur de ses parents ou de servir de moyen de vengeance contre quiconque. Il avait trop d'amour-propre pour cela, lui qui avait dû fournir deux fois plus d'efforts pour gagner la moitié du respect que les autres étudiants et les autres médecins prenaient pour leur dû. Non qu'il ait jamais regretté d'avoir travaillé comme un forçat, car cela lui avait permis d'être remarqué par Coco Rutherford et de devenir un des meilleurs chirurgiens cardiaques du pays.

Il n'avait aucune envie qu'une femme, aussi canon soit-elle, lui rappelle son enfance et le cantonne à être un éternel exclu uniquement autorisé à regarder de l'extérieur sans jamais être invité à entrer. Car n'était-ce pas ce qu'elle faisait en le jugeant assez bon pour une nuit d'amour torride et de vengeance, mais inéligible pour quoi que ce soit de plus sérieux ? Hors de question qu'il attende qu'on lui jette des miettes d'attention. Hors de question que, comme son père, il finisse dans la dépression et l'alcoolisme à cause d'une bourgeoise orgueilleuse et superficielle qui avait voulu s'envoyer en l'air pour s'amuser.

Ressentant un brusque besoin d'air frais, Adam s'apprêta à partir. Il passerait voir Katie plus tard, quand l'histoire serait terminée et quand il aurait maîtrisé son envie brûlante de déranger la tenue impeccable de Samantha pour retrouver la femme libérée de San Francisco.

Le pouls battant à tout rompre, Sam vit les yeux d'Adam se plisser et son regard se durcir. Puis, d'un seul coup, il disparut. Comme s'il était subitement arrivé à une décision. Mais laquelle ?

Des tas de pensées se bousculèrent dans sa tête. Avait-elle secrètement espéré qu'Adam ne prendrait pas au sérieux sa remarque sur le sexe de consolation et son soi-disant besoin d'espace vital ?

Bien sûr que oui ! s'avoua-t-elle avec horreur. Dans un coin de son esprit de femme, elle avait pensé qu'il serait incapable de ne pas la poursuivre de ses assiduités. Décidément, elle qui s'était promis de changer de vie continuait à ne pas se prendre en mains et retombait dans ses vieux travers.

La tête enserrée dans l'étau d'une soudaine migraine, elle distribua des bisous aux petits malades, répondit au salut de Janice Norman avec un sourire pâlot et se dirigea vers la porte, pressée d'échapper au regard inquisiteur de l'infirmière.

Ce n'est qu'une fois seule dans l'ascenseur qu'elle s'avoua la nature des émotions qui l'agitaient : elle était jalouse de la complicité qu'elle avait sentie entre Adam et l'infirmière en chef du service de pédiatrie.

Pathétique !

Adam n'aurait dû éprouver aucune difficulté à chasser définitivement la grande bourgeoise de Boston de son esprit, lui qui, depuis son plus jeune âge, s'évertuait à tout contrôler. Il s'était employé à être le premier, aussi bien au lycée qu'à la faculté de médecine, pour se prouver que l'université de Stanford lui avait accordé une bourse au vu de ses seuls résultats.

Jusqu'à ce que Coco débarque dans sa vie et devienne bien plus qu'un mentor, il avait exercé plusieurs petits boulots alimentaires à la fois. Coco lui avait déniché un travail à l'hôpital pour qu'il se concentre sur ses études et l'avait harcelé pour qu'il mange correctement. Au début, par fierté, il avait refusé son intervention. Puis, quand elle lui avait expliqué qu'il représentait pour elle un investissement et qu'en l'aidant, elle s'aidait elle-même à surmonter le décès de quelqu'un qu'elle avait aimé, il avait accepté, à contrecœur, et avait ensuite travaillé d'arrache-pied pour lui démontrer qu'elle avait misé sur le bon cheval.

Il avait eu des aventures bien sûr, mais n'avait jamais laissé aucune le distraire de ce qui lui tenait vraiment à cœur : triompher de son passé et devenir le meilleur chirurgien cardiaque de la côte Ouest.

Bref, il n'avait eu aucune raison de vouloir changer de vie. Jusqu'à sa rencontre avec *Amanda*, qui s'était révélée être la Sammie de Coco.

Sans le détourner de ses ambitions professionnelles, elle l'avait sorti de sa routine et lui avait donné l'envie de ce qu'il ne s'était pas autorisé à envisager : une relation sérieuse.

Quelle ironie quand on songeait que cette femme attendait de lui qu'il garde ses distances !

Et il avait obéi. Pourtant elle lui manquait ! Il en avait pris pleinement conscience quand elle avait cessé de venir dans la salle d'observation.

Au diable cette femme, et au diable l'effet qu'elle produisait sur lui !

Sans vraiment le vouloir, il se trouva le vendredi soir suivant à se diriger vers l'étage qui abritait les cadres de l'hôpital. Un plan avait surgi dans sa tête pendant ses visites : la meilleure façon de se désintoxiquer de Samantha était de l'emmener passer une journée à Juniper Falls, là où la fondation avait vu le jour, où lui-même était né et où il tenait tous les mois une consultation. Il lui suffirait d'observer ses réactions pour se guérir de cette femme aux origines sociales différentes des siennes.

— Adam ? s'étonna Coco, assise devant son ordinateur, quand il ouvrit la porte du bureau. Vous avez vu l'heure ? Il y a un problème ?

— Non, je… Euh… Non, pas de problème. Je cherchais Samantha, mais je ne m'étais pas rendu compte qu'il était si tard.

— Sammie ? Pourquoi ?

Coco s'était déjà remise au travail. Adam songea un instant à partir, mais il se ravisa, honteux de sa lâcheté.

— Je prends l'avion pour Juniper Falls demain matin et j'ai pensé qu'elle aimerait voir la raison d'être de la Fondation Galahad, dit-il d'un ton aussi naturel que possible. Cela fait plus d'un mois qu'elle travaille avec nous et, à part ses entretiens avec quelques-uns de nos bénéficiaires, elle ne sait pratiquement rien de la fondation.

— Excellente idée. Je m'en veux de ne pas y avoir pensé moi-même. Mais vous l'avez manquée de peu. Elle vient de partir au restaurant…

— … Avec quelqu'un ? coupa-t-il si brutalement que Coco leva les yeux vers lui. Pardon… Je ne sais pas ce qui m'a pris.

En fait, il le savait parfaitement. Il connaissait ce sentiment qu'il n'avait plus éprouvé depuis une bonne vingtaine d'années. Mais pourquoi apparaissait-il de nouveau maintenant ?

— Vous avez son numéro de portable ? Je pars tôt.

— À quelle heure ?

— Vers 5 heures. Pourquoi ?

— Je vous conseille de passer la chercher à 4 h 30 avec une tasse de café brûlant et bien sucré. Elle n'est pas à prendre avec des pincettes, le matin. Oh ! et Adam…

Elle attendit qu'il la regarde avant de poursuivre :

— … Donnez-lui une chance.

Il plissa le front, sans comprendre.

— Sammie n'est pas du tout comme votre mère, reprit Coco avec douceur, les yeux pleins d'une compassion qu'il dont il ne voulait pas.

— Je sais, mais..., commença-t-il avec agacement avant que Coco ne l'interrompe.

— En êtes-vous sûr ?

— Qu'insinuez-vous ? s'emporta-t-il.

Il n'aurait pas hésité à lui dire de s'occuper de ses affaires si elle n'avait pas joué pour lui le rôle de mère, de conseillère et d'amie à une époque où personne ne se souciait de lui.

— Je veux simplement dire que je vous connais trop bien, répondit-elle avec douceur. Depuis que nous nous sommes rencontrés, vous n'avez eu des liaisons qu'avec des débutantes écervelées. Des liaisons dont vous fixiez la date de péremption avant même de les avoir entamées.

— Je ne vois pas pourquoi vous dites ça, marmonna-t-il. Et, de toute façon, je n'ai qu'une relation professionnelle avec Samantha.

Coco claqua la langue, manifestement déçue par la réponse.

— Vous croyez que je n'ai pas vu les regards que vous échangez quand vous pensez que personne ne vous observe ? Elle vous plaît, Adam, mais vous tenez tellement à mettre votre mère et toutes les femmes de la haute société dans le même sac que vous ne remarquez pas combien Sammie est chaleureuse, généreuse, drôle. Bref, qu'elle n'a rien à voir avec ces grandes bourgeoises.

Que pouvait-il répondre sinon :

— Je n'ai que l'intérêt de la fondation en tête.

Puis il tourna les talons et se dirigea vers la porte.

Mais il savait que Coco voudrait avoir le dernier mot. Elle attendit qu'il soit sur le seuil du bureau pour lancer :

— Au fait, au cas où cela vous intéresserait de le savoir... Vous lui plaisez aussi.

7.

Sam leva des yeux endormis vers l'homme nonchalamment appuyé contre le mur du couloir à l'extérieur de son appartement. C'était le milieu de la nuit et, pourtant, il semblait frais, dispos.

Serait-elle toujours dans son rêve où Adam lui était apparu exactement au même endroit et avec le même éclat prédateur dans les yeux ?

— Adam ? dit-elle d'une voix pâteuse en repoussant quelques mèches de sa tignasse hirsute.

— Tu attendais quelqu'un d'autre ? demanda-t-il, le visage soudain fermé.

Même à travers son esprit brumeux, elle perçut l'agressivité incompréhensible d'Adam. N'aurait-ce pas plutôt été à elle d'être contrariée d'avoir été tirée d'un sommeil profond en pleine nuit ? Pourtant, il la regardait comme si elle avait commis un crime odieux.

Elle secoua la tête pour remettre ses idées en place, prit une profonde inspiration… et aurait juré sentir une odeur de café. Aucun doute : elle rêvait.

— Qu'est-ce que tu fais là ?

— C'est le jour de notre visite sur le terrain.

Et comme elle continuait à le regarder d'un air hébété, il ajouta :

— Tu as bien reçu mon message, j'espère ? J'ai essayé de t'appeler, mais tu étais sur répondeur.

— Quoi ? balbutia-t-elle, l'esprit brouillé par cette soudaine proximité avec Adam. Ah oui ! Je… Oh ! pardon ! Entre donc.

Il la scruta sans bouger.

— Tu es seule ?

— Quoi ? répéta-t-elle, de plus en plus perdue.

Puis, se passant une main sur le visage, elle marmonna :

— Je n'arrive pas à penser sans ma dose de caféine à une heure aussi matinale.

C'est alors que, devant ses yeux ébahis, apparut un grand gobelet de café. Elle crut à un mirage jusqu'au moment où se profila derrière un homme grand, viril et complètement craquant qui sentait encore meilleur que la boisson fumante.

Il se mit à rire.

— À ton retour sur terre, dit-il en lui passant et repassant le gobelet sous le nez.

Comme elle restait là, éberluée, à saliver – autant pour le café que pour Adam –, il lui mit le gobelet dans la main.

— Tu t'es couchée tard ?

De nouveau, elle remarqua cette note d'agressivité et de reproche. Elle fronça les sourcils, essayant de comprendre, mais la chaleur des doigts d'Adam sur les siens l'empêchait de réfléchir.

— Non, je ne me suis pas couchée tard. C'est à cause de… toi.

— De moi ?

N'importe quoi ! Elle avait failli lui révéler qu'elle n'avait pas pu fermer l'œil après avoir vu l'appel manqué et écouté sa voix grave qui l'invitait à une visite sur le terrain qui n'était pourtant pas aussi émoustillante qu'une invitation en tête à tête.

Quand elle avait enfin trouvé le sommeil, elle avait fait des rêves érotiques si torrides qu'elle rougissait à leur seule évocation.

— Ne fais pas attention. Mon cerveau a du retard à l'allumage au milieu de la nuit.

Elle le laissa lui porter le gobelet aux lèvres pour qu'elle boive une gorgée du liquide brûlant et sucré et attribua le tressaillement qui la secoua à la seule caféine…

— Il est presque 5 heures, murmura-t-il d'une voix un peu rude qui rappela à Sam celle qu'il avait au lit. Il faut partir.

Refoulant avec difficulté ses souvenirs de San Francisco, elle resserra ses doigts autour du gobelet et pensa enfin à reculer. La trop grande proximité d'Adam la privait de ses facultés intellectuelles. Il était si beau. Il sentait si bon.

— Partir ? Ah… oui ! Eh bien, allons-y !

Il ne bougea pas, se contentant de se balancer sur ses talons, un sourire dans ses yeux ardents.

— Qu'est-ce qu'il y a ? marmonna-t-elle, agacée.

La coupe était pleine. En plus d'être obligée de faire travailler ses méninges à une heure indue, elle devait supporter l'ironie de ce type ?

— Tu ne comptes pas t'habiller ? Je ne me plains pas, remarque.

Sam se regarda : elle portait un petit pyjama et un déshabillé qui laissaient peu de place à l'imagination. Comble de l'humiliation, sous l'effet de l'air frais, ses bouts de sein s'étaient dressés, visibles sous le tissu léger.

— Oh ! bon sang ! marmonna-t-elle les joues écarlates avant de se précipiter vers sa chambre en criant : Je reviens dans une minute ! Fais comme chez toi.

Elle prit sa douche en un temps record et revint vingt minutes plus tard, vêtue d'une robe bain de soleil blanche avec un motif de camélias rouges, toilette qu'elle avait achetée dans une petite boutique près de l'hôpital et qui faisait partie de la panoplie de la nouvelle Samantha.

Adam, qui avait ouvert les portes vitrées donnant sur le jardin et la piscine de la résidence, se retourna en entendant le cliquetis de ses talons sur le carrelage et resta bouche bée. Samantha crut avoir commis une erreur en optant – pourquoi aujourd'hui précisément ? – pour cette robe outrageusement féminine, mais elle cacha ses doutes en le défiant du regard de faire un quelconque commentaire sur sa tenue. N'était-elle pas venue habiter à l'autre bout du pays pour ne plus vivre dans l'ombre de sa grand-mère ? Pour ne plus se soucier de l'opinion des autres et pour se faire plaisir ? Pour trouver son propre style et être elle-même ?

Elle comprit qu'elle s'était méprise sur la réaction d'Adam quand elle le vit s'approcher, son regard l'ébouriffant tel un raz-de-marée, et s'arrêter à quelques centimètres d'elle.

— Bonjour, Samantha, murmura-t-il avant de lui déposer sur les lèvres un baiser léger comme une plume.

Le deuxième se prolongea un peu. Quant au troisième, il fut davantage qu'un simple « bonjour ». Bien davantage !

Elle gémit doucement, de surprise et de désir et, sans même s'en rendre compte, se pressa contre Adam, sa bouche plaquée à la sienne. Alors que ses oreilles se mettaient à bourdonner et sa peau à la picoter, Adam s'écarta, le regard voilé.

— Waouh ! dit-elle dans un souffle.

— Je suis d'accord, répliqua-t-il, la respiration courte lui aussi. C'était un sacré bonjour, mais nous ferions bien de partir avant qu'il ne se transforme en autre chose.

— Oui… Ce serait peut-être préférable, dit-elle, gênée par la note de déception dans sa propre voix.

Le « zut » qui lui échappa alors suscita un petit rire amusé chez Adam qui l'embrassa sagement dans le cou puis posa une main dans le creux de ses reins. Pour la guider vers la porte, rien de plus. Il n'empêche qu'elle sentit des frissons délicieux courir sur sa peau. Ses bonnes résolutions n'allaient pas tarder à partir en fumée…

Et franchement ? Tant pis !

Adam conduisait avec une parfaite maîtrise. Comme il faisait d'ailleurs tout le reste, et en particulier certaines choses… qu'elle avait certainement exagérées dans son souvenir et qu'elle oublierait facilement, songea Samantha. Comme elle l'oublierait, lui, facilement.

Tu parles ! Et encore moins après ce baiser !

Elle lui avait demandé de la laisser respirer et avait pourtant été la première à se rapprocher de lui. Elle n'avait pas pu s'en empêcher. Cet homme, qui pouvait la dévorer du regard et, la seconde suivante, mettre un bébé au monde, cet homme qui avait clamé qu'il se souviendrait éternellement de leur nuit à San Francisco pour aussitôt faire comme si rien ne s'était passé, cet homme, donc, avait piqué sa curiosité au vif.

Alors qu'elle se collait à la portière pour s'éloigner le plus possible de lui, Sam s'aperçut qu'il était habillé à peu près comme ce soir-là, à San Francisco : un jean délavé, élimé quasiment jusqu'à la corde à certains endroits, et un T-shirt noir qui mettait en valeur son teint cuivré.

Elle sentit un frémissement sur sa peau. Comme si « Amanda » cherchait à faire surface, songea-t-elle en fermant les yeux pour mieux goûter le parfum épicé à la touche de bergamote d'Adam.

Quand elle ouvrit les paupières, elle s'aperçut qu'il l'observait avec un regard aussi grisant que son parfum, et son pouls fit un drôle de petit bond.

— Où allons-nous, déjà ? demanda-t-elle, avec une certaine panique dans la voix tant elle craignait de perdre la raison.

— Juniper Falls.

— Un nom qui sonne très champêtre.

— Tu parais inquiète.

Elle se mordilla la lèvre inférieure et lissa nerveusement sa jupe sur ses cuisses.

— Je devrais l'être ?

— Tu l'es ?

Sa voix rude et pleine d'une provocation aguicheuse mit les sens de Sam à vif.

— Bah… Seulement si tu es en train de me kidnapper.

— Aussi alléchante que soit l'idée, ce n'est pas la raison de notre petite excursion, dit-il avec un petit rire.

— Ah bon ?

Et cette fois, elle espéra ne pas avoir laissé percer sa déception.

— Coco a pensé que tu aimerais voir l'endroit où la fondation a été conçue.

— Pourquoi Juniper Falls ? demanda-t-elle, dépitée d'apprendre que l'idée venait de Coco.

— C'est là-bas que j'ai grandi, répondit-il, captant aussitôt l'attention pleine et entière de Sam. Comme l'endroit vit essentiellement du tourisme, il n'y a pas… Il n'y avait pas d'hôpital digne de ce nom, et donc pas de possibilité de se soigner, en particulier pour les gens qui n'ont pas les moyens de se rendre dans des villes plus grandes pour consulter un spécialiste. C'est moi qui ai débuté le programme d'aide à ces personnes.

Elle se redressa et l'examina avec attention.

— C'est toi qui as lancé la fondation ?

— Officieusement…, précisa-t-il avec une moue. C'était juste une idée en l'air avant que je n'en parle à Coco. C'est elle qui a un carnet d'adresses. Alors nous avons mis le programme sur pied et, maintenant, il s'est étendu à d'autres petites villes. Des dizaines de gens donnent de leur temps et partagent leur savoir-faire pour aider les populations de ces régions.

— Peut-être, mais eux n'ont pas une fondation qui porte leur nom.

— D'où tu sors ça ? marmonna-t-il.

— Oh ! Arrête ! Je ne suis certainement pas la seule à faire le lien entre Galahad et Knight.

— C'est la première fois que je t'entends rire. D'un vrai rire, j'entends.

Son regard caressa le visage de Sam et vint se poser un instant sur sa bouche avant de revenir à la route.

— Et j'aime bien, ajouta-t-il avec un sourire.

Sam sentit monter une petite bulle dans sa poitrine. Une petite bulle qui ressemblait fort à du plaisir et elle fut effrayée d'être touchée à ce point par une marque d'intérêt qui dépassait la seule attirance physique.

— Vous changez de sujet, docteur Knight. Allez-vous m'expliquer ce qui vous a poussé à créer la fondation ?

Après un long silence, il commença à parler :

— Ma grand-mère est morte d'un problème cardiaque qui aurait pu être soigné.

Il se tut de nouveau un instant avant de poursuivre :

— Mon père était artiste. Il se préoccupait davantage de ne pas manquer de vin que de gagner sa vie, en tout cas après ma naissance. Inutile de dire que nous ne roulions pas sur l'or. Alors, ma grand-mère a caché sa maladie jusqu'au moment où il a été trop tard.

— Et ta mère ?

La bouche d'Adam se plissa en un rictus amer.

— Elle n'était plus là.

— Je suis désolée, dit-elle, pensant qu'elle était peut-être morte.

— Ne le sois pas, répliqua-t-il sèchement. Elle, elle ne l'était pas.

— Pourquoi dis-tu ça ? demanda-t-elle, plus affectée par son ton que par ses paroles.

— Dès que je suis sorti de son ventre, elle m'a collé dans les bras de mon père et nous a souhaité bon vent.

Sam fut incapable de cacher sa stupeur.

— C'est… C'est lui qui te l'a dit ?

— Chaque fois qu'il se soûlait, répondit-il avec détachement, comme s'il parlait d'une vague connaissance. Il s'enfermait dans son atelier et restait sans bouger, contemplant les tableaux d'elle qu'il avait peints. À un moment, il se mettait à pleurer et vidait d'un trait une bouteille de ce qu'il avait sous la main.

Sam avait la gorge nouée en écoutant ce portrait qu'Adam dressait d'un homme dévasté par le chagrin d'avoir perdu quelqu'un qu'il aimait.

— Il devait beaucoup l'aimer.

Adam eut un petit rire qu'elle ne sut comment interpréter.

— Il était obsédé par une femme qu'il ne pouvait pas avoir, dit-il avec ce même détachement. Ses parents à elle voulaient célébrer la majorité de leur fille et marquer l'événement. Apparemment, ça se fait chez les riches, mais ce n'est pas à toi que je vais l'apprendre.

Elle n'eut pas le temps de protester qu'elle ne hurlait pas avec ces loups-là. Déjà, il reprenait son récit après lui avoir lancé un regard indéchiffrable.

— Bref… Ses parents ont entendu parler d'un artiste indien prometteur et ont décidé d'en mettre plein la vue à leurs amis. Comme mon père ne faisait pas de portraits, il a refusé l'offre… jusqu'à ce qu'il voie son modèle. Elle était tout ce qu'il n'était pas : une blonde aux yeux bleus qui attirait tous les regards avec sa beauté pétillante de femme bien née.

Cette fois, Sam n'hésita plus sur la signification du ricanement d'Adam.

— Pour faire court, il est tombé raide dingue d'elle et il pensait que c'était réciproque. Quand elle lui a annoncé qu'elle était enceinte, il a sauté de joie, sûr que sa famille accepterait leur union.

Encore ce petit rire dur.

— Tu parles ! Il a été pigeonné. En effet, elle était déjà fiancée à un type de son milieu, très riche, et n'avait aucune intention de renoncer à un avenir doré pour un artiste sans le sou sorti d'une réserve. Elle s'était juste offert une dernière aventure avant de se ranger. Le bébé ne lui servait qu'à punir ses parents. Ça ne te rappelle rien ?

Sans laisser le temps à Sam de réagir, il se gara devant un petit centre commercial.

— Attends ici, ordonna-t-il sèchement avant de disparaître dans une boulangerie.

Quelques minutes plus tard, il était de retour et il tendit à Sam un grand gobelet de café ainsi qu'un petit carton. Comprenant qu'il avait utilisé cet arrêt comme prétexte pour clore leur conversation, elle prit le café et ouvrit le carton qui contenait un assortiment de gâteaux très appétissants. Malheureusement, elle aurait été incapable d'avaler une bouchée, même sous la menace.

— Tu manges des pâtisseries au petit déjeuner ?

— Elles sont pour toi, dit-il tandis qu'il sortait du parking.

— En général, je ne prends pas de petit déjeuner, répliqua-t-elle distraitement.

— Ce qui explique peut-être pourquoi tu es grognon le matin, commenta-t-il avec un petit sourire ironique.

— Je ne suis pas grognon. Simplement, je ne suis pas une lève-tôt. Alors, je n'apprécie pas qu'un grossier personnage vienne me réveiller alors que même les oiseaux dorment encore.

Devait-elle être soulagée ou déçue par ce changement de sujet ? Elle n'aurait su le dire, mais elle décida de respecter la volonté d'Adam. Elle ne comprenait que trop bien le poids des histoires de famille dont l'évocation le rendait aussi grognon qu'il l'accusait de l'être.

— Je pourrais t'aider à surmonter ça, reprit-il, le timbre sensuel de sa voix ne laissant aucun doute sur ses intentions.

Avalant de travers son café, elle fut secouée par une quinte de toux. Elle sentit que la voiture s'arrêtait et qu'Adam lui retirait le gobelet des mains avant de lui asséner quelques claques dans le dos. Un remède qui s'avéra efficace : ses poumons s'emplirent de nouveau d'air. Un bras levé pour signaler qu'elle était sortie d'affaire, elle se laissa aller contre le dossier de son siège.

— Ça va ? murmura Adam en l'examinant d'une façon à la fois professionnelle et intime qui laissa Sam sans défense.

— Ça dépend de ce que tu entends par là, répondit-elle en lui écartant la main… avant de le regretter aussitôt.

— C'est drôle que tu te sois étranglée juste au moment où je me proposais de t'aider à améliorer ton humeur du matin, tu ne trouves pas ?

Tandis qu'il démarrait, elle opta pour l'attaque et le mensonge plutôt que de céder à la tentation de se jeter à son cou.

— Ton arrogance m'a coupé le souffle, c'est tout. Tu sais, beaucoup s'y sont essayés et se sont cassé les dents.

— Beaucoup ? répéta-t-il avec, de nouveau, cette note d'irritation. Cela inclut-il ton rendez-vous d'hier soir ?

— Quoi ? De quoi parles-tu ?

— D'après Coco, tu es sortie dîner hier soir.

Il se tut, le regard indéchiffrable, la mine sévère.

Sam repensa à sa contrariété manifeste lorsqu'il était apparu à sa porte. Comme s'il était jaloux. S'il avait su que son « rendez-vous » avait été un dîner d'affaires ! Qui avait en outre tourné court lorsque Blake Lowry avait sous-entendu que tout don à la fondation entraînait des contreparties, de celles qui conduisaient dans une chambre à coucher.

— Blake est quelqu'un de formidable.

Encore un mensonge bien sûr, mais Adam n'avait pas besoin de le savoir. Et après tout, qu'il pense ce qu'il voulait. Elle n'avait rien à cacher.

— Blake ?

Il grimaça comme incommodé par ce prénom.

— Qui c'est ? Un mannequin ou quelque chose du genre ?

— Inutile d'être méprisant, répliqua-t-elle avec un petit rire.

Blake est directeur financier de l'entreprise de technologie de son père.

— Ah bon…, marmonna-t-il en tournant sur une route gravillonnée. Et ce directeur financier fait-il partie de ton programme absurde ?

Alertée par la tonalité bizarre de sa voix, Sam reposa le beignet à la cannelle dans lequel elle s'apprêtait à mordre et glissa un regard interrogateur vers Adam.

— En fait, non, répondit-elle d'un ton cinglant. Et pour ton information, mon programme n'est pas absurde.

D'un regard sans équivoque Adam signifia son désaccord sur ce dernier point.

— Alors, ton Jake, c'est qui ?

— Un donateur potentiel, répliqua-t-elle en enfournant le beignet tout entier dans sa bouche. Et son nom est Blake.

— C'était un dîner d'affaires, alors ? dit-il avec un sourire satisfait horripilant.

Mais au moment où elle allait nier, les phares de la voiture éclairèrent un portail monumental avec des piliers en pierre et métal surmonté d'une plaque : « Aérodrome de Copper Creek ».

— Je t'en prie, dis-moi que nous allons prendre un avion de ligne, avec des hôtesses et des stewards.

Il éclata de rire comme si elle venait de raconter une plaisanterie extrêmement drôle alors qu'elle était tendue d'appréhension.

— Non, petit rat des villes. Là où nous allons, il n'y a pas la place pour quoi que ce soit de plus grand qu'un petit appareil à hélices.

L'estomac noué, Sam vit Adam se garer devant un immense bâtiment. Le ciel commençait à peine à pâlir et l'endroit paraissait désert.

— Mais ne t'inquiète pas, Samantha. J'ai pris des cours et j'ai atterri pour la première fois sans le moniteur la semaine dernière.

Sam resserra les doigts autour de son gobelet.

— Tu veux dire que… que c'est *toi* qui vas piloter ?

— Oui, c'est moi qui pilote. Tu me fais confiance ? ajouta-t-il après un silence.

— Si j'avais besoin de me faire opérer du cœur, peut-être… Mais là… C'est une autre paire de manches. Je… Euh…

— Pas de panique, coupa-t-il avec douceur en lui prenant le visage entre ses mains et en lui caressant les joues de ses pouces.

Un geste par lequel il voulait à la fois s'excuser et l'apaiser. Mais il éveilla involontairement une foule de sensations qui n'avaient rien d'apaisant !

Et zut ! pesta-t-elle en s'efforçant de ne pas s'abandonner contre ses mains. Elle filait un mauvais coton si le simple contact des doigts d'Adam sur ses joues suffisait à effacer sa peur. Les sentiments qu'elle éprouvait pour cet homme complexe l'excitaient autant qu'ils l'effrayaient.

— Je plaisantais, répliqua-t-il d'une voix douce. Je totalise plus de trois mille deux cents heures de vol. J'ai commencé quand j'étais au lycée.

— Commencé à faire quoi, exactement ? À enlever des femmes ?

Il promena l'index entre son cou et son épaule, ravi de la voir frissonner.

— Non. Je n'ai jamais été obligé de recourir au kidnapping jusqu'à maintenant

Elle le croyait facilement. Elle-même, depuis l'instant où elle était tombée accidentellement sur ses genoux à San Francisco, luttait contre l'envie de le suivre comme un petit chien. Elle avait beau déclarer qu'elle n'avait pas du tout apprécié qu'on la tire du lit à une heure indue, l'horrible vérité était qu'elle avait frémi de plaisir quand, en ouvrant la porte, elle l'avait découvert, plus attirant encore que du café et des beignets.

Si ce n'était pas là le signe qu'elle filait un très mauvais coton, elle voulait bien avaler son chapeau !

8.

Adam glissa un regard vers la femme à côté de lui. Elle était pâle et tendue et n'avait pas desserré les dents depuis qu'elle avait découvert – avec horreur – comment ils allaient voyager.

— Ouh ouh ! murmura-t-il, s'efforçant d'être le plus rassurant possible. Je sais que ce n'est pas ce que tu attendais. Mais c'est un petit appareil très robuste et soigneusement entretenu.

Les doigts crispés sur le siège, Sam inspectait le minuscule cockpit.

— Il n'y a pas beaucoup de tôle sous moi, dit-elle dans son casque. Et les hélices paraissent bien légères. En fait, ce coucou tout entier paraît bien léger.

— Détends-toi. Ce coucou comme tu dis est le meilleur avion à hélices du marché. Il est solide, fiable et résiste à tout, sauf à des conditions météo extrêmes. Et puis, tu ne verrais pas un paysage pareil en jet commercial.

Au lieu de s'intéresser à la vue, Sam riva son regard sur Adam.

— Sais-tu que près de quatre cents personnes perdent la vie chaque année dans des accidents de jets privés ?

— Ce qui est négligeable par rapport aux trente mille morts sur la route. Tu as plus de risques de mourir en traversant la rue que dans un avion.

Ce fut plus fort que lui. Il lâcha les commandes pour effacer d'un doigt les rides d'angoisse qui plissaient le front de Sam.

Il avait oublié comme sa peau était douce…

— Tout va bien se passer, ne t'en fais pas. Cale-toi confortablement dans ton siège et profite.

Pour des raisons qu'il ne souhaitait pas analyser pour le moment, il aurait voulu qu'elle partage avec lui sa passion de l'avion.

— Remets ta main sur les commandes, s'il te plaît ! cria-t-elle en lui attrapant le bras.

Avec un petit rire, il lui enlaça les doigts, savourant sa surprise, le durcissement de son regard et l'accélération de sa respiration. Malgré leurs différences apparentes, leurs deux mains semblaient faites l'une pour l'autre comme les pièces d'un puzzle.

Après une dernière pression de ses doigts, il libéra Sam autant à cause de la mièvrerie de cette dernière pensée qui lui rappelait son père que de la sensation qu'il éprouva soudain de tomber en chute libre à travers l'espace.

Attention, il ne suffit pas de vouloir quelque chose pour l'obtenir !

Son père l'avait appris à ses dépens.

Une heure et demie plus tard, Adam se garait sur le parking ombragé d'un bâtiment d'un étage, construit à flanc de montagne au-dessus de l'étroite vallée où se nichait la petite ville de Juniper Falls.

— Où sommes-nous ? demanda Sam tout en admirant les jolis jardins et les vastes pelouses autour d'elle.

— Au centre médical de Juniper Falls. Il est assez basique, mais répond à tous les besoins des locaux, y compris aux urgences. Les malades qui ne peuvent être traités ici sont transportés en avion dans un établissement plus grand.

— C'est un hôpital ? On dirait une auberge pour skieurs.

Adam, qui avait guetté la réaction de Sam, éclata de rire. Pour la première fois, il parut se détendre.

— C'en est une. Plus exactement, c'en était une. Avec l'augmentation du nombre de touristes en ville, les propriétaires ont dû s'agrandir. Alors, ils ont vendu et déménagé plus à l'écart de la ville. Il nous a semblé plus judicieux d'acheter un bâtiment existant et de le rénover plutôt que de partir de zéro.

— Tu te rappelles mon histoire d'extraterrestres qui m'auraient enlevée quand j'étais gamine ? Eh bien, dans mon fantasme, ils m'avaient kidnappée dans un endroit comme celui-ci.

Quand Adam se tourna vers elle, Sam, troublée par la caresse de ses yeux, esquiva son regard.

— Tu ne te plaisais pas dans ton milieu de riches ? demanda-t-il après un silence.

— Je crois que… que j'aurais préféré une maman qui faisait des gâteaux et venait me border dans mon lit, le soir. Une maman qui ne disait pas être trop occupée pour assister à mes spectacles de danse.

— Comme moi.

Elle tourna la tête vers lui avec vivacité, à temps pour apercevoir son sourire.

— Moi aussi, je me serais défilé pour les spectacles de danse, s'esclaffa-t-il en descendant de voiture.

— Tu es bien un mec…, riposta-t-elle sans agressivité, reconnaissante au contraire qu'il essaie d'alléger l'atmosphère pour chasser l'émotion.

Une émotion incompréhensible puisque cet homme ne lui avait servi qu'à se venger après tout. Mieux valait se contenter d'admirer son corps d'apollon. L'attirance physique était plus facile à gérer – et à ignorer – que le côté affectif.

— Alors, dis-moi, comment occupais-tu ton temps quand tu étais petit ? demanda-t-elle d'un ton léger.

Il lui fit face si vite qu'il la surprit en train de le reluquer. En rougissant, elle affronta son regard avec un air innocent.

— Tu peux prendre cette valise, s'il te plaît, Sam ?

Elle obéit, s'efforçant d'être indifférente à ses doigts qui effleurèrent les siens.

— Comme tous les gamins, je suppose, répondit-il enfin en contemplant les montagnes.

— C'est-à-dire ?

— Mes cousins et moi étions libres comme l'air. Nous passions nos journées au gré de nos envies. Pêche. Balades. Ski. Cheval. Camping et… les filles, bien sûr, acheva-t-il avec un large sourire.

— Ça, je m'en doute ! marmonna-t-elle sèchement, l'imaginant à dix-sept ans mettant les filles en émoi d'un battement de cils de ses yeux d'ambre.

Elle-même, qui n'était pourtant plus une adolescente impressionnable, ne succombait-elle pas à son charme ?

Elle se représenta aussi le petit garçon dont la mère était partie vivre sa vie de conte de fées, sans le moindre scrupule vis-à-vis de son amant et du nourrisson qu'elle laissait derrière elle. Sam ne comprenait pas qu'on puisse abandonner l'enfant qu'on avait porté pendant neuf mois, même si on ne s'entendait plus avec le père.

Un instant, elle se laissa aller à réfléchir à ce qui se serait passé si elle était tombée enceinte pendant son week-end à San Francisco. Une douce chaleur se répandit dans son corps, et son ventre se contracta lorsqu'elle imagina un bébé à la peau sombre et aux cheveux noirs qui levait vers elle des yeux couleur d'ambre.

Elle aurait voulu savoir s'il lui était arrivé de voir sa mère, mais le moment propice était passé. Adam, chargé d'une grosse boîte de matériel médical, avait fermé la portière et se dirigeait vers le centre médical de Juniper Falls.

Ayant besoin d'un peu de temps pour calmer son trouble, Sam offrit donc, pendant un instant, son visage au soleil qui commençait à réchauffer l'air avant d'emboîter le pas à Adam.

Malgré ses sentiments importuns et de plus en plus envahissants pour un homme beaucoup trop bien pour elle, elle se sentait heureuse pour la première fois depuis longtemps. Beaucoup trop longtemps. Une raison de plus pour rester sur ses gardes.

Il éveillait en elle des émotions qu'elle ne savait ni gérer ni interpréter et qu'elle n'était pas sûre d'aimer. Elle avait en effet rompu récemment une relation avec un homme avec qui elle avait pensé passer le reste de sa vie et pour qui, pourtant, elle n'avait jamais éprouvé ce qu'elle éprouvait pour Adam.

Avant même qu'ils n'atteignent le bâtiment, les portes d'entrée s'ouvrirent et une silhouette menue sortit en courant pour se jeter au cou d'Adam. Perdant l'équilibre, il s'affala sur le sol, entraînant la jeune femme avec lui.

— Adam ! s'écria-t-elle en l'embrassant sur les joues. Ça fait des heures que nous t'attendons. Pourquoi as-tu mis si longtemps ?

— Il est à peine 7 heures. Alors, vous ne devez pas attendre depuis si longtemps que ça, répliqua-t-il, amusé, avant de déposer un baiser sur le front de la jeune femme puis de se tourner vers Samantha qui les regardait avec stupeur.

— Voici Samantha Jefferies. C'est l'ange qui a repris la direction de la fondation. Je voulais qu'elle fasse connaissance avec tout le monde ici et lui montrer l'endroit où tout a commencé.

Sam ressentit une vive douleur dans la poitrine quand Adam prit la jeune femme par l'épaule pour la serrer contre lui. Elle, Sam, il l'avait présentée comme une simple collègue. N'était-ce pas exactement ce qu'elle souhaitait ?

— Bonjour, dit-elle.

— Bonjour, je m'appelle Leah, répondit la jeune femme en se dégageant des bras d'Adam.

Sam ne pouvait qu'admirer sa beauté : svelte, gracieuse, longs cheveux noirs brillants, peau brune, yeux en amande. À côté de cette déesse, elle se sentait comme une amazone balourde.

— Leah est étudiante en médecine à Stanford, expliqua Adam. Depuis le lycée, elle travaille ici l'été, à un poste ou un autre et personne ne connaît les lieux mieux qu'elle. C'est pourquoi je lui ai demandé de te faire bénéficier de la visite VIP. Moi, j'ai un emploi du temps très chargé. Attention à tes oreilles, elle est affreusement bavarde.

Puis il se pencha vers elle, non pas pour l'embrasser comme elle le crut un instant, mais pour la débarrasser de la mallette qu'elle portait avant de s'éloigner. Tandis qu'elle le regardait partir, il lui apparut soudain comme un étranger et elle sentit un grand vide dans sa poitrine.

Parce qu'il y avait quelque chose entre Leah et lui ?

Puis elle entendit la voix de cette dernière.

— Qu'est-ce qu'il a ?

En guise de réponse, Sam haussa les épaules, aussi déroutée par le comportement d'Adam qu'elle était honteuse du sien. Il s'en était fallu d'un cheveu qu'elle se hausse sur la pointe des pieds pour recevoir son baiser.

Il devenait impératif qu'elle se ressaisisse.

Leah observa Sam avec curiosité, dans un silence si gêné que cette dernière finit par prendre la parole :

— Écoutez, je suis vraiment désolée d'être un boulet pour vous car vous devez avoir beaucoup à faire. Alors, je vais retourner en ville. Je trouverai certainement de quoi m'occuper en attendant qu'Adam soit prêt à partir.

— Non ! répondit Leah. Il va mettre des heures. En outre, ça fait un moment que je veux vous rencontrer.

— Ah bon ? s'exclama Sam avec un air éberlué qui fit rire Leah.

— Oui. Oh ! rien à voir avec Adam. Il ne parle jamais de sa vie privée. Non, c'est le Dr Rutherford qui m'a tout raconté sur vous.

Perplexe, Sam se mit à rire nerveusement en se demandant ce que tante Coco avait dit et pourquoi elle ne l'avait pas préparée à cette visite sur le terrain.

— Rassurez-vous, il ne m'a pas parlé de vous non plus. En fait, il ne m'a rien dit.

— Ce n'est pas grave. Je suppose que vous avez d'autres sujets de conversations tous les deux, commenta Leah avec un petit sourire.

— Quoi ? Oh non. Ce n'est pas ce que vous croyez. Nous travaillons ensemble… en quelque sorte. Enfin… C'est compliqué.

— L'amour l'est toujours, il me semble.

— L'amour ? répéta Sam. Ah, non, non ! Nous venons de nous rencontrer.

Elle ignora le feu qui lui montait aux joues devant l'expression sceptique de la superbe Leah et termina par un peu convaincant :

— Nous travaillons tous les deux pour la fondation.

— Oui, bien sûr… Je connais Adam depuis longtemps et je ne l'ai jamais vu regarder quelqu'un comme il vient de vous regarder.

— Comme s'il voulait prendre ses jambes à son cou ?

Leah fronça les sourcils et la regarda en plissant les yeux.

— Non, pas du tout, répondit-elle, songeuse.

— Pourquoi vous me dites tout ça ? C'est Adam qui vous l'a demandé ?

Après une seconde de stupeur, Leah éclata de rire.

— Certainement pas ! Il m'étriperait s'il savait que je me mêle de sa vie personnelle.

— Alors pourquoi, puisque de toute évidence vous êtes vous-même amoureuse de lui ?

— Moi ? Non ! Bien sûr, j'aime Adam, mais comme on aime un oncle. J'ai vingt-deux ans. Il est bien trop vieux pour moi.

— Il n'est pas si vieux que ça ! répliqua Sam avec véhémence.

— Alors, disons un grand frère beaucoup plus âgé..., dit Leah, amusée. En tout cas, vous avez tout de suite pris sa défense !

En milieu de matinée, Adam décida de faire la tournée des chambres avant de se mettre en quête d'un casse-croûte. À Juniper Falls, la plupart des patients, qui pour beaucoup venaient des terres tribales aux alentours, ne bénéficiaient pas d'assurance maladie. Sans la fondation, nombre d'entre eux mourraient probablement.

Comme il n'avait eu essentiellement que du suivi à assurer aujourd'hui, son esprit avait vagabondé avant de se fixer sur les deux images de Samantha qui ne voulaient pas s'effacer. La première au moment où il avait attiré Leah contre lui en espérant mettre un peu de distance avec Samantha après ce qu'il avait révélé de son passé. La seconde au moment où il avait récupéré sa mallette. L'espace d'un instant, elle s'était immobilisée, les yeux écarquillés, le souffle court, comme si elle avait cru qu'il allait l'embrasser. Et Dieu sait qu'il avait été tenté ! Mais il avait obéi à sa raison et était parti.

Cela dit, il en avait assez de lui laisser de l'espace et de prétendre qu'ils ne se connaissaient pas.

Le poste des infirmières était désert. Comme beaucoup d'hôpitaux, le centre médical se vidait à l'approche des week-ends, ne gardant que les malades les plus gravement atteints.

Il régnait un tel calme que, par-dessus les « bips » assourdis des diverses machines, Adam entendit des chuchotements suivis d'un rire rauque, reconnaissable entre tous, qui l'envahit de désir.

Bon sang ! Il était sur une pente dangereuse si le seul son de la voix de Samantha l'excitait et s'il ne pensait qu'à se perdre dans sa douceur. Après le baiser raté du matin, il était sûr qu'elle aussi pensait à lui.

— Quand j'aurai terminé avec vous, madame Jackson, vous serez la reine du bal, l'entendit-il dire alors qu'il contournait le comptoir pour accéder à l'ordinateur.

— Appelez-moi Ida, ma petite. Je peux vous confier un secret ?

— Oui, bien sûr.

— Quand j'étais jeune, j'avais une dizaine de prétendants qui se disputaient mes faveurs.

— Cela ne m'étonne pas. Vous êtes superbe. Bart va en avoir le souffle coupé.

— Bart Schmart ? Pff ! J'avais plutôt le beau Dr Knight en tête. Il est passé tout à l'heure et waouh… Ce monsieur met l'eau à la bouche.

Le rire chaleureux et sensuel de Sam se propagea dans le couloir et Adam se sentit rougir de honte d'espionner cette conversation.

— Qu'en penses-tu, Gladys ? poursuivit Ida. Crois-tu que nous devrions présenter Samantha à notre nouveau galant, au risque qu'il s'éprenne d'elle ?

Trop tard ! songea Adam.

C'est alors qu'un bruit bizarre le mit en alerte.

— Gladys, ça va ? demanda Mme Jackson. *Gladys !*

Puis elle ajouta d'une voix stridente dans laquelle Adam décela une note de panique :

— Samantha, allez chercher une infirmière et dites-lui d'envoyer un texto au médecin. Vite ! Gladys, reste avec nous, tu entends ? Ne t'avise pas de mourir ! Infirmière ! Oh ! mon Dieu…

Adam se mit à courir et faillit entrer en collision avec Samantha au moment où elle quittait la chambre.

— Adam ! s'écria-t-elle, stupéfaite, le visage pâle mangé par ses yeux d'un bleu saisissant. Ouf ! C'est Mme Roscoe. Elle est en train de…

— Faire une crise cardiaque. Où sont les infirmières ? Où est Leah ?

Tout en parlant, il l'écarta sans ménagement pour entrer dans la chambre où il évalua la situation d'un coup d'œil.

— Madame Jackson, poussez-vous s'il vous plaît.

— Elle allait bien, dit Ida en obéissant. Et puis tout à coup, elle a mis la main à sa poitrine avec ce bruit horrible. Vous êtes médecin, sauvez-la, s'il vous plaît.

La femme allongée sur le lit approchait des quatre-vingts ans et était de toute évidence en détresse respiratoire. Adam prit le masque à oxygène accroché au mur et en équipa Gladys.

— Samantha ! Tiens ça, s'il te plaît.

— Et… et l'infirmière ? balbutia-t-elle, l'air un peu hagard, en se hâtant vers le lit.

— Pas le temps ! cria-t-il en voyant Gladys soudain inerte. Allez ! Tiens le masque !

Une main menue et tremblante apparut instantanément, le libérant. Adam entama alors un massage cardiaque, les yeux dans ceux de Samantha.

— Madame Jackson, s'il vous plaît, pourriez-vous appuyer sur le bouton au-dessus de votre lit ? demanda-t-il posément.

— Voilà ! Et je vais faire mieux, je vais chercher une infirmière.

— Dites bien que c'est une urgence absolue, précisa-t-il alors que Mme Jackson partait aussi vite que le lui permettait son âge.

Adam se tourna vers Samantha qui avait à présent les yeux rivés au visage figé de la malade. Elle était visiblement très affectée. Le cœur d'Adam se serra.

— Sammie, je sais que c'est stressant, mais il faut que tu m'écoutes attentivement.

Après une inspiration saccadée, elle hocha nerveusement la tête.

— Je ne peux pas arrêter le massage cardiaque. Aussi, je vais te demander de faire passer l'élastique du masque derrière la tête de Gladys et de le tendre.

Il attendit patiemment qu'elle ait suivi ses instructions.

— Parfait ! Maintenant, va au poste des infirmières et rapporte le chariot d'urgence, celui avec plein de tiroirs.

Elle partit en toute hâte laissant Adam inquiet car il avait détecté chez elle les symptômes d'une crise d'angoisse imminente. Or il ne pouvait rien faire pour elle sinon lui parler pour la rassurer pendant qu'il s'employait à ranimer Gladys.

Il arrêta le massage le temps de vérifier le pouls carotidien de Gladys. Faible et irrégulier, constata-t-il. Pour la sauver, il fallait la transférer immédiatement vers l'hôpital le plus proche équipé d'une IRM et d'un bloc de chirurgie cardiaque. Ici, on ne pouvait procéder qu'à une échographie et à un électrocardiogramme avant d'installer la malade dans un avion pour Fresno. En attendant, le mieux était de lui administrer un cocktail de médicaments pour régulariser son cœur et dissoudre les caillots.

Il se retourna en entendant Samantha entrer dans la pièce au pas de course avec le chariot demandé.

— Super ! Merci. Maintenant, ouvre le troisième tiroir et prends une seringue de cinq millilitres et un sachet étiqueté « glucose ».

9.

La vue de Sam se brouilla. Tout en elle l'incitait à fuir, mais elle se força à restreindre son monde à ses mains et à la voix apaisante qui emplissait sa tête. Les doigts tremblants, elle obéit aux instructions d'Adam en s'efforçant de ne pas se laisser happer par un passé qu'elle croyait avoir dompté. Hélas…

D'un coup, elle eut dix ans. C'était la nuit. Elle était seule chez elle avec la gouvernante. Elle entendit comme si elle y était encore le bruit sourd d'une chute suivi du cri aigu d'une personne en détresse. Elle avait été tétanisée par la peur, se rappela-t-elle, parce qu'elle avait pensé à un cambriolage, fréquent dans le quartier les derniers temps. Finalement, elle avait descendu lentement l'escalier et avait trouvé Mme Hopkins allongée sur le sol dans la cuisine… Elle avait appelé les secours… La maison s'était remplie de policiers et d'urgentistes…

— Samantha… Sam !

Une voix rude, venue de loin, lui parvint aux oreilles et elle sentit qu'on la bousculait.

— On prend le relais, mademoiselle.

En regardant autour d'elle, Sam découvrit avec ébahissement que la chambre grouillait de monde. Quand tous ces gens étaient-ils arrivés ? Assourdie par le sang qui battait dans ses oreilles, elle n'avait rien entendu.

Des taches noires dansaient devant ses yeux, et elle cligna les paupières pour les chasser tout en reculant à tâtons. Des infirmières devant elle l'empêchaient de voir ce qui se passait, mais elle se sentait inutile. Une bonne à rien au milieu de ce branle-bas de combat.

Une main frêle se glissa sur la sienne, celle d'Ida Jackson qui avait l'air aussi bouleversée qu'elle.

— Allons chercher du thé, murmura Sam d'une voix mal assurée en poussant gentiment Ida vers la porte.

— On pourrait y ajouter une goutte de cognac, non ? dit Ida dont les mains étaient agitées de tremblements incontrôlables. Ou peut-être deux ?

Sam se mit à rire, d'un rire qui frôlait l'hystérie. Derrière elle, elle vit qu'Adam, manifestement dans son élément, agissait avec calme et compétence au milieu de l'agitation générale.

Leurs regards se croisèrent à cet instant. Sam s'arrêta de respirer, troublée par les violentes émotions qui animaient les yeux d'Adam : la passion pour son métier, son acharnement à sauver Gladys et la conscience qu'il n'y parviendrait peut-être pas.

« Je suis désolée », articula-t-elle, le cœur serré, avant de sortir, pressée d'échapper au sentiment d'impuissance et de honte qui suivait toujours ses crises d'angoisse.

Elle qui s'était crue quasiment guérie des traumatismes de son enfance ! Un accès de désespoir la submergea. Une fois encore, elle avait failli parce que la petite fille craintive qu'elle continuait à être au fond d'elle-même était terrorisée à l'idée d'échouer. Terrorisée à l'idée de perdre encore quelqu'un qu'elle aimait.

Mon Dieu ! Quelle opinion Adam devait-il avoir de cette Samantha incapable de surmonter suffisamment longtemps ses fragilités pour aider à sauver la vie d'une femme ?

Dix heures plus tard, dans un dérapage plus ou moins contrôlé, Adam arrêta sa jeep devant son bungalow. La grêle s'était transformée en tourbillons de neige qui réduisaient la visibilité à quelques mètres et des vents violents soufflaient. Des conditions météorologiques difficiles mais typiques de la Sierra, même en été.

Au retour de Fresno, où Adam avait tenu à accompagner Gladys, le pilote de l'avion de l'évacuation médicale d'urgence avait dû se détourner pour porter secours à un groupe de randonneurs. Il était à présent près de 21 heures et Adam aurait dû être épuisé… si la pensée de Samantha qui l'attendait dans le bungalow n'avait décuplé ses réserves d'énergie.

Il contempla la lumière qui se déversait par les fenêtres et se demanda s'il n'avait pas inconsciemment œuvré pour aboutir à cette situation. Son petit coucou, cloué au sol par le mauvais temps, ne pouvant les ramener à San Francisco, il avait demandé à Leah de réserver une chambre d'hôte pour Samantha. Mais la jeune étudiante avait déjà déposé Sam au bungalow. Une curieuse initiative sur laquelle il aurait dû s'interroger au lieu de se réjouir de la présence de Samantha dans son cadre à lui.

Son bungalow était rudimentaire – au mieux – et, en tout cas, ne convenait pas à une grande bourgeoise habituée au luxe. Les souvenirs de la journée affluèrent. Il la revit se mordiller la lèvre inférieure, se raidir, trembler de tout son corps dans la chambre de Gladys. Pourtant, elle avait suivi ses instructions et tenu bon jusqu'à l'arrivée des infirmières. Là, il le savait, la crise d'angoisse s'était abattue sur elle telle une chape noire.

Le dernier regard qu'elle lui avait lancé en articulant « je suis désolée » lui avait fendu le cœur. Qu'avait-elle donc vécu pour avoir dans les yeux cette honte et ce dégoût d'elle-même ?

À peine eut-il ouvert la portière qu'il fut assailli par des rafales de neige comme autant d'aiguilles de glace. Il sortit en titubant, claqua la portière et se précipita à l'abri, sous la véranda.

Une fois qu'il eut fermé la porte derrière lui et tiré le verrou, il s'aperçut que la cheminée du salon ne dégageait qu'une faible lueur. Samantha n'avait pas dû suffisamment la charger pour chauffer la pièce. Elle devait être frigorifiée. Comme lui d'ailleurs, grimaça-t-il tandis qu'il enlevait sa chemise mouillée et s'en servait pour s'essuyer le visage.

— Samantha ! appela-t-il doucement pour ne pas l'effrayer. Sam ?

Il n'entendait que les épisodiques craquements du bois dans la cheminée. Une idée intolérable lui traversa l'esprit : Sam s'était lassée de l'attendre et était partie. Peut-être avait-elle voulu gagner la ville à pied et s'était-elle égarée ? Peut-être était-elle tombée et avait-elle dévalé la montagne ? Peut-être…

Mais il devenait fou, ma parole ! Fou d'une femme qui l'attirait d'une main et le repoussait de l'autre. Une femme qui, malgré son enfance, était chaleureuse et gentille. Une femme fragile certes, mais pas une idiote.

Impossible qu'elle soit partie. Aussi débrouillarde qu'elle soit, elle restait une citadine qui ne s'aventurerait certainement pas seule en pleine nature la nuit et par ce temps.

Il ne pouvait cependant s'empêcher de l'imaginer perdue, tremblant de froid et de peur. Il ne se le pardonnerait jamais si quelque chose…

Un petit soupir l'attira dans le salon comme un aimant et il tomba quasiment à genoux de soulagement en découvrant Samantha en boule sous la couverture en laine habituellement drapée sur le dossier du canapé. Il dut se pincer pour se persuader qu'il ne rêvait pas. Mais elle était bien là, le visage rose et serein sous son abondante chevelure sur laquelle dansaient les reflets du feu en train de s'éteindre.

Quelque chose de délicieux, d'inconnu et d'incontrôlable jaillit en lui avec une telle force qu'il dut se tourner pour ne pas sur-le-champ la serrer contre lui à l'étouffer. Ébranlé par la puissance de cette pulsion primitive et par les émotions toutes nouvelles qu'il ne savait comment affronter, il se dirigea vers la cheminée pour allumer un feu capable de dissiper le froid.

Lorsque les flammes se mirent à lécher avidement l'empilement de bûches, il se redressa avec l'intention d'aller dans la cuisine préparer le dîner. Mais son regard se dirigea inexorablement vers la belle endormie, à présent allongée à moitié sur le dos, un bras au-dessus de la tête, la couverture descendue à la taille.

Ses yeux se promenèrent sur ses traits si doux, sur les croissants de dentelle que formaient ses cils épais sur ses joues rosies. La masse ébouriffée de ses cheveux qui cascadaient sur le coussin en un torrent indiscipliné l'invitait à y enfouir le visage pour respirer son parfum à pleins poumons.

Les lèvres de Samantha, pleines et douces, s'entrouvrirent pour laisser passer un soupir paisible, comme si elle faisait un beau rêve. Adam, saisi de désir, s'ordonna de s'éloigner. Mais elle était si belle !

Il s'accroupit à côté du canapé.

Il ne put résister à l'envie de suivre de son doigt la courbe élégante de ses sourcils, de dégager avec précaution une mèche soyeuse de son front.

Imperceptiblement, la respiration de Samantha se modifia et ses cils se mirent à frémir. Elle changea de position langoureusement et sa tête roula vers Adam. De nouveau, il ne put résister. Il lui effleura la joue de son pouce.

Une sorte de ronronnement s'échappa de la gorge de Sam. Il aurait voulu couvrir sa bouche de la sienne pour garder en lui ce gémissement incroyablement sensuel.

— Salut…, murmura-t-il.

Sam entrouvrit les paupières. Ses yeux habituellement d'un bleu intense étaient embués de sommeil. Il retint son souffle. Jamais il n'avait assisté à un spectacle aussi érotique.

— Adam ? murmura-t-elle dans un souffle qui déclencha en lui une déferlante de sentiments qu'il n'avait jamais éprouvés pour personne et encore moins pour une femme d'un milieu qu'il méprisait.

Au désir physique s'ajoutait celui, impérieux, de protéger cette femme.

— Oui… Désolé pour mon retard. Nous avons dû aider un couple de randonneurs sur le chemin du retour.

Sortant complètement des brumes du sommeil, Samantha se redressa d'un coup, l'obligeant à se reculer.

— Quoi ? Tu as pris l'avion par ce temps ? Comment va Gladys ? Quand es-tu rentré ? Les randonneurs sont-ils sains et saufs ? Et toi, ça va ?

Ses grands yeux angoissés examinaient Adam, probablement à la recherche de blessures. Quand ils se fixèrent sur les siens, il fut aspiré dans leurs profondeurs. Pour autant qu'il s'en souvienne, aucune femme ne lui avait témoigné un intérêt aussi sincère. À part Coco peut-être, mais qui s'était intéressée à lui comme une mère.

— Gladys s'accroche, les randonneurs sont sauvés, et moi, je vais bien.

Il allait bien… maintenant. Maintenant qu'il se trouvait à

quelques centimètres d'elle. Maintenant qu'il respirait sa douce chaleur et son parfum enivrant. Maintenant qu'il entendait le chant des sirènes qu'il avait essayé d'ignorer, mais auquel il ne pouvait plus résister.

Les yeux dans ceux de Sam, il se rapprocha pour suivre de son doigt l'élégant contour de son visage et de son cou.

— Tu t'es inquiétée pour moi, on dirait.

— Évidemment ! Je me serais inquiétée pour n'importe qui pris dans cette tempête.

Si elle pouvait prétendre jusqu'à la fin des temps qu'il n'existait rien entre eux, elle ne pouvait en revanche contrôler ce que trahissait la veine qu'il sentait palpiter sous son pouce.

— N'importe qui ? répéta-t-il avec un petit rire. Tu n'as vraiment pas eu un peu peur que je m'écrase contre la montagne ?

— Ce n'est pas drôle, Adam, marmonna-t-elle, indignée, en lui entourant le poignet de ses longs doigts pour l'écarter.

À sa colère se mêlait dans ses yeux quelque chose d'autre qui enflamma instantanément Adam.

Les secondes s'égrenèrent dans un silence chargé de sensualité, jusqu'à ce que, dans un sursaut involontaire, Samantha immobilise sa bouche tout près de la sienne.

Elle déglutit convulsivement et Adam comprit qu'elle attendait qu'il prenne l'initiative. Comme il ne bougeait toujours pas, elle émit un petit son rauque et releva la tête, effleurant au passage les lèvres d'Adam de ses propres lèvres entrouvertes, pour planter ses yeux dans les siens, des yeux qui s'assombrirent jusqu'à ce qu'il ne reste qu'un fin cercle de cobalt autour des pupilles noires dilatées. Adam vibrait littéralement de désir.

— Adam ? murmura-t-elle dans un souffle impatient.

Le monde extérieur s'évanouit alors autour d'Adam. La montagne tout entière se serait-elle effondrée qu'il n'aurait rien remarqué.

— Si tu me veux, Samantha, prends-moi, chuchota-t-il.

Elle cligna des yeux avec l'air égaré d'une droguée. Lui-même avait l'impression de l'être !

— Te prendre ?

L'idée lui semblait manifestement saugrenue. Et parce qu'il savait qu'elle n'avait ni l'aplomb ni l'expérience qu'elle affichait, il sentit une autre fissure apparaître dans le rempart qu'il avait construit autour de son cœur.

Malgré les apparences, cette femme était tout sauf arrogante et pleine de confiance en elle, songea-t-il avec tendresse. Il y avait chez elle une vulnérabilité et une douceur qu'elle ne pouvait totalement cacher à quelqu'un d'attentif. Elle ressentait les choses trop profondément pour que son indifférence affichée soit crédible. Et, soudain, il comprit pourquoi elle avait refusé de devenir médecin : elle n'aurait pas su se protéger de la détresse qui vous étreint devant un malade que vous ne pouvez pas sauver.

Il la revit lire des histoires aux enfants pour leur donner un peu de bonheur ou maquiller Gladys et Ida pour qu'elles conservent leur estime d'elles-mêmes.

Elle aurait voulu sauver tout le monde et aurait été anéantie de ne pas y parvenir. Et c'était devant cette fragilité et cette générosité qu'Adam craquait.

— Prends-moi, prends ce que tu veux, répéta-t-il doucement, le cœur serré comme dans un étau par l'émotion.

Elle était si près qu'il voyait chacune des stries argent et turquoise de ses iris.

Elle battit une fois des cils puis posa avec délicatesse sa bouche sur la sienne. Dans les profondeurs de ses yeux, une étincelle tendre et espiègle s'alluma et ensorcela Adam. Comme animées de leur propre volonté, ses mains s'insinuèrent sous la jupe de Samantha, le long de ses cuisses. Elle frissonna longuement sous lui et il sentit un torrent de feu courir sous sa propre peau. Il craignit de très vite perdre tout contrôle et d'être alors changé à tout jamais.

Sans se rendre compte de l'état d'Adam, Sam se mit à l'exciter avec des petits coups de langue et de dents jusqu'au moment où il ne se retint plus. Il fondit sur sa bouche comme un affamé en même temps qu'il lui attrapait les hanches et roulait avec elle sur le tapis devant la cheminée. Du genou, il lui écarta les cuisses tout en continuant à dévorer sa bouche, tantôt avec frénésie et avidité, tantôt lentement et profondément, jusqu'à ce qu'ils soient tous les deux hors d'haleine et consumés de désir.

— Non, pas encore, dit-il en repoussant la main de Samantha de son membre tumescent avant de lui arracher sa robe et son string.

Les sens d'Adam étaient exacerbés. La moindre caresse lui semblait nouvelle. Chaque hoquet aphrodisiaque.

— Adam…

Il s'empressa de la bâillonner de sa bouche avant qu'elle ne puisse protester. Tandis que leurs langues se caressaient, elle s'agrippa à ses cheveux, lui laissant libre accès au reste de son corps. Un accès dont il profita sans vergogne, l'amenant à plusieurs reprises au bord de la jouissance et s'arrêtant chaque fois au moment où il la sentait trembler d'impatience, avide d'atteindre l'extase qui lui échappait.

Adam continua impitoyablement à faire monter la tension, à accroître leur désir jusqu'à ne plus s'intéresser qu'au plaisir de Sam. Et quand, dans un coup de reins, il unit leurs deux corps, elle poussa un cri et ses muscles intimes se resserrèrent sur le membre d'Adam dans des spasmes incontrôlables.

— Ça va ? murmura-t-il en s'immobilisant.

Elle hocha rapidement la tête, concentrée sur les sensations de son corps qui ondulait sous celui d'Adam.

— N'arrête pas ! souffla-t-elle.

Agrippée désespérément à ses épaules, elle lui entoura la taille de ses longues jambes. Quel homme pourrait aspirer à faire l'amour à une autre femme qu'elle en la voyant ainsi, tête renversée en arrière, tétons dressés de désir, offrant son corps aux formes voluptueuses ? songea Adam.

— Regarde-moi, murmura-t-il. Je veux que tu gardes l'image de moi en train de jouir.

Les yeux dans ceux de Sam, il commença son va-et-vient, avec de lentes et profondes poussées qu'il accéléra et amplifia jusqu'à ce que Sam se cambre sous lui et explose dans un long cri.

Excité par la vue de son orgasme, il la rejoignit bien vite et, dans un dernier coup de reins, se répandit en elle.

10.

— Alors, c'est oui ? demanda Samantha à son interlocuteur au téléphone.

Le calme de sa voix contrastait avec la danse de joie qu'elle esquissait intérieurement car elle venait de décrocher un nouveau don pour la première collecte de fonds qu'elle organisait. Le bienfaiteur offrait une sculpture grandeur nature insolite qui allait certainement susciter beaucoup de curiosité et donc rapporter beaucoup d'argent.

— C'est très généreux de votre part, Jack. Je vous appelle la semaine prochaine pour mettre au point le transport.

Après d'ultimes remerciements elle raccrocha, rougissant en se rappelant que Jack, connu pour ses nus érotiques, lui avait proposé lors d'un rendez-vous dans son atelier de poser pour lui. Ne voyant pas comment appliquer son programme de femme libérée avec le souvenir de Juniper Falls si frais dans son esprit, elle avait refusé au prétexte qu'elle fréquentait quelqu'un. Une semi-vérité car elle n'avait pas revu Adam depuis qu'il l'avait raccompagnée chez elle après Juniper Falls.

Dès le moment où elle avait ouvert les yeux pour s'apercevoir qu'elle était allongée nue dans un lit vide pendant que quelqu'un s'affairait dans la petite cuisine du bungalow, elle avait été prise de panique à la pensée que leur aventure d'une nuit en comptait deux à présent. Impossible désormais d'imputer sa conduite à une consommation excessive d'alcool ou à la trahison de son fiancé.

Pas de rébellion, cette fois. Juste… Non ! Elle ne voulait pas penser à ce que ce pouvait être. Elle savait seulement que les vingt-quatre heures précédentes avaient définitivement modifié son opinion d'Adam et révolutionné son monde.

Quand il l'avait déposée, elle l'avait remercié poliment et, le ventre noué de crampes, lui avait assuré que rien n'avait changé alors que *tout* avait changé.

Pendant quelques secondes, il l'avait regardée en silence, puis le pire s'était produit : il l'avait bloquée de son grand corps contre la portière avant. Hypnotisée par son regard, elle n'avait pas protesté, même pour la forme, lorsqu'il l'avait embrassée si passionnément qu'un courant de feu l'avait traversée de la tête aux pieds.

Sans crier gare, il s'était alors écarté et, après un « à bientôt » désinvolte, avait descendu nonchalamment les quelques marches du perron.

À la première réaction de perplexité de Sam avait succédé un violent accès de colère qui l'avait désorientée un peu plus. En effet, c'était elle qui avait réclamé de l'espace vital. Dans ces conditions, de quel droit en aurait-elle voulu à Adam de respecter ses desiderata ? Totalement illogique, mais elle apprenait sur le tas que ses sentiments ne relevaient pas de la logique.

De quoi relevaient-ils alors ? Mystère. Elle savait seulement qu'ils étaient profonds et effrayants.

Heureusement, elle était trop occupée par la mise en place de son premier événement pour essayer de comprendre ce qu'il avait voulu lui dire avec son baiser et son « à bientôt ». En revanche, la question l'obsédait lorsqu'elle était seule, le soir, et qu'elle aspirait de toute son âme et de tout son corps à quelque chose qu'elle se persuadait de ne pas vouloir.

Pourtant, elle désirait Adam avec une intensité presque douloureuse qui la terrifiait. Et elle se sentait seule, affreusement seule.

19 heures déjà, selon son ordinateur. Elle retira ses épingles à cheveux et secoua la tête pour libérer sa crinière avant de se masser le cuir chevelu. Elle ferma les yeux de contentement et s'affala dans son fauteuil… d'où elle se redressa aussitôt en entendant une voix familière :

— Tu lâches tes cheveux finalement ?

Elle sentit son satané cœur s'affoler à la vue, dans l'encadrement de la porte, de l'homme qui occupait ses pensées. Il était encore plus beau que dans son souvenir. Pour quelles raisons déjà voulait-elle à tout prix le tenir à distance ? tenta-t-elle de se rappeler.

— Oui, murmura-t-elle. J'ai eu une semaine de dingue.

Il se passa une main sur le visage avec un rire bizarre qui attira aussitôt l'attention de Sam. Il était toujours le beau et sexy Dr Knight, mais quelque chose clochait. Elle le voyait à la tristesse de ses yeux d'ambre, à la pâleur de sa peau habituellement cuivrée et à la crispation de sa mâchoire.

— Moi aussi. Et pénible, ajouta-t-il en la fixant avec une intensité brûlante.

— Que s'est-il passé ? demanda Samantha, alarmée.

Il resta à la regarder pendant plusieurs secondes avant de répondre :

— Nous avons perdu un patient, aujourd'hui.

Quand elle le vit se frotter la poitrine comme pour en chasser une douleur, son inquiétude se transforma en terreur. D'un bond, elle se mit debout, cherchant désespérément dans sa mémoire les gestes à effectuer lors d'une crise cardiaque. Si seulement elle avait prêté davantage attention à Gladys au lieu de céder à la panique !

— Dis-moi ce que je… dois faire, bafouilla-t-elle en saisissant le poignet d'Adam où elle ne sentit pas le pouls. Je ne peux pas te promettre de garder mon sang-froid, mais je suivrai à la lettre tes consignes…

En guise de consigne, Adam lui prit le menton entre des doigts bien vivants et l'obligea à lever le visage vers lui.

— Hé ! Regarde-moi. Je ne fais pas un infarctus, si c'est ce à quoi tu penses.

Elle s'immobilisa, les yeux rivés sur lui, son propre cœur sur le point d'exploser.

— J'ai… j'ai déjà été témoin d'un infarctus et…

— Samantha ! dit-il avec une fermeté qui produisit enfin son effet. Regarde-moi, je vais bien, je t'assure. Respire maintenant.

Elle cligna des yeux. Effectivement, il n'avait pas le teint gris de Gladys ou de Mme Hopkins et ses lèvres n'étaient pas bleues.

— Tu es sûr ? demanda-t-elle.

— Oui, je suis sûr, murmura-t-il avec une extrême douceur. C'est juste que…

Au lieu d'achever sa phrase, il l'enlaça et enfouit le visage dans ses cheveux.

Aussi stupéfiée par ce geste que par l'émotion à vif qui perçait dans la voix d'Adam, Samantha s'abandonna à son étreinte dans un besoin instinctif de lui apporter du réconfort… et parce qu'il offrait un soutien indispensable à ses jambes flageolantes.

— Juste que quoi ? insista-t-elle, la gorge serrée.

Un spasme secoua le grand corps d'Adam qui resserra ses bras autour d'elle.

— Les chances étaient minces, mais nous gardions espoir…

— Je suis désolée, dit-elle en pressant ses lèvres sur la peau chaude de son cou. Et je comprends ce que tu ressens. C'est terrible d'avoir la vie de quelqu'un entre les mains, et je ne sais pas comment tu peux supporter pareil stress tous les jours.

Elle éprouvait une étrange excitation à la pensée qu'il s'était tourné vers elle en ce moment difficile pour lui. Quand elle l'écarta un peu pour le regarder, il la prit par la main et se dirigea vers le bureau sur lequel il s'assit. Puis, la tenant par les hanches, il l'attira entre ses cuisses.

— Quelque chose t'est arrivé par le passé, n'est-ce pas ? demanda-t-il. Est-ce pour cette raison que tu n'es pas devenue médecin comme le reste de ta famille ?

Malgré ses réticences à ressasser ses vieux démons, elle se voyait difficilement refuser à l'homme qui l'avait sortie de trois crises d'angoisse le droit de connaître son secret.

— J'avais dix ans, commença-t-elle en se détournant. Mes parents étaient morts un an plus tôt dans un accident et ma grand-mère m'avait recueillie avec mon frère et ma sœur. Comme ils étaient beaucoup plus âgés que moi, ils avaient déjà commencé leur médecine et étaient rarement là. Ma grand-mère sortait souvent le soir en me laissant seule avec la gouvernante, Mme Hopkins. Bref… Une nuit, un violent orage a éclaté et abattu les lignes électriques. Je me suis réfugiée dans mon armoire avec une torche en attendant que la gouvernante vienne me chercher. Mais elle n'est pas montée. Alors, je suis descendue et je… je l'ai trouvée… par terre dans la cuisine. Elle avait fait une crise cardiaque. Si je… Si je n'avais pas eu peur du noir… j'aurais peut-être pu la sauver.

— Tu n'étais qu'une gamine, voyons. Tu as appelé les secours ?

— Oui, mais à cause des conditions météo, ils ont mis presque deux heures à arriver. Et pendant tout ce temps-là, je suis restée seule avec…

Elle s'arrêta, frissonnant d'horreur à ce souvenir.

— Avec une morte, acheva-t-il en la serrant contre lui.

— Oui, dit-elle dans un souffle en posant sa tête sur l'épaule rassurante d'Adam.

— Pas étonnant que tu sois sujette à des crises d'angoisse ! N'importe qui aurait été traumatisé. Alors une gamine de dix ans…

— Je n'ai plus dix ans, Adam, coupa-t-elle avec lassitude.

— Oui, j'ai remarqué, répondit-il, amusé, en promenant ses lèvres le long de la mâchoire de Sam. Les peurs ne sont pas toujours rationnelles, Sam, mais tout le monde en a.

— Je t'imagine mal laisser un traumatisme d'enfance te paralyser, toi, répliqua-t-elle en glissant ses mains sur l'abdomen d'Adam dont les muscles roulaient sous ses doigts.

— C'est ce que tu crois. Par exemple, l'idée de t'inviter à sortir avec moi un soir me tétanise.

— Tu veux… m'inviter à… sortir avec toi ? demanda-t-elle sans bien comprendre pourquoi cette idée la stupéfiait à ce point.

Il eut un petit rire.

— Oui. Nous avons procédé à l'envers tous les deux. Alors, que dirais-tu d'un dîner et…

Il soupira avec résignation en entendant son téléphone vibrer. Il l'éteignit, mais, au lieu de se lever, il resserra son étreinte et posa son front contre celui de Samantha.

— Je crains que notre rendez-vous ne doive attendre, chuchota-t-il.

— Ça m'en a tout l'air, effectivement, répliqua Samantha en fermant les yeux pour cacher sa déception.

Quelle idée aussi de se faire une pareille joie de quelque chose d'aussi banal qu'un dîner au restaurant ? Ce contretemps ne justifiait vraiment pas ce sentiment d'abandon qui l'oppressait. Après tout, ils se connaissaient à peine.

Seulement voilà, quelque chose de profondément ancré en elle semblait avoir besoin de leur toute nouvelle intimité, et les émotions inconnues qui l'emportaient dépassaient manifestement le simple côté physique de leur relation. Cette découverte la terrifia, elle qui avait appris très tôt à dissimuler son ressenti à une grand-mère qui n'avait ni patience ni empathie pour une petite fille à qui son cadre affectif avait été arraché.

À vrai dire, elle était encore plus terrorisée par la pensée qu'il ne partageait peut-être pas ses sentiments et qu'elle se dirigerait tout droit vers une déroute sentimentale à côté de laquelle la trahison de Lawrence apparaîtrait comme la simple perte de ses illusions pour un homme qu'elle avait cru connaître.

Devant les yeux interrogateurs d'Adam, elle dut baisser les paupières pour masquer des larmes aussi surprenantes que déconcertantes.

— Hé ! Ça va ?

Elle qui s'était crue imbattable dans l'art de maîtriser ses émotions !

Avec un rire tremblant, elle s'écarta… à contrecœur.

— Oui, très bien.

Sans le regarder, elle se détourna pour regagner son bureau. Elle ressentait un brusque besoin d'espace afin de réfléchir à tous ces bouleversements intérieurs.

— Allez mettre vos super-pouvoirs au service des malades, docteur Knight. De mon côté, j'utiliserai les miens pour collecter des fonds pour votre fondation.

Il demeura silencieux un long moment et, lorsqu'elle lui jeta un bref coup d'œil en douce, elle s'aperçut qu'il l'observait attentivement, la mine sombre, le regard indéchiffrable.

— Je n'en ai pas pour longtemps, et après nous…

— Adam, coupa-t-elle gentiment, ce n'est pas grave.

Elle voulait à tout prix qu'il s'en aille. Avant qu'elle ne se ridiculise.

— Reportons à une prochaine fois, quand tu ne seras pas d'astreinte, et que je ne serai pas débordée par la préparation de la soirée caritative.

Il s'apprêtait à répondre quand son téléphone vibra de nouveau.

— File, ordonna-t-elle avec un petit rire. J'ai du travail.

Sur le pas de la porte, il tourna la tête vers elle avec un regard ardent.

— La discussion n'est pas close, Sam, déclara-t-il avec une gravité qui frisait la menace. Je ne serai pas long. Nous aurons encore le temps d'aller dîner, même s'il est un peu tard.

Dès qu'elle entendit la porte extérieure se fermer, Samantha se laissa tomber sur son siège en soufflant bruyamment. Ses jambes flageolaient, ses mains tremblaient, le sang battait dans ses oreilles.

S'il lui devenait très difficile d'ignorer ses sentiments, qu'en était-il pour Adam ? Comment savoir ce qu'il pensait d'elle ? À quoi bon d'ailleurs, puisqu'elle lui avait déclaré qu'il ne représentait pour elle qu'une liaison de consolation après sa rupture avec Lawrence et qu'elle avait programmé sa vie ? Une vie dans laquelle il n'avait pas sa place.

En outre, comment espérer qu'il avoue des sentiments pour elle quand il voyait tant de similitudes entre sa mère et elle ? Or il était prêt à tout pour ne pas suivre les traces de son père. Par conséquent, il ne s'autoriserait jamais à éprouver autre chose que du désir physique et une vague affection.

Après avoir éteint son ordinateur, elle rangea les papiers sur son bureau. Elle allait rentrer chez elle, se verser un verre de vin et prétendre que sa vie ne partait pas en vrille. Prétendre qu'elle n'avait pas le cœur déchiré d'être jugée à l'aune de la conduite d'une autre et qu'elle n'allait pas être dévastée de douleur quand Adam, se lassant de ses revirements, la laisserait sur le bord de la route.

Ce qui était inéluctable. Elle n'avait ni le charme ni la beauté de ses conquêtes habituelles et elle était trop âgée pour attendre un homme qui consacrait en priorité sa vie à aider ses congénères. Elle avait attendu que Lawrence lui consacre un peu de temps et lui prouve son amour. Mais c'était fini, et bien fini, à présent.

Cela dit, comment expliquer qu'Adam veuille quelque chose d'aussi simple qu'un dîner au restaurant avec elle lorsqu'ils étaient déjà allés tellement plus loin ?

Et pourquoi maintenant ?

Et pourquoi tenait-elle tant à le savoir ?

Sam venait à peine de s'endormir quand on tambourina à sa porte. Se retournant, elle mit un oreiller sur sa tête pour couvrir le bruit, mais sans résultat. Aussi alla-t-elle ouvrir pour éviter que le maniaque, qui de toute évidence n'avait pas l'intention d'arrêter, réveille les voisins.

Adam, sexy et ténébreux, paraissant presque dangereux, était appuyé contre le mur du couloir, mains dans les poches de son jean. Envolés fatigue et abattement !

Pendant de longues secondes vibrantes d'électricité, ils se dévisagèrent. Sam n'avait pas pris au sérieux sa promesse, surtout après qu'il l'avait vue craquer. Elle lui en avait raconté plus sur son passé qu'à la thérapeute qu'elle avait consultée lorsqu'elle était enfant.

Se débattant dans des émotions contradictoires, elle fut tentée de lui claquer la porte au nez plutôt que de le tirer comme une idiote à l'intérieur de son appartement pour le couvrir de caresses et de baisers.

— Bonsoir, docteur Knight, dit-elle dans un souffle, les doigts agrippés à la porte comme pour se protéger de ses pulsions.

— Bonsoir, mademoiselle Jefferies, répliqua-t-il avec un haussement de sourcils ironique.

Il n'avait pas bougé, mais même de là où il se trouvait, il exerçait sur Sam un magnétisme qui la paniquait et l'excitait tout à la fois.

— Tu as ouvert sans regarder dans le judas, dit-il, accusateur, d'une voix qui coula comme du velours sur la peau de Sam.

— Je ne connais personne d'autre que toi d'assez fou pour

réveiller les gens en pleine nuit, riposta-t-elle, très contente de son ton posé et sarcastique.

Après l'avoir dévisagée quelques instants d'un regard perçant, il s'avança vers elle. Tout près. Aussitôt, le cœur de Sam bondit dans sa poitrine et elle s'arrêta de respirer. Cet homme dégageait quelque chose de trop puissant pour qu'il soit possible de lutter.

— Oui, je suis fou, murmura-t-il en plaçant l'une de ses grandes mains sur le ventre de Sam pour la pousser dans l'appartement.

Elle n'opposa aucune résistance, même quand il la coinça contre la console de l'entrée de son corps viril et, avec un regard félin, se pencha vers elle. Au moment où elle s'attendait à ce qu'il l'embrasse – elle avait d'ailleurs déjà entrouvert les lèvres –, il inclina la tête et sa bouche lui caressa l'oreille avant de descendre vers son cou pour un suçon sulfureux.

— Tu es partie, murmura-t-il.

— Tu croyais que j'allais… t'attendre ? répondit-elle lorsqu'elle eut recouvré l'usage de la parole.

— Et pourquoi pas ? murmura-t-il en lui écartant les cuisses d'un genou et en pressant son membre en érection contre la fine dentelle qui lui couvrait le sexe. Je t'ai bien attendue toute ma vie, Samantha.

Puis sa bouche s'empara voracement de la sienne et ses mains de ses seins. Lorsqu'elle eut repris suffisamment ses esprits pour se rappeler ses paroles, Adam, le souffle court, était allongé sur elle.

11.

Le bon vin coulait à flots et les conversations allaient bon train dans la galerie d'art qui accueillait l'exposition des œuvres offertes par des artistes locaux au bénéfice de la Fondation Galahad. Les serveurs allaient et venaient, et le traiteur sélectionné par Sam avait fait des merveilles. Bref, la fête s'avérait être une totale réussite.

Mais au lieu de savourer son succès, elle se cachait dans la cuisine, regarnissant de canapés les plats vides en espérant que personne ne remarquerait son manque de gaieté. En fait, elle se sentait déprimée depuis qu'Adam avait prononcé des mots énigmatiques et s'était endormi après une étreinte passionnée.

Cela s'était passé deux jours plus tôt.

Deux jours depuis qu'elle avait entendu le téléphone d'Adam vibrer, deux jours depuis qu'elle avait serré l'oreiller d'Adam contre elle pour retenir un peu plus longtemps sa chaleur. Deux jours depuis qu'il lui avait repoussé une mèche de cheveux en l'embrassant tendrement.

« Je dois y aller », avait-il murmuré contre sa bouche et, lorsqu'en gémissant elle avait laissé ses lèvres se coller langoureusement aux siennes, elle avait cru l'entendre chuchoter : « Nous ne pouvons pas continuer comme ça, Sam. Il faut que nous parlions. »

Mais elle avait dû rêver car, en dehors d'un bouquet de fleurs sauvages, sans carte, qui était apparu sur son bureau le lendemain – était-il d'Adam en fait ? –, il ne lui avait donné aucune nouvelle. Pas même un coup de téléphone ou un texto.

Pourquoi ces fleurs et cette déclaration ambiguë ? Devait-elle interpréter comme un message de rupture son « nous ne pouvons pas continuer comme ça » ? Elle n'en avait pas la moindre idée et cette incertitude la minait.

Heureusement, aujourd'hui, grâce à l'organisation de la soirée, elle avait réussi à repousser toutes ses interrogations dans un coin de son cerveau. Jusqu'à ce qu'*il* arrive, beau comme une vedette de Hollywood dans un costume sombre de marque et un T-shirt blanc qui mettait en valeur son physique et ses yeux d'ambre brillants qui rappelaient à Sam ceux d'un grand fauve des montagnes à l'affût.

Elle avait senti sa présence avant même de le voir, alertée par une chair de poule traîtresse. Prise dans une conversation animée sur les clichés persistants sur l'art indien, Sam avait levé la tête et leurs regards s'étaient croisés. Elle avait perdu instantanément le fil de ce qu'elle disait.

Ce contact visuel, qui avait suspendu le temps pour eux, n'avait duré en réalité qu'une seconde car Adam avait aussitôt été assiégé par des groupies. Une vraie célébrité ! Se sentant seule malgré la foule, Sam avait couru se réfugier dans la cuisine. Comme la petite fille écorchée vive d'autrefois qui manquait de confiance en elle et ne trouvait pas sa place. Elle en prit soudain conscience, mortifiée et furieuse.

Que devait-elle faire ? Aller exiger des éclaircissements sur ce qu'il avait voulu dire ? Ou bien prétendre que tout allait bien, que voir Tiffany Travers, croqueuse d'hommes légendaire et riche héritière d'une firme technologique, collée à lui la laissait de marbre ?

Ou bien devait-elle… ?

— Pourquoi te terres-tu ici, ma chérie ? demanda tante Coco. Un souci ?

— Non, aucun.

Sam se tourna avec un sourire qu'elle espéra capable de tromper son monde. Hors de question en effet que Coco sache qu'elle avait les nerfs à fleur de peau ou, pire encore, qu'elle en connaisse la raison.

— Tu as vu ? Je crois qu'il ne reste plus rien à vendre, poursuivit-elle sur un ton enjoué.

— Oui, et le traiteur est excellent. Il peut s'occuper de tout. Alors, viens, tout le monde te réclame.

— J'arrive, répliqua Sam, évasive. J'ai passé une semaine tellement dingue que j'ai besoin d'un peu de calme.

Coco lui prit le visage entre ses mains manucurées.

— Tu as l'air triste. Tu t'es repliée sur toi-même, ces derniers jours. Regrettes-tu d'avoir déménagé ici et d'avoir accepté la direction de la fondation ?

— Oh non, pas du tout !

Et là, elle ne mentait pas. C'était la seule chose qu'elle ne regrettait pas.

— Le défi que je dois relever me plaît énormément. Il est beaucoup plus gratifiant de contribuer à faire bouger les choses que de veiller sur des œuvres d'art.

— Tu es très efficace. J'ai quand même le sentiment d'avoir fait une bêtise en t'éloignant de Lilian.

— Oh ! je t'assure que tu te trompes, répliqua Sam avec véhémence en embrassant rapidement Coco. Et je ne suis pas triste. J'ai mal à la tête, c'est tout.

Une migraine à cause de *lui*.

— Je suis vraiment heureuse que nous ayons renoué toutes les deux. Vous m'avez manqué, grand-père et toi.

— Et tu nous as manqué, ma chérie, murmura Coco dont les yeux verts s'embuèrent de larmes. Tu lui ressembles tellement. Gentille, attentionnée, pleine de vie… Étant donné ta nature si douce, nous avions peur que Lilian ne te broie.

— Elle a presque réussi, répliqua Sam tout bas, honteuse de s'être tant de fois pliée aux diktats de sa grand-mère plutôt que de se rebiffer et de s'affirmer.

— Je suis ravie que tu aies accepté le poste. Autant pour moi, que pour la fondation, que… pour Adam.

Sam se pétrifia un instant avant de se remettre à disposer les canapés, en espérant, sans y croire, que Coco n'aurait rien remarqué.

— Adam ? répéta-t-elle d'un ton aussi détaché que possible.

Il y eut un petit silence avant que Coco ne réponde d'une voix faussement sévère :

— Je te connais et je connais Adam, ma chérie. Il s'est passé quelque chose à Juniper Falls, et c'est depuis ce moment que tu n'es pas dans ton assiette.

— Il ne s'est rien passé.

Si seulement cela pouvait être vrai !

— Je suis juste fatiguée, je t'assure. Ça a été la course ces deux dernières semaines pour régler tous les détails de la soirée d'aujourd'hui. Je tenais vraiment à ce qu'elle soit réussie.

— Eh bien, le but est atteint. En fait, nous avons décidé à l'unanimité de reconduire cet événement tous les ans. Tu fais un travail formidable, comme je l'avais prévu. Je suis très fière de toi. Ah ! au fait, et juste au cas où tu te poserais la question, Tiffany Travers est venue accompagnée de Paul Gilbert qu'elle a laissé tomber à la seconde où elle a vu Adam arriver seul. Elle le poursuit de ses assiduités depuis qu'elle a divorcé. Vas-tu la laisser jeter le grappin sur ton homme sans rien faire ? ajouta-t-elle après avoir laissé au cerveau de Samantha le temps d'enregistrer l'information.

— Adam n'est pas mon homme, objecta Sam en hâte, en s'efforçant de stopper ce qui ressemblait fort à un début de crise d'angoisse. Je t'assure qu'il ne s'est rien passé, insista-t-elle devant le regard dubitatif de Coco.

Enfin… Rien d'autre que quelques ébats échevelés et, pour elle, la perspective d'une terrible peine de cœur.

La tête inclinée sur le côté, Coco la dévisagea avec une telle intensité que Sam prit le prétexte du plat à garnir de canapés pour se détourner.

— Est-ce en rapport avec ton programme ?

— Quel programme ? demanda distraitement Sam.

— Ces résolutions ridicules que tu as élaborées. Celles qui te retiennent d'oublier toute prudence et de croquer la vie à pleines dents. Adam n'est pas Lawrence. Jamais il ne se lancerait dans une relation basée sur le mensonge et la tromperie. Je ne connais personne qui attache autant d'importance à la famille. C'est quelqu'un de loyal, et de très sensible malgré les apparences.

Coco soupira et prit de nouveau le visage de Sam entre ses mains.

— Ton programme, ce n'est pas toi, ma chérie. Où sont passées l'émotion, la gaieté et la spontanéité ? Et cette envie de vivre et d'aimer quels que soient les risques ?

Sam était sidérée par la véhémence de Coco.

— Mais tante Coco…

— J'ai envie de te secouer, Sammie ! Ton grand-père aurait honte de te voir te conduire aussi lâchement.

Sam reçut comme une gifle cette accusation qui venait renforcer sa propre autoflagellation.

— L-lâchement ? bégaya-t-elle en se reculant.

Coco savait-elle qu'elle était toujours sujette à des crises d'angoisse et qu'elle évitait tout ce qui était susceptible de les déclencher ? Devinait-elle la douleur et la panique qui menaçaient de l'anéantir à la pensée qu'Adam pourrait s'intéresser à Tiffany Travers ou à l'une des autres sublimes créatures qui l'entouraient ?

— Oui, répliqua Coco, impitoyable. Parce que tu te caches et tu refuses de voir ce que tu as sous le nez.

Puis elle tourna les talons pour partir.

— Vous vous sentez bien, mademoiselle Jefferies ? s'inquiéta le maître d'hôtel.

Elle hocha la tête, gênée à l'idée que quelqu'un ait entendu Coco la traiter de lâche.

— Tout va bien, répliqua-t-elle, consciente de l'air sceptique du maître d'hôtel. La journée a été rude.

Et l'année aussi ! Mais elle s'en sortirait, se jura-t-elle avec fougue. Bientôt. Peut-être.

Il lui suffisait de se rappeler qu'elle n'était pas le genre de femme à inspirer passion et loyauté aux hommes. Lawrence avait reçu l'assurance qu'il succéderait à Lilian comme P-DG des laboratoires pharmaceutiques Gilford s'il épousait Sam et il n'avait eu aucun scrupule à mentir pour accéder aux milliards des Gilford. Quelle idiote de ne pas l'avoir compris plus tôt ! Et par-dessus le marché de n'avoir pas vu qu'il était gay !

Quant à Adam… Dieu seul connaissait ses motivations. Elle, en tout cas, les ignorait. Peut-être les bruits qui couraient sur son attirance pour les grandes bourgeoises avec qui il entretenait des liaisons éphémères qui lui permettaient d'exorciser ses démons sans s'engager sentimentalement disaient-ils vrai.

Non pas qu'elle fût une grande bourgeoise, loin de là. Elle avait toujours travaillé, ne suivait pas aveuglément la mode et était rarement vue aux soirées incontournables fréquentées par des invités tout aussi incontournables.

Aussi difficile que ce soit à admettre, elle était davantage Samantha qu'Amanda. Amanda était drôle et spontanée, pleine de courage et de vitalité, sexy et attirante tandis que Samantha était… bof. Elle était terne, ennuyeuse et… bof.

Quoi d'étonnant donc à ce qu'il préfère la compagnie de femmes superbes et désirables ? conclut-elle alors qu'elle retournait dans la salle.

Elle repéra instantanément Adam, tête penchée vers Tiffany dans une attitude intime, en train de rire avec elle à quelque blague. Alors que, s'obligeant à passer outre à la douleur que ce spectacle lui causa, elle rebroussait chemin, elle se heurta à quelqu'un derrière elle. Elle se retourna, l'excuse qu'elle avait sur les lèvres se transformant en une exclamation de surprise. Son cœur s'arrêta de battre. Elle n'avait pas revu Blake Lowry depuis leur dîner en tête à tête où elle avait refusé de lui accorder la contrepartie en nature qu'il réclamait en échange de son don.

— Monsieur Lowry ! Excusez-moi, je… je ne vous avais pas vu.

— Samantha…, répondit-il d'une voix sirupeuse en levant son verre d'excellent zinfandel et en promenant sur Sam des yeux brillants de concupiscence. Je croyais que nous étions convenus de nous appeler par nos prénoms ?

— Oui, c'est vrai, répondit-elle avec un sourire poli.

Blake Lowry était l'un de ces odieux personnages qui pensent que leur argent et leur statut social leur donnent tous les droits et qui croient que toutes les femmes sont flattées par l'intérêt qu'ils leur manifestent.

— Avez-vous goûté aux beignets de homard ou aux sandwichs au saumon et cresson ? La recette est…

— Excellente, acheva-t-il en repoussant une mèche folle échappée du chignon de Sam. Mais ce ne sont pas les recettes de cuisine qui m'intéressent.

— Les œuvres d'art, alors ? demanda-t-elle en se tournant vers un grand tableau pour esquiver sa main. Avez-vous rencontré les artistes ?

Avant de répondre, Blake laissa son regard s'attarder sur les seins de Sam qui eut toutes les peines du monde à ne pas reculer de dégoût.

— Ce qui m'intéresse vraiment est de savoir pourquoi vous m'évitez.

— Ah ! Mais pas du tout ! Simplement, en tant qu'hôtesse, j'ai été très occupée et…

— Trop occupée pour passer du temps avec un éventuel donateur ? demanda-t-il, mielleux, en lui emprisonnant la main dans le creux de son bras.

Sam s'exhorta à ne pas se dégager. Elle fut en revanche impuissante à endiguer son irritation.

— Bien sûr que non, dit-elle, les dents serrées. Je…

— Je suis ravi de l'apprendre, coupa-t-il une nouvelle fois, accroissant encore l'agacement de Sam.

Déjà, lors de leur dîner au restaurant, il n'avait pas cessé de l'interrompre, histoire de lui signifier qu'il ne s'intéressait pas à une femme pour ce qu'elle avait à dire, mais pour l'image qu'elle donnait de lui et qui lui permettait de parader en société.

— Pourquoi ne me parleriez-vous pas plus en détail de votre petite fondation pendant que nous admirons l'exposition ?

Adam se demandait comment il allait se débarrasser de Tiffany Travers, qui était littéralement accrochée à lui, sans créer de scandale. Pendant des années, il avait craqué pour les petites blondes menues – un psy s'en serait donné à cœur joie car sa mère était une petite blonde menue –, mais, dans l'immédiat, il n'entendait qu'un rire rauque par-dessus le brouhaha ambiant. Un rire rauque qui détenait le pouvoir de le faire sourire même quand il n'était pas d'humeur.

De toute évidence, elle l'esquivait. Ce qui le déroutait autant que l'expression qu'il avait surprise dans ses yeux avant qu'elle n'enfile son masque d'hôtesse. Si son poste de membre du conseil d'administration de la fondation ne l'avait pas contraint à supporter ces mondanités, il aurait entraîné Samantha à l'écart pour lui demander à quel jeu elle jouait.

Elle était comme un lynx qui se dérobe sans cesse, songea-t-il tandis qu'il l'observait en douce, tout en feignant de s'intéresser à la conversation à laquelle il était censé participer. Mais il était de plus en plus déterminé à l'attraper.

À la vue du profond décolleté qui lui dénudait le dos, il sentit sa pression sanguine monter dangereusement. D'autant plus quand il vit la main du type à côté d'elle s'égarer vers le creux de ses reins, juste au-dessus des petites fossettes à la base de sa colonne vertébrale. Il fut sur le point d'aller mettre un terme à cette caresse déplacée, mais se ravisa en constatant que Sam ne semblait pas s'en offusquer.

Il l'aurait volontiers revendiquée publiquement comme sienne si elle n'avait pas aussi clairement affiché son attirance pour ce gendre parfait aux cheveux blonds savamment ébouriffés, au bronzage impeccable et à l'élégant costume sur mesure, et dont l'assurance – ce trait que les gens de la bourgeoisie acquièrent dès leur naissance – indiquait clairement qu'il appartenait au même milieu que Samantha. Leur couple attirait l'œil parmi tous les autres – lisses, polis, puant l'argent – qui évoluaient dans la galerie.

Lui, Adam, ne pourrait jamais rivaliser avec les milliards de la famille de Samantha. Il avait accepté depuis longtemps ce qu'il était, et ce n'est pas parce qu'il habitait à San José, qu'il fréquentait la grande bourgeoisie et qu'il sortait avec des femmes de la haute société qu'il appartiendrait un jour à leur monde.

Il se mentirait s'il espérait un jour avoir autre chose à offrir à Samantha que les horaires difficiles d'un chirurgien.

Quoi qu'il en soit, la vue de la main d'un homme posée sur le corps de Samantha, là où il avait promené ses lèvres, déclencha chez lui une violente jalousie aussi inopportune qu'inattendue, car jamais, auparavant, une femme n'avait suscité un pareil sentiment en lui.

Ce qui expliquait probablement pourquoi il resta là où il était, avec ces femmes du monde qui l'ennuyaient, à épier le moindre mouvement de Samantha. Malgré la tornade de colère, entre autres émotions, qui menaçait de l'emporter, il s'efforça d'écouter le récit ponctué de gloussements hystériques que faisait Tiffany de sa semaine à Cabo San Lucas. Pourtant, il se fichait comme de l'an quarante de ses bains de mer en monokini ou du nouveau mini-maillot de bain dans lequel elle se proposait de défiler devant lui. Il était obnubilé par le partenaire de Samantha qui rapprochait sa tête de la sienne pour lui glisser quelque chose à l'oreille. Frissonnait-elle comme elle frissonnait quand il déposait, lui, des baisers sous cette même oreille ? Sa main le démangeait d'asséner un coup de poing sur le nez parfait de ce type.

Alors qu'il rongeait ainsi son frein, il vit Lowry entraîner Samantha vers le couloir sombre qui menait aux bureaux, déserts à cette heure. Prenant brutalement congé de ses compagnes malgré les protestations de Tiffany, Adam se fraya un chemin parmi la foule des invités.

Le regard fixé sur l'endroit où Samantha avait disparu, il ne s'arrêta qu'en entendant dans le couloir une voix rauque dire :

— Monsieur Lowry… Blake, arrêtez. Votre proposition me flatte beaucoup, mais il faut vraiment que je retourne… Oh !

Suivirent un bruit de bagarre et un cri indigné. Adam avança dans le couloir et découvrit Samantha, plaquée contre le mur, qui essayait d'échapper aux mains et à la bouche de son agresseur. Le temps qu'Adam les rejoigne, le sale type avait arraché une des bretelles de la robe de Samantha et glissait sa main sous sa jupe.

— Blake, arrêtez ! répéta Samantha.

Adam explosa de rage. Avant même de s'en rendre compte,

il avait attrapé Blake par le col et l'avait projeté contre l'autre mur. Après un bref coup d'œil au visage sidéré de Samantha, il se retourna vers Blake en faisant écran de son corps pour la protéger.

— J'ai entendu distinctement mademoiselle vous dire de vous arrêter, dit-il, mâchoires serrées, la vision obscurcie par la colère.

S'il y avait une chose qu'il ne supportait pas en ce monde, c'étaient les hommes qui ne respectaient pas les femmes.

— Qui êtes-vous ? hurla Blake, furieux de l'interruption.

D'un geste brusque, il ajusta la veste qu'Adam avait pratiquement déchirée puis, de la main, rendit à sa coiffure son allure stylée.

— Un témoin, si Mlle Jefferies décide de porter plainte.

— Porter plainte ? répéta Blake avec arrogance en enlevant d'une pichenette une saleté imaginaire sur sa veste. Pour quel motif exactement ?

— Agression, répondit sèchement Adam dont les yeux se plissèrent dangereusement lorsque Blake se mit à rire et à le toiser avec mépris.

— À ton avis, quel poids aura la parole d'un Peau-Rouge face à la mienne ?

Une pique et un tutoiement qui rappelèrent à Adam toutes les insultes racistes qu'il avait essuyées au cours de sa vie.

— Tu sais qui je suis, abruti ?

Voyant Adam prêt à se jeter à la gorge de Blake, Sam le retint par la manche.

— Laisse tomber, Adam. S'il te plaît, insista-t-elle comme les deux hommes continuaient à se mesurer du regard.

Après un silence tendu, Blake éclata d'un rire moqueur et graveleux.

— Je te la laisse, Cochise. Les petites reines de glace effarouchées comme des souris, ce n'est pas ma tasse de thé, de toute façon. Mais c'était amusant de voir si j'arriverais à la faire fondre.

Avec une moue dédaigneuse à l'adresse de Samantha lui signifiant que sa proposition tenait toujours, Blake Lowry s'en alla d'un pas nonchalant, laissant dans son sillage un silence pesant.

Furieux que Sam accepte d'être tripotée et humiliée par un

imbécile qui croyait que sa fortune et son statut social le plaçaient au-dessus des lois, Adam la força à le lâcher. Surprise par la violence de son geste, elle recula, avec une méfiance qu'Adam comprenait car il était en proie à une rage quasi meurtrière.

Il regarda Samantha et enragea à la pensée que l'autre l'avait vue ainsi : dépeignée, avec sa robe qui bâillait et découvrait son épaule et la courbe de son sein, douce et vulnérable, à l'opposé d'une reine de glace.

Un accès de fureur le saisit de nouveau.

Après un long moment, les doigts tremblants, il remit la bretelle en place sur l'épaule de Samantha. Un tressaillement perceptible la parcourut et elle leva la tête brusquement, ses yeux assombris par les émotions qu'elle étouffait, une larme retenue dans ses cils. Le cœur d'Adam se serra.

Brusquement déstabilisé, il ferma les poings et les enfonça dans ses poches pour s'empêcher de prendre Sam dans ses bras.

— Ça va ? demanda-t-il en se persuadant que rien n'avait changé.

Alors que tout avait brutalement changé.

Le fait de l'avoir vue dans son élément, au milieu de tous ces aristocrates, lui avait rappelé combien il avait peu de choses à lui offrir. Comme son père, il s'était raconté des histoires en croyant à la possibilité d'un avenir avec Samantha alors que leurs deux mondes ne cadraient tout simplement pas ensemble.

— Très bien, merci, répondit-elle avec une politesse qui le glaça.

Et parce qu'il avait l'impression que sa vie lui échappait, il s'en alla sur un bref hochement de tête avant que l'envie de l'enlacer et de la supplier à genoux de l'aimer ne prenne le dessus sur son bon sens.

12.

Comme Adam s'en allait – définitivement, ainsi que l'indiquait sans équivoque son expression distante –, Samantha, le ventre noué de crampes, chassa les larmes qui lui brûlaient les paupières.

Dans un long soupir, elle s'affala contre le mur derrière elle, reconnaissante de ce moment de solitude… très vite gâché par une nausée. Elle se précipita dans les toilettes, heureusement vides, où elle vomit tout le contenu de son estomac. La conséquence habituelle pour elle d'une confrontation, mais aujourd'hui, l'agression de Blake et l'horrible froideur d'Adam l'avaient tellement bouleversée qu'elle tenait en outre à peine debout. Comment les autres femmes géraient-elles ce genre de situations ? Et pourquoi Adam avait-il si mal réagi ?

Alors qu'elle sortait en chancelant des toilettes, elle aperçut son reflet dans le miroir au-dessus des lavabos et se pétrifia. Ses yeux paraissaient démesurément grands dans son visage blafard et des gouttes de sueur perlaient à son front. Un courant d'air et elle se désintégrerait !

Cette vision provoqua un choc salvateur.

Blake, malgré son détestable racisme, avait raison en ce qui la concernait : elle ressemblait à une souris effarouchée. Il était temps qu'elle se transforme en lionne, à l'instar des autres femmes de sa famille.

Elle était à moitié Jefferies et à moitié Gilford. Sa mère, qui avait osé s'opposer à Lilian pour suivre des études de médecine et épouser un « roturier » – bien que médecin –, aurait honte de la femme que sa fille était devenue. D'ailleurs, elle se faisait elle-même honte. Sa grand-mère avait eu beau jeu de manipuler une pareille chiffe molle et de la fiancer à Lawrence.

Il était temps qu'elle s'affirme.

Elle allait se remaquiller impeccablement et prétendre qu'elle avait sa vie en main. Elle allait, sur-le-champ, exiger d'Adam des éclaircissements sur ses fleurs et son « il faut que nous parlions ». Elle avait absolument besoin de comprendre pourquoi il soufflait constamment le chaud et le froid. L'incertitude la minait. Elle préférait connaître ses intentions, quitte à ce qu'il lui annonce que tout était fini entre eux. Elle ferait alors face avec dignité. Ou le feindrait, parce que chez les Gilford et les Jefferies, les femmes étaient des tigresses.

Animée par une détermination nouvelle et armée d'une cuirasse, Sam se fit une beauté puis retourna dans la salle.

Adam avait quitté les lieux !

Un juron lui échappa. Il aurait pu au moins avoir la décence de coopérer quand elle était enfin parvenue à son « moment de vérité ». Qu'allait-elle faire de sa nouvelle colère énergisante si elle n'avait personne contre qui la diriger ?

Heureusement pour lui, Blake était parti, lui aussi. Sinon Sam se serait volontiers défoulée en bourrant de coups de poing le visage de cet abruti prétentieux pour le punir de ses injures racistes à l'encontre d'Adam et de son agression contre elle.

Sam déclina l'offre de Coco de l'aider à ranger, autant par égard pour les bientôt soixante-dix ans de sa « tante » que pour s'occuper et s'empêcher de ressasser ses problèmes et son inévitable déroute sentimentale.

Ce n'est que sur le chemin du retour chez elle que lui revint tout à coup l'expression d'Adam lorsqu'il était parti. Ses yeux avaient brillé d'un éclat farouche dont elle voulait connaître la raison. Elle voulait qu'il lui dise en face qu'elle était trop déséquilibrée pour qu'il lui réserve une place dans sa vie.

Aussitôt arrivée chez elle, elle essaya de lui téléphoner, mais il avait éteint son portable. Elle attendit toute la nuit qu'il la rappelle. En vain. Aux premières lueurs du jour, elle s'habilla et se rendit à l'hôpital pour l'intercepter avant qu'il ne commence à opérer. Mais elle apprit qu'il avait pris un congé et quitté la ville, aussi s'enferma-t-elle dans son bureau sans réussir à se concentrer sur son travail. Heureusement, elle n'aurait pas à affronter les questions et le regard pénétrant de tante Coco qui était prise toute la journée par des réunions.

Ce n'est qu'en écoutant les informations le soir qu'elle comprit où était parti Adam. Un incendie s'était déclaré dans la Sierra et menaçait directement Juniper County. Alors, naturellement, bravant le danger, Adam avait volé au secours de sa ville natale, de ses habitants et de l'hôpital.

Pendant plusieurs longues minutes, Sam, horrifiée, ne put détacher les yeux des images qui défilaient à l'écran. Des flammes gigantesques, attisées par un vent chaud de sud-ouest, se propageaient dans les montagnes en dévorant tout sur leur passage. Si elle avait déjà vu ce spectacle à la télévision par le passé, c'était en revanche la première fois qu'elle connaissait personnellement les victimes, ce qui ajoutait encore à l'horreur.

D'après le reporter, on manquait de professionnels accomplis malgré le renfort annoncé de pompiers parachutistes venus du monde entier. Aussi le centre opérationnel lançait-il un appel aux volontaires.

Sans réfléchir, Sam s'empara de son téléphone. Peut-être n'avait-elle pas les compétences pour combattre un feu ou soigner les blessés, mais elle était la reine de l'organisation et disposait d'un carnet d'adresses bien garni. Juniper Falls pouvait compter sur son aide.

Adam roulait dans la nuit, et la fatigue lui piquait les yeux. Il n'avait quasiment pas dormi depuis trois jours et ce manque de sommeil commençait à se faire sentir, en particulier en ralentissant ses réflexes ou en réduisant sa vigilance.

À l'est, le ciel noir était illuminé par une lumière rouge noyée de fumée. Adam devait sans cesse donner des coups de frein pour éviter des animaux en fuite. Il avait déjà vu tellement de carcasses calcinées qu'il en ferait vraisemblablement des cauchemars pendant des années.

À son arrivée, trois jours auparavant, il était allé directement au ranch de son cousin Ben. Il garderait en mémoire jusqu'à la fin de ses jours le vacarme des flammes en train d'engloutir le ranch, le vrombissement de l'avion à réaction, la chaleur et l'odeur du paysage carbonisé et dévasté.

Son cousin pouvait s'estimer heureux de s'en être sorti vivant. En essayant de sauver ses chevaux, il était tombé dans un ravin : commotion cérébrale, fracture du tibia, luxure de l'épaule et brûlures sur tout un côté du corps. Sans ses employés, qui l'avaient vu et l'avaient sorti de là, il serait mort.

Avec Ben à l'hôpital, il n'était resté qu'Adam et deux ouvriers pour récupérer ce qui pouvait l'être dans la maison et rattraper les chevaux qui avaient fui en tous sens.

Les écuries, la grange et le baraquement des ouvriers avaient été réduits à des tas de cendres, encore fumantes, et de métal à moitié fondu. Tous ces bâtiments devraient être reconstruits. Heureusement le corps de ferme, en pierres, avait été globalement épargné grâce aux mesures de prévention prises en prévision de pareilles catastrophes, dont la création de coupe-feu dignes de ce nom.

D'autres n'avaient pas eu la chance de Ben, et Adam s'était employé sans relâche à leur porter assistance et à leur dispenser les premiers soins.

Mais aujourd'hui, l'incendie gagnait de la vitesse et se dirigeait droit sur Juniper Falls. De nombreux habitants refuseraient probablement d'être évacués et le centre médical allait être débordé. Or non seulement l'établissement se trouvait sur le chemin du feu, mais il ne disposait ni des installations, ni du personnel, ni du matériel pour faire face à des catastrophes de cette ampleur.

Probablement suscitée par la pensée du centre médical, une image de Samantha débraillée, ébouriffée, ses beaux yeux assombris par le chagrin, surgit dans la tête d'Adam.

Malgré ses efforts pour l'oublier, des souvenirs l'assaillaient à l'improviste. Et chaque fois, son ventre se nouait un peu plus.

La dernière fois qu'il s'était rendu chez elle, il avait eu l'intention de faire le point sur leur relation pour essayer de savoir où elle allait et où *lui* voulait qu'elle aille. Mais Sam avait ouvert la porte, encore toute chaude de sommeil, et il avait perdu la tête. Il avait alors pensé qu'ils se réveilleraient ensemble et aborderaient la question autour du petit déjeuner. Hélas, les choses s'étaient passées différemment.

Les jours qui avaient suivi, il avait dû gérer une succession d'urgences et n'avait pas eu un moment de libre. Il avait donc attendu la soirée caritative à la fin de laquelle il avait prévu d'enlever Sam, de lui parler… et de terminer au lit.

Il avait tout planifié dans sa tête et puis…

Le fait de la voir pour la première fois évoluer dans son milieu parmi les gros richards de San José l'avait totalement déstabilisé, comme s'il avait reçu un coup de pied dans la poitrine. Il avait été forcé de s'avouer qu'ils n'appartenaient pas au même monde et qu'il courait après une belle étoile inaccessible.

Élégante et séduisante, elle avait semblé parfaitement dans son élément. Elle était incontestablement plus à sa place dans ce monde-là qu'à s'encanailler avec les habitants de Juniper Falls et avec un homme déterminé à aider ses congénères pour combler son vide intérieur. Quand ils s'étaient aperçus à travers la salle, son regard bleu l'avait touché en plein cœur. Il avait dû se détourner, titubant presque sous le coup d'une révélation : il ne pouvait pas vivre sans elle.

Quand il l'avait vue de nouveau, elle était en compagnie du beau et richissime Lowry et ils avaient paru si bien assortis tous les deux qu'Adam avait eu l'impression qu'on lui arrachait les entrailles.

Seul son instinct de conservation l'avait retenu de fendre la foule pour aller enlever Sam. La vue des mains de cet homme sur elle avait éveillé quelque chose d'indigne et d'effrayant en lui. Aussi, plutôt que de se livrer à quelque acte irréversible, il était parti, au prix d'un effort surhumain, car il aurait voulu aller effacer des yeux de Samantha cet éclat blessé et accusateur. Mais conscient qu'elle détenait le pouvoir de lui déchiqueter le cœur, il avait pris la fuite.

L'appel en provenance du ranch de Ben lui avait fourni l'échappatoire dont il avait eu besoin, et le spectacle du chaos et de la désolation à Juniper Falls avait chassé presque toute autre pensée de son esprit.

En raison des antennes-relais endommagées, il n'avait découvert les appels manqués de Samantha qu'en arrivant au-dessus de la périphérie de Fresno, dans le premier avion d'évacuation sanitaire dépêché sur les lieux. Il avait commencé à faire son numéro puis s'était ravisé.

Qu'y avait-il à dire ? Qu'il avait suivi les traces de son père en tombant amoureux d'une femme appartenant à un milieu qui ne l'accepterait jamais, lui ? Les femmes comme Samantha ne s'éprenaient pas d'hommes du mauvais côté de la barrière – et les épousaient encore moins –, pas plus qu'elles n'abandonnaient leur monde pour entrer dans le leur. Cela ne se faisait tout simplement pas. Sa mère, comme toutes les débutantes qu'il avait fréquentées n'en avaient fait aucun mystère. Elles s'offraient des parties de jambes en l'air excitantes avec des « voyous », mais se mariaient avec des hommes de leur caste, comme Blake Lowry ou le sénateur que sa mère avait pour mari.

Il était temps qu'il oublie Samantha Jefferies. Qu'il oublie les émotions qu'elle suscitait en lui. Qu'il oublie comment son rire allumait quelque chose de chaud et de pur dans sa poitrine et comment elle s'arrêtait de respirer quand il lui embrassait le cou. Qu'il oublie son regard honteux après une crise d'angoisse. Dire qu'il ne serait plus là pour l'aider à surmonter ces épisodes pénibles !

Jamais les hommes comme Blake Lowry ne la comprendraient et ne l'aimeraient comme lui, Adam, l'aimait.

Quand était-elle donc entrée si profondément dans son cœur que le simple fait de l'imaginer triste lui donnait l'envie irrésistible de la prendre dans ses bras pour la protéger du monde et tuer ses démons ? songea-t-il en se massant la poitrine pour en chasser une douleur lancinante.

Mais elle ne l'avait pas chargé de tuer ses démons. D'ailleurs, après l'incident à la galerie, il était clair qu'elle n'attendait plus rien de lui. Elle n'avait même pas pu le regarder !

Avec un peu de chance, peut-être que d'ici son retour à San José, il aurait abandonné l'espoir d'obtenir un jour ce à quoi il aspirait, songea Adam pour s'encourager alors que le panneau de Juniper Falls apparaissait brièvement dans les phares.

À la sortie du dernier virage, il dut freiner brutalement pour ne pas emboutir un des deux camions de pompiers. Il les suivit jusqu'à la sortie de la ville et se gara sur le bas-côté. Là, quand il coupa le moteur, il entendit au-dessus de lui un hélicoptère. Il regarda l'appareil s'élever le long des flancs abrupts de la montagne, puis disparaître derrière Chapman's Ridge, le faisceau de ses projecteurs éclairant un nuage de fumée de plus en plus gros poussé vers le nord par le vent.

Pourquoi cet hélicoptère ? s'inquiéta-t-il. Pourquoi ces camions de pompiers ? Le feu se trouvait-il plus près qu'il ne l'avait cru ou quelque chose était-il arrivé à l'hôpital ?

Il traversa un petit bois et, en sortant d'entre les arbres, il vit que le parking avait été transformé en un centre de secours. Un véhicule léger d'intervention était stationné à côté d'une grande tente et, dans l'éclairage digne d'une fête foraine, il découvrit des véhicules de lutte contre les incendies en milieu ouvert ainsi que des engins des services des forêts et des parcs qui avaient commencé à vider leur cargaison.

Des pompiers passaient les portes du petit service d'urgence de l'hôpital tandis que d'autres se dirigeaient vers la grande tente militaire utilisée pour centraliser les opérations de secours. Sur le seuil, l'adjoint du shérif, en uniforme, parlait dans un talkie-walkie dont Adam entendait les grésillements malgré la distance.

Au moment où il s'avançait vers lui pour se renseigner, une silhouette surgit de la tente et se dirigea droit vers le policier. Adam ne vit la personne que de dos, mais quelque chose dans sa démarche lui sembla familier. Si familier qu'il se crispa lorsque le policier se mit à la reluquer avec un sourire approbateur.

Adam se crut le jouet d'une hallucination parce que, l'espace d'un instant, il lui avait semblé reconnaître…

Il s'arrêta net, la respiration coupée, en entendant flotter dans l'air nocturne un rire rauque, unique.

Samantha ? Que faisait-elle là ?

Le policier accepta le gobelet qu'elle lui tendait et, en s'esclaffant, le leva pour un toast.

Un maelström d'émotions frappa Adam de plein fouet : incrédulité, stupeur, colère, parmi tant d'autres qu'il n'aurait su définir. Le tout était dominé par l'envie quasiment irrépressible de se précipiter vers elle pour l'éloigner de l'autre homme.

Mais que faisait Samantha ici ? On aurait dit que le simple fait de penser à elle l'avait fait surgir de nulle part. Mais la Samantha qui lui apparaissait ce soir ne ressemblait à aucune des précédentes. Vêtue d'un jean moulant et d'une ample chemise à carreaux dont elle avait retroussé les manches, ses cheveux relevés à la va-vite sur le crâne, elle avait une allure décontractée et elle semblait plus détendue qu'il ne l'avait jamais vue en public.

Avant qu'il ait suffisamment repris ses esprits pour aller lui demander des explications sur sa présence, quelqu'un appela Samantha depuis le seuil de l'hôpital. Le policier ne put réprimer un geste de frustration, mais elle était déjà partie.

Brusquement, Adam ne ressentit plus aucune fatigue. Gonflé à bloc par un regain d'énergie, il suivit Samantha, résolu à apprendre pourquoi elle se trouvait là. Quand il l'avait quittée, elle était en sécurité à San José. Alors, qu'est-ce qu'elle…

Une grosse main s'abattit sur sa poitrine, coupant net son élan.

— Désolé, monsieur, mais l'accès est réservé aux blessés.

Adam avait été tellement obnubilé par ses pensées qu'il n'avait pas vu le policier. Il regarda la main sur lui et fut un instant tenté de se défouler sur cet homme de tout ce qui le rongeait depuis des jours. Mais il se retint, de justesse, en se rappelant qu'il ne pourrait aider personne d'une prison.

— Je suis médecin, dit-il d'un ton glacial alors même qu'il n'avait aucune raison d'en vouloir au policier ou à Samantha.

Le policier le toisa d'un air ironique, et Adam sut exactement ce qu'il pensait. Ses trois jours et trois nuits sans sommeil avaient laissé des traces. Ses vêtements étaient froissés et tachés et il devait avoir l'air affamé.

— Ben, voyons…, commenta le policier avec ironie, les

mains sur sa ceinture d'uniforme. Et moi, je suis Sam le pirate. Alors, vous allez…

— Docteur Knight ? cria une voix derrière lui. Oh ! Dieu merci, vous êtes là !

Adam reconnut instantanément l'infirmière qui accourait vers eux.

— Qu'y a-t-il, Hannah ?

— Vous ne pouvez pas mieux tomber. On vient d'amener Frank Pearson. Il a des douleurs dans la poitrine et des difficultés à respirer. Il défrichait les coupe-feu avec d'autres bénévoles près de Widow's Bend.

Oubliant sur-le-champ le policier et Samantha, Adam emboîta le pas à l'infirmière qui ouvrait les portes devant lui. Les urgences grouillaient de monde, plus encore qu'en plein été. Après trois heures d'obscurité et de silence, ce fut un vrai choc.

— Il est dans le dernier box, dit Hannah juste avant d'être appelée pour une autre urgence, laissant Adam se frayer un chemin entre des pompiers en tenue intégrale.

Adam trouva Leah au chevet de Frank Pearson. Elle maintenait un masque à oxygène sur le nez et la bouche du malade, visiblement mal en point, tout en essayant de le rassurer.

Ce fut tout juste si Adam reconnut Frank Pearson. L'homme était couvert de suie, le pourtour de ses yeux était rouge, ses cils et ses sourcils roussis. Les paupières fermées, le poing serré sur la poitrine, il grimaçait de douleur et respirait difficilement. Sous la suie et le masque à oxygène, son visage était gris et couvert de sueur.

Après avoir répondu au sourire soulagé de Leah, Adam prit le pouls du malade : rapide et irrégulier, mais très perceptible.

— Ça n'a pas l'air d'être la grande forme, Frank.

Frank répondit par un rire enroué qui se transforma en toux. Il se redressa pour ne pas suffoquer puis se laissa finalement aller contre son oreiller et leva une main tremblante pour enlever son masque. Il transpirait à grosses gouttes.

— Vous n'avez pas l'air non plus en super forme, docteur,

répliqua-t-il, la respiration sifflante entre ses lèvres bleues. La vie citadine ne vous convient pas ?

— Mieux qu'à vous, mon ami, dit Adam en souriant pour détendre l'atmosphère tandis qu'il remettait le masque à oxygène en place.

Puis, se tournant vers Leah, il ajouta :

— Essayez de me trouver un stéthoscope. Et si quelqu'un pouvait me dégoter une blouse propre… Mes vêtements en ont vu de toutes les couleurs, aujourd'hui.

Leah opina de la tête et partit en courant.

— N'enlevez pas le masque, Frank. Et détendez-vous. Nous allons vous remettre sur pied en un rien de temps.

— Lorena, murmura Frank, affolé, en saisissant le poignet d'Adam. Et… les enfants. Ils… ont… besoin… de moi.

— Oui, je sais, mais si vous ne respirez pas là-dedans, Lorena va nous tomber sur le râble à tous les deux, répliqua Adam en appliquant avec fermeté le masque sur le visage du malade.

— J'ai aussi mal que si on m'avait donné un coup de pied dans la poitrine, docteur. Promettez-moi de ne pas me laisser mourir.

— Tu ne vas pas mourir, Frank, intervint avec fougue un des pompiers au moment où Leah réapparaissait avec un stéthoscope. Dites-le-lui, docteur, bon sang !

— Hé, les mecs ! intervint Leah. Adam ne va pas laisser Frank mourir, mais donnez-lui de l'air pour qu'il puisse travailler. Allez donc manger et boire quelque chose dans la tente dehors pendant que nous nous occupons de Frank.

Adam attendit qu'ils aient quitté le box pour demander à Leah :

— Comment ça se passe au labo ?

Il était à peu près certain que Frank ne souffrait que d'une intoxication à la fumée, mais il préférait confirmer son diagnostic avec des analyses de sang.

— Ils sont débordés.

— L'échographie ?

— Le Dr Kendal utilise l'appareil pour une femme enceinte en ce moment. Ces derniers jours, nous avons admis beaucoup de blessés. La liste d'attente est longue.

— La radio ?

— Là aussi il y a une longue liste d'attente malgré les heures supplémentaires qu'effectue le manipulateur. Tout le monde est un cas urgent. Alors, impossible de caser Frank entre deux malades.

Adam retira le stéthoscope de ses oreilles et se massa les globes oculaires du pouce et de l'index.

— Inscrivez-le pour une échographie de la poitrine, avec une attention particulière à la région autour du cœur.

Il tendit le dossier à Leah puis se tourna vers le pompier volontaire.

— L'échographie, c'est juste par précaution, Frank. Rassurez-vous.

Il se saisit alors d'un abaisse-langue et d'une lampe-stylo, déplaça le masque et fit signe à Frank d'ouvrir la bouche pour vérifier les voies respiratoires. Lorsqu'il eut terminé, il replaça le masque.

— Des migraines, Frank ? Des engourdissements ou des fourmis dans les extrémités des membres ?

— Ah oui ! J'ai l'impression qu'on me pique partout sous la peau et que ma tête va exploser.

Adam palpa la nuque de Frank à la recherche d'éventuelles blessures.

— Nausée ? Vision double ?

— Pas exactement, mais je vois un peu flou et j'ai eu des vertiges à deux ou trois reprises.

Tout en décrochant le tensiomètre du mur, Adam hocha la tête.

— Leah va installer une perfusion d'antibiotiques et remplacer le masque par un aérosol pendant que vous attendez l'échographie. Je ne pense pas qu'il faille s'inquiéter, Frank. Votre cœur va bien, mais vos poumons, un peu moins. En attendant le résultat des examens, je vais vous traiter pour une intoxication à la fumée. Si vous voulez récupérer rapidement, il faut que vous vous détendiez et que vous vous concentriez sur votre respiration.

— Je… dois… partir… d'ici.

Il avait l'air terriblement inquiet et il se débattit pour se redresser. Plus il s'affolait, plus il avait de mal à respirer.

— Je ne peux pas rester. Le feu… Il est violent. Lorena… les enfants… Mme Kershaw…

— Les policiers vont s'en occuper, dit Adam avec calme mais fermeté tout en fixant le brassard autour du biceps de Frank pour lui prendre sa tension. Je vous le promets. De toute façon, vous n'êtes absolument pas en état de courir à leur secours. Les policiers sont là pour ça, et le reste de votre équipe peut se passer de vous pour le moment. Pas vrai, les gars ? lança-t-il aux collègues de Frank qui, le visage crasseux, rôdaient à l'entrée du box et qui confirmèrent en chœur.

— Des renforts de Portland et de Seattle arrivent, déclara l'un d'eux. On se débrouille. Toi, écoute le médecin.

Frank cligna des yeux et détourna la tête, visiblement très ému.

— Ma poitrine… me fait vraiment mal… docteur, haleta-t-il lorsqu'il se fut ressaisi.

— Votre tension artérielle est élevée, mais c'est une réaction normale quand on a inhalé une grosse quantité de fumée. Et elle explique probablement votre douleur dans la poitrine, mais nous allons vérifier. Essayez de ne pas trop parler pour ménager vos cordes vocales qui ont été légèrement brûlées.

Il se leva pour partir, indiquant d'un imperceptible signe de tête à Leah de le suivre. Une fois dehors, il lui dit tout bas :

— Donnez-lui deux milligrammes de midazolam pour le détendre et surveillez sa respiration. S'il devient trop agité, il faudra peut-être l'intuber. Vous avez réussi à me trouver une blouse ?

— On a envoyé un bénévole en chercher une. Où faut-il l'apporter ?

— Il y aurait une douche libre ?

Leah le conduisit aussitôt à l'arrière de l'hôpital.

— Je vous fais déposer la blouse ici.

— Merci. Retournez auprès de Frank. Il lui faut ces médicaments. Serait-il possible qu'on m'apporte du café aussi ? Noir, de préférence, et bien fort.

— Je lui demande tout de suite. Mais Frank a raison. Vous

avez l'air fatigué. Quand avez-vous mangé et dormi pour la dernière fois ?

Il se passa une main dans les cheveux avant de répondre avec un sourire las :

— Ça fait un petit bout de temps. Si vous aviez vu Wilbur Pass… Le ranch de mon cousin a brûlé et beaucoup de gens ont tout perdu.

Alors qu'il allait ouvrir la porte du vestiaire, Leah murmura :

— Elle est là.

Il sut immédiatement de qui elle parlait, mais feignit de l'ignorer.

— Qui donc ?

Levant les yeux au ciel, Leah soupira d'agacement.

— Mlle Jefferies. Mais vous le saviez, non ?

— Non, mais merci pour le tuyau.

Il avança d'un pas pour entrer, mais de nouveau, Leah l'arrêta en chuchotant :

— Que s'est-il passé, Adam ?

Vidé de toute énergie, il n'avait vraiment aucune envie de discuter de Samantha ou de ses sentiments pour elle.

— Que voulez-vous dire ?

— Elle ne va pas bien même si elle s'efforce de donner le change, répliqua-t-elle en scrutant Adam. Elle n'a pas meilleure mine que vous. Elle souffre et elle est triste, ça saute aux yeux. Quand elle a appris qu'on n'avait aucune nouvelle de vous, elle a eu l'air… épouvantée. J'ai pensé que…

— Quoi ? coupa-t-il.

Il était furieux contre Samantha parce qu'elle s'était mise en danger et honteux parce qu'il était responsable de son état.

— Qu'une belle femme raffinée comme Samantha renoncerait à son cocon douillet de privilégiée pour un sang-mêlé, un plouc de médecin originaire d'une ville isolée dans les montagnes comme Juniper Falls ? marmonna-t-il. Pour un homme qui n'a pas le temps de lui donner ce qu'elle mérite ?

Il poussa un long soupir de dégoût qui le visait lui plus qu'il ne visait Leah.

— Ne faites pas l'enfant, ajouta-t-il. Il ne s'agit pas d'une version moderne inversée de *Cendrillon* !

Il vit la colère succéder à l'humiliation dans les yeux de Leah.

— Vous savez quoi, Adam ? Je n'avais jamais pensé vous dire ça un jour, mais vous êtes un snob. Vous êtes le seul à vous voir de la façon que vous venez de décrire. Et si vous n'étiez pas aussi aigri, vous remarqueriez que Samantha ne ressemble en rien à ces riches débutantes pomponnées et pourries gâtées avec qui vous aimez sortir. Elle est chaleureuse, gentille, drôle, et c'est aussi la femme la plus spontanée et la plus généreuse que je connaisse.

Elle s'arrêta, le temps de reprendre son souffle.

— Non seulement elle a fait don à l'hôpital d'une tonne de fournitures médicales et elle est intervenue pour que le gouverneur installe un centre de secours ici, à Juniper Falls, mais elle s'est aussi arrangée pour mettre en place des pompes à eau et des groupes électrogènes par précaution. Ah ! et les tentes pour les pompiers et les habitants qui ont dû être évacués, c'est elle aussi. Et si je sais tout ça, ce n'est pas parce qu'elle s'en est vantée, mais parce que j'ai entendu le maire et le shérif en parler. Et en plus de s'assurer que tout le monde avait de quoi manger et boire et un endroit pour dormir, elle a donné un coup de main au personnel soignant et a réconforté les enfants qui avaient été traumatisés par l'incendie.

Puis Leah s'éloigna non sans lancer par-dessus son épaule :

— Laquelle, parmi toutes vos belles princesses, ferait tout ça ?

Tout en proférant à mi-voix une kyrielle de jurons, Adam se passa les mains sur le visage. Il n'était pas tenu de s'expliquer devant quiconque. Sa liaison avec Samantha était une bombe à retardement. Il suffisait de voir ses parents à lui. Jamais ils n'auraient dû se rencontrer tous les deux.

— Écoutez, Leah, dit-il d'un ton las, je ne vous demande pas de comprendre, mais…

Elle fit volte-face.

— Je comprends parfaitement, Adam. Le fait que vous ne la méritez pas n'a rien à voir avec qui vous êtes ou vos origines. Vous la punissez d'appartenir au même milieu que votre mère. Mais au cas où cela vous aurait échappé, Samantha ne ressemble en rien à la femme qui vous a abandonné aux mains d'un homme qui s'intéressait plus à ses rêves brisés et au contenu d'une bouteille qu'au bébé innocent dont il avait la charge.

Elle n'attendit pas la réponse à ses propos cinglants et le laissa avec l'impression désagréable qu'elle avait entièrement raison.

— Ne lui dites pas que je suis ici ! cria-t-il d'une voix bourrue.

Leah ne rétorqua rien, mais il crut l'entendre marmonner quelque chose du genre : « Espèce d'imbécile. »

13.

Sans doute était-il un imbécile, songea Adam tandis qu'il se débarrassait de ses vêtements souillés et entrait dans la douche. Il n'empêche qu'il ne voulait pas de Samantha à Juniper Falls. Ni près de lui, où elle lui rappellerait en permanence tout ce qu'il n'aurait jamais, ni surtout près de l'incendie de plus en plus menaçant.

À minuit, vêtu d'une blouse propre et ayant les idées plus claires, il gagna directement les urgences. La situation s'étant calmée, il partit en quête de nourriture et de café.

Il prit la direction de la tente d'où il avait vu émerger Samantha et s'arrêta net en la découvrant, telle l'hôtesse d'une réception mondaine, en train de bavarder joyeusement avec un groupe de pompiers maculés de suie et dégoulinants de sueur.

Comme chaque fois qu'il voyait Samantha, son cœur se mit à battre la chamade, son ventre se noua, il commença à transpirer et une douleur envahit sa poitrine dans la région du cœur. Aucun doute : il avait perdu son calme légendaire.

— Qu'est-ce que tu fais ici, Samantha ? demanda-t-il en s'approchant.

Sa colère, contenue mais audible, le surprit autant que Sam et ses compagnons. Elle fit volte-face si brutalement qu'elle aurait perdu l'équilibre si l'homme à côté d'elle ne l'avait rattrapée. À l'indignation provoquée par la vue de la main d'un autre sur Samantha se mêla de la perplexité devant le soulagement qu'il avait fugacement entrevu dans ses yeux, mais qui n'avait masqué ni sa stupeur ni sa peine.

Une peine qu'il avait causée lui, une fois de plus ! Ce qui redoublait sa colère… contre eux deux. Il se tourna vers le responsable des opérations, un homme d'une cinquantaine d'années à l'allure militaire.

— Capitaine, je veux qu'elle rentre à San Francisco par le prochain hélicoptère.

Il avait eu beau parler à voix basse, Sam l'avait entendu car elle laissa échapper une exclamation outrée. Quand il tourna la tête vers elle, elle recula d'un pas et, aussitôt, deux pompiers et un ranger en uniforme l'entourèrent pour la protéger. Sans leur prêter attention, elle planta ses grands yeux dans ceux d'Adam et, instantanément, les émotions qu'il avait essayé de nier le submergèrent, le suffoquant presque.

Ils la protégeaient de lui ! De *lui* ! On le réduisait au rôle d'amant jaloux et potentiellement violent.

— Arrête de faire des histoires, dit-elle entre ses dents. Tu es ridicule. Va-t'en et laisse-moi faire mon travail.

Qu'il s'en aille ? Certainement pas. Ni maintenant ni peut-être jamais.

— Et en quoi consiste ton travail ? demanda-t-il en la prenant instinctivement par le bras pour la rapprocher de lui.

Le parfum de Samantha le priva de tous ses moyens et, à travers le tumulte qui se déchaîna dans sa tête, il entendit une voix agressive.

— Qui êtes-vous déjà ?

— C'est le Dr Adam Knight, répliqua Grey Larson, le nouveau chef des services forestiers de la région en éloignant l'air de rien son ancien camarade de lycée de Samantha. Il est chirurgien à San José, mais il a grandi ici et dispense régulièrement des soins dans le comté. Il nous a aidés à Wilbur Pass.

Sans se soucier de Grey ou du capitaine, Adam continua à s'adresser à Samantha :

— Bon sang, Samantha, ce n'est pas un endroit pour toi ici.

— Pourquoi ? Parce que je suis une bourgeoise superficielle et bonne à rien ?

Un écho à l'accusation de Leah…

— Je n'ai jamais dit ça. Et je ne le pense pas.

— Vraiment ? rétorqua-t-elle, paraissant au bord des larmes.

Ce qui le désola. Il n'avait pas voulu la faire pleurer, bon sang ! Son unique but était de la savoir en sécurité, loin du monstre affamé qui se dirigeait vers eux. La vision de ces flammes gigantesques s'attaquant à sa peau de satin l'oppressait.

Comme il ne répondait pas, Samantha poursuivit avec fermeté :

— Tu sais quoi, Adam ? Les préjugés, ça va dans les deux sens.

— Que veux-tu dire parlà exactement ?

— J'ai du travail, répliqua-t-elle sèchement en le bousculant pour passer. Trouve la réponse toi-même.

Déconcerté par cette agressivité inhabituelle, Adam la regarda s'éloigner, le dos droit, la tête haute, et il eut l'impression que l'air vibrait quasiment de fureur autour d'elle.

Prenant soudain conscience du silence derrière lui, il se retourna. Les hommes autour de lui le considéraient avec un mélange de curiosité, de réprobation et d'amusement.

— Quoi ? marmonna-t-il.

— Tu es vraiment un imbécile, déclara Grey en secouant la tête.

Adam soupira.

— Je sais… On me l'a déjà dit.

— Dites-moi, Knight, vous vous y connaissez en traumatologie ? l'interpella le capitaine.

Avant de répondre, Adam dut effacer de son esprit une vision dans laquelle il se réconciliait sur l'oreiller avec Samantha après que tous deux se furent expliqués.

— Quand j'étais étudiant, j'ai participé pendant l'été à des opérations de recherches et de secours, pourquoi ?

— Un des rangers a fait une chute d'une quinzaine de mètres dans un ravin alors qu'il inspectait les coupe-feu près de Coopers Canyon. Il est certainement blessé, mais nous ne savons pas si c'est grave. Nous manquons d'urgentistes et personne n'est formé aux traumatismes liés à des chutes. Vous vous sentez en état de prendre l'hélicoptère ?

Pas vraiment, mais cette mission lui offrirait un dérivatif idéal. Lui, l'être rationnel, était débordé par ses émotions, qu'il ne savait pas plus gérer qu'il ne savait comment convaincre

Samantha de quitter Juniper Falls. Une chose était sûre : il ne pouvait continuer à vivre en la désirant désespérément, et en leur faisant mal à tous les deux sous prétexte qu'elle serait trop bien pour lui.

Il prit le café que lui tendait Grey. Il serait toujours temps de régler le problème une fois que le ranger aurait été ramené.

— Oui, ça va.

— Parfait, dit le capitaine. Alors, je vous ajoute à l'équipe de sauveteurs.

Samantha s'affala contre le mur du couloir désert et faiblement éclairé et ferma les yeux pour faire barrage au torrent d'émotions contradictoires qui, menaçant de l'emporter, lui donnait le tournis : colère, douleur, amour et bonheur.

Elle plaqua une main sur ses yeux pour cacher les larmes qui s'insinuaient entre ses paupières et ravala un sanglot.

Zut, zut, zut ! Pourquoi pleurait-elle, bon sang ? Qu'est-ce qui ne tournait pas rond chez elle pour que la simple vision d'Adam lui fasse à ce point plaisir que ses genoux avaient failli se dérober sous elle ? Il est vrai qu'elle avait une excuse : elle avait passé quatre jours à se torturer en se demandant où il était et s'il n'était pas blessé. Dans ces conditions, comment n'aurait-elle pas été heureuse quand elle l'avait vu se précipiter vers elle, avec ses vêtements froissés et ses traits tirés ? Elle se serait d'ailleurs jetée à son cou si la rage qu'elle avait lue sur son visage ne l'avait arrêtée dans son élan et s'il n'avait pas exigé qu'on la renvoie sur-le-champ dans ses pénates comme si elle était une gamine surprise à faire l'école buissonnière. Elle en avait ressenti une blessure profonde et peut-être inguérissable.

Alors, pourquoi pleurnichait-elle ? Ce n'était pas la première fois qu'on la rejetait. Il y avait eu ses parents, son frère et sa sœur, son grand-père, Lawrence, et maintenant Adam, songea-t-elle, incapable de comprendre pourquoi tout le monde se détournait d'elle. Ce n'était pas pour autant qu'elle devait continuer à accepter cet état de fait.

Du coup, elle se redressa, tête haute, épaules droites, dans une attitude résolue. Elle était forte et se débrouillait très bien toute seule. Elle n'avait aucun besoin d'un homme pour s'épanouir.

Forte de sa décision, elle prit le chemin du service pédiatrique. Il y avait toujours un enfant en manque d'un câlin ou d'une histoire pour oublier ses peurs et son chagrin.

Si seulement elle pouvait se débarrasser de ses problèmes aussi facilement !

Adam examinait une nouvelle fois le ranger quand l'hélicoptère fit une embardée et tomba de quelques mètres avant que le pilote ne réussisse à le redresser. Il se pétrifia, conscient que le vent forcissait et ballottait de plus en plus l'appareil. La lueur rouge dans le ciel s'était intensifiée, et l'air, chaud et sec, était chargé d'électricité statique. Ces conditions météorologiques alarmantes intensifièrent ses regrets de ne pas avoir insisté davantage pour que Samantha quitte Juniper Falls. Il aurait aussi pu négocier son aide contre l'exfiltration de Samantha, mais il savait qu'il n'aurait jamais eu recours à ce chantage même dans l'intérêt de quelqu'un qu'il aimait.

Quelqu'un qu'il aimait ? Un étrange grondement résonna soudain dans sa tête. Comme si l'univers réclamait son attention et lui ordonnait de prendre enfin acte de ce qui était là depuis le début : l'amour.

Oui, il aimait Samantha de toute son âme et l'imaginer sur le chemin de ces flammes voraces le terrifiait. Elle était à lui. À lui seul. Et son désir de la revoir – tant pis pour son amour-propre – lui parut plus important que sa vie même car il savait que, sans Samantha, elle perdrait tout intérêt.

Il fut brutalement arraché à ses pensées car l'hélicoptère se mit à vibrer avec des grincements lugubres, à s'incliner sur le flanc dans un angle impossible puis à amorcer une chute irrémédiable dans les ténèbres au-dessous d'eux.

Par-dessus le bruit du sang qui battait à ses tempes, Adam entendit le pilote hurler :

— Accrochez-vous !

Il ne pensa plus qu'à une seule chose : l'amour lui avait été offert et il lui avait tourné le dos.

Sam posa délicatement le bébé endormi dans son berceau et tira la couverture sur lui. Un instant, elle fut assaillie par un accès de tristesse à la pensée qu'elle n'aurait jamais d'enfants à elle parce qu'elle ne concevait pas d'en avoir un avec quelqu'un d'autre qu'Adam.

Elle n'eut guère le loisir de se laisser aller à la mélancolie car Leah apparut sur le pas de la porte, le visage livide, les yeux agrandis d'épouvante. Instinctivement, Sam comprit qu'il était arrivé quelque chose à Adam.

Un poids s'abattit sur sa poitrine, et ses oreilles se mirent à bourdonner. Sans même en avoir conscience, elle se précipita vers Leah qu'elle attrapa par le bras pour l'entraîner hors du service de pédiatrie.

Elle n'osait se formuler les pensées effroyables qui lui traversaient l'esprit. Au bord de la crise cardiaque, son monde brusquement réduit au moment présent, elle forma la phrase avec difficulté :

— Que s'est-il passé ?

— C'est Adam, répondit Leah dans un souffle, ses grands yeux embués de larmes. Il est parti avec l'hélicoptère de sauvetage en montagne. L'appareil…

Un sanglot l'interrompit.

— … s'est écrasé au sol il y a une demi-heure, reprit-elle difficilement. On… ignore s'il y a des survivants.

Le cerveau de Sam cessa de fonctionner. Elle entendit un bruit puis s'aperçut soudain qu'elle avait glissé le long du mur et que Leah lui posait la tête sur les genoux.

— Respirez, Sam, ordonna Leah, la voix tremblante. Allez ! Inspirez, expirez. Lentement. Ne perdez pas espoir.

Elle répéta sans fin ces derniers mots si doucement qu'ils se transformèrent en une incantation. Destinée à qui ? se demanda Sam. À elle ? À Leah ? Ou… à Adam ?

Oh mon Dieu ! Adam !

Une image de lui, blessé, surgit devant ses yeux, accompagnée d'une douleur fulgurante, comme si un énorme poing écrasait son cœur, et sa lâcheté l'obnubilait. Obsédée par ses doutes, elle n'avait pas pensé à ce qu'Adam ressentait. Pas pensé à ses doutes à lui. Parce qu'il avait été rejeté par sa mondaine de mère, il ne s'était pas cru assez bien pour elle, Sam. Mais quand elle regardait ce qu'il avait fait de sa vie, elle ne pouvait qu'avoir honte d'elle-même et de sa peur d'assumer ses sentiments.

Certes, il avait soufflé le chaud et le froid. Mais uniquement parce qu'*elle* se sauvait chaque fois qu'il approchait de trop près. Effrayée par la force de ce qu'elle éprouvait, elle n'avait pas osé prendre le risque d'engager son cœur. Pourquoi un homme aussi fort et généreux qu'Adam s'intéresserait-il à une femme qui avait peur de vivre et d'aimer ?

Car aucun doute ne subsistait : elle l'aimait. Éperdument. À la folie. Et elle ne le lui avait pas dit ! Ne lui en avait pas donné le moindre indice tant elle avait craint de le voir prendre ses jambes à son cou.

À présent, il était peut-être trop tard pour le lui avouer, songea-t-elle, le cœur serré d'angoisse.

Il ne restait plus qu'à espérer un miracle.

Un bras contre sa cage thoracique, Adam descendit en grimaçant du camion. Malgré ses quelques côtes cassées, sa plaie ouverte à la tête et son biceps gauche lacéré, il avait insisté pour aider les victimes plus sérieusement touchées que lui.

Les autres occupants de l'hélicoptère n'avaient pas eu autant de chance et Adam avait veillé à ce que le pilote, le ranger et Grey soient sur-le-champ transportés à Fresno en avion. Le pilote souffrait d'une grave blessure à la tête et Grey probablement d'un éclatement de la rate qui nécessitait une opération urgente. Le reste de l'équipage était blessé, mais tous pouvaient marcher, comme Adam, et se feraient soigner à Juniper Falls.

Adam n'avait à présent qu'un seul but : trouver Sam et la convaincre qu'elle était son âme sœur.

Tout à coup, alors qu'il se dirigeait à pas précautionneux vers les urgences, il la vit, auréolée de lumière dans l'encadrement de la porte. Il s'arrêta, terrassé par la peur de ce qu'il allait lire – ou pas – dans les grands yeux fixés sur lui.

En fait, il y lut davantage encore que ce qu'il avait espéré. Il vit de la panique à cause du sang qui maculait son visage et du bonheur parce qu'il était en vie. Il vit du soulagement et un amour si infini que sa gorge se noua. Il eut à peine le temps d'enregistrer ces découvertes car Sam se précipita vers lui et il dut libérer le bras avec lequel il se tenait les côtes pour la recevoir.

Elle s'écrasa littéralement contre lui et, malgré la douleur, il l'emprisonna entre ses bras comme s'il ne comptait plus jamais la lâcher. Elle enfouit le visage dans son cou humide de sueur et couvert de sang. Quand il voulut l'écarter, elle se cramponna littéralement à lui, son corps merveilleusement collé au sien.

Elle frissonna quand il déposa un baiser sur le sommet de son crâne et, avant même d'entendre le premier sanglot, il sentit des larmes chaudes couler dans son cou.

— Hé ! murmura-t-il en plongeant son visage dans la masse de cheveux de Samantha. Je suis là.

Il répéta sans fin cette dernière phrase, sans savoir si c'était elle ou lui qu'il rassurait.

— Ex… Excuse-moi, hoqueta-t-elle soudain en desserrant son étreinte. Je ne vou… voulais pas pleurer, Adam. Mais tu m'as fait tellement peur.

— Ne t'excuse pas, ma chérie, murmura-t-il en frottant sa joue contre la douce tignasse, adorant ce moment. Moi aussi, j'ai paniqué. Surtout quand j'ai cru que je ne pourrais jamais plus te serrer contre moi.

Il voulut l'embrasser sur le front, mais elle esquiva.

— Ne… ne me regarde pas. Je suis un vrai épouvantail quand je pleure.

Étouffant un petit rire, il réussit à lui relever le menton jusqu'à ce qu'il puisse plonger son regard dans ses yeux humides, tel le ciel du matin après un orage.

— Il m'en faut plus pour m'effrayer, Samantha. Mes ancêtres étaient des guerriers.

Elle lui attrapa le poignet quand il voulut lui essuyer la joue avec son pouce et dit en reniflant :

— Je dois être affreuse.

Adam sentit son cœur chavirer.

— Oh ! ma chérie ! s'écria-t-il, transporté d'amour en effleurant les lèvres salées et familières de Sam. Tu es belle et tu le seras toujours pour moi. Je sécherais volontiers tes larmes pendant les cinquante ans à venir.

Samantha eut l'impression que le temps était suspendu. Puis, au bout de quelques secondes, elle s'écarta un peu d'Adam pour mieux le scruter.

— Que veux-tu dire, Adam ?

— Je suis un imbécile d'avoir voulu te mettre de force dans un avion alors que ta place est ici. Avec moi… Je t'aime, Samantha Jefferies, et je ne suis pas près de te laisser partir.

Sam resta bouche bée, les yeux écarquillés. Tout semblait s'être arrêté autour d'elle. L'air lui-même paraissait figé. Ce fut à ce moment-là qu'Adam s'aperçut qu'ils étaient entourés d'un public qui, lui aussi, retenait sa respiration.

— Tu… Tu m'aimes ? demanda-t-elle, incrédule.

— Oh oui ! chuchota-t-il en caressant ses lèvres des siennes. Tu ne me crois quand même pas capable de me ridiculiser ou de faire des déclarations d'amour tous les jours ? Surtout devant un public.

Sam tourna alors la tête et découvrit tout le service d'urgence ainsi que les pompiers et les secouristes qui regardaient la scène.

— Oh ! mince ! s'écria-t-elle en se reculant d'un bond. Pourquoi ne m'as-tu pas prévenue ?

En battant en retraite, elle donna accidentellement un coup de coude dans les côtes d'Adam, là où un gros hématome était en train de se former. Il en vit trente-six chandelles, et il eut juste le temps de marmonner un juron avant de perdre connaissance.

Sam poussa un cri et, en essayant de le rattraper, tomba par terre avec lui. Il entendit au loin quelqu'un donner des ordres d'une voix inquiète, puis on le souleva pour le mettre sur une civière.

Il lui fallut un certain temps avant de reprendre conscience, et quand la mémoire lui revint, il laissa échapper un gémissement. Il s'était évanoui comme une mauviette, aux pieds de Sam qui plus est !

Imparable pour impressionner sa chérie ! songea-t-il avec ironie.

— Adam, dit une voix féminine impérieuse. Tu m'entends ? Ouvre les yeux avant que je fasse venir tante Coco.

Il gémit de nouveau et tourna la tête, enregistrant, malgré une lumière aveuglante, le visage blême et anxieux de Samantha. Elle s'inquiétait pour lui !

Elle lui pressait désespérément la main et sa respiration était saccadée comme lors d'une de ses crises d'angoisse.

— Regarde-moi, ma chérie, et inspire profondément.

— Voyons, Adam, ce n'est pas une crise d'angoisse ! Et pourquoi ne m'as-tu pas dit que tu étais blessé ?

Pendant de longues secondes, Adam la fixa en se demandant s'il était entré dans un univers parallèle.

— Pourquoi ? murmura-t-il en humidifiant de la langue ses lèvres craquelées.

— Pourquoi quoi ?

Il scruta Samantha encore un long moment avant de remarquer qu'elle ne paraissait pas affolée et que sa peau ne luisait pas de sueur, comme lors d'une crise de panique imminente.

— Pourquoi tu n'as pas de crise d'angoisse ?

Elle le regarda comme s'il était devenu fou.

— Tu es allongé là, avec la tête en sang et de possibles lésions internes, et tout ce qui t'inquiète, c'est de savoir si je fais ou non une crise d'angoisse ?

Il voulut hocher la tête, mais en fut empêché par une douleur fulgurante dans le crâne.

— J'ai juste des côtes cassées. Rien de grave.

Elle lui dégagea tendrement une mèche de cheveux du front.

— Tu es fou. Tu le sais, j'espère ? demanda-t-elle alors que, sous le regard d'Adam, ses joues prenaient cette teinte rosée si ravissante.

— Bon, c'est vrai, j'ai fait une crise, mais uniquement à la pensée que je ne te reverrais peut-être plus.

Elle inspira profondément pour se préparer à un aveu redoutable.

— Je t'aime, Adam, dit-elle rapidement, écarlate maintenant, et avec une légère lueur de panique dans les yeux. Un guerrier a besoin d'une femme qui ne se casse pas en morceaux au moindre problème. Alors, plus de crises d'angoisse pour moi.

Un petit sourire commença à étirer les lèvres d'Adam.

— Tu n'as pas idée à quel point je t'aime, Samantha, déclara-t-il et, s'abandonnant à son bonheur, il l'attira contre sa bouche. Je me fiche de tes crises. Ce qui m'importe, c'est d'être là pour t'aider à les traverser. Tu es tout ce dont j'ai toujours rêvé, Samantha. Grâce à toi, j'ai l'impression d'avoir enfin trouvé mon port d'attache. Épouse-moi.

Il l'embrassa, savourant sa douceur et la façon dont ses lèvres s'accordaient aux siennes.

— Construisons une vie ensemble, Sam. Pour au moins les cinquante années à venir.

— Oh ! Adam ! murmura-t-elle, les yeux brillants de larmes, le visage en feu.

— Pardonne-moi d'avoir été un imbécile plein de préjugés, dit-il avec véhémence. Je t'aime tellement que j'ai perdu un peu la tête et je me suis persuadé que tu étais trop bien pour quelqu'un comme moi.

— Quelqu'un comme toi ? répliqua-t-elle, étonnée, le visage rayonnant d'amour et de bonheur, ses mains sur les joues d'Adam. Tu veux dire l'homme qui a volé mon cœur alors que j'avais fermement décidé de ne laisser personne le prendre ? L'homme qui ne peut s'empêcher de se consacrer aux autres ? L'homme qui possède plus d'amour, de compassion et de courage que quiconque de ma connaissance ?

— Épouse-moi, Sam, répéta-t-il doucement.

Il craignit un instant d'être en train de rêver, mais la main douce et chaude de Samantha sur son visage et son souffle plein de tendresse le rassurèrent.

— Je sais que j'ai piètre allure et que je ne peux pas me prévaloir du même pedigree que tes aristos de Boston, mais…

Sam le bâillonna tendrement de ses doigts puis de sa bouche.

— Tu es parfait pour moi, Adam.

Un bruit les interrompit : le personnel des urgences et les équipes de secours les avaient suivis dans l'hôpital. Quelques infirmières contenaient difficilement leurs larmes et plusieurs hommes affichaient un grand sourire qui cachait mal leur émotion.

— Avec tous ces témoins, tu es obligée de dire oui, dit Adam, malicieux, les yeux dans ceux de Samantha.

Avec un petit rire, Sam enfouit le visage dans son cou et murmura :

— Avec toi, ce sera toujours oui.

— Elle a dit oui, annonça Adam, rayonnant, aux spectateurs impatients.

Sous les applaudissements, il se pencha vers Samantha pour lui donner le baiser inaugurant leur avenir qui s'annonçait comme un cadeau du destin.

BLANCHE

Rencontre en haute mer, de Scarlet Wilson - N°1538

Un rendez-vous manqué, une chance inattendue… Durant des mois, le Dr Ivy Ross, chirurgienne dans la marine, échange des messages avec l'homme idéal sur une application de rencontres. Hélas, le jour même de leur rendez-vous, elle est appelée en mission sur un porte-avions. Quelle n'est pas sa surprise de découvrir que son coup de cœur inconnu n'est autre que Travis King. Travis, le médecin-major sous les ordres duquel elle va travailler, au milieu du Pacifique…

Une sage-femme à Barcelone, de Fiona McArthur

Quelques notes de flamenco, une danse avec le plus bel homme qu'elle ait jamais vu… Cleo, sage-femme des plus raisonnables, pensait ne jamais revoir celui qui lui a fait perdre la tête au cours d'une soirée enivrante. Et pourtant, Felipe Gonzalez est le cousin de la patiente qu'elle a promis d'accompagner à Barcelone. Une nouvelle d'autant plus troublante qu'elle résidera chez lui lors de son séjour en Espagne !

Un bébé pour le Dr Hayes, de Carol Marinelli - N°1539

Cat tombe des nues lorsqu'elle se découvre enceinte. Sa merveilleuse nuit de passion avec Dominic, un séduisant médecin rencontré lors d'un congrès à Barcelone, ne devait pas porter à conséquence ! Les choses étaient claires entre eux : chacun poursuivait son chemin de son côté. Et pourtant, voilà qu'elle attend son bébé. Alors qu'elle sent la joie l'envahir, Cat redoute la réaction de Dominic quand il apprendra qu'il va être père…

L'inconnu dont elle rêvait, d'Annie O'Neil

À chaque fois qu'Ali se remémore la nuit torride passée avec un inconnu deux semaines plus tôt, elle sent son corps s'embraser. Qu'importe, elle doit oublier ce moment d'égarement ! Hélas, lorsqu'elle découvre l'identité de son nouveau chef – un médecin aussi talentueux que redouté –, ses résolutions volent en éclats. Car le Dr Aidan Tate n'est autre que son séduisant amant d'une nuit…

HARLEQUIN

Leur mission : sauver des vies.
Leur destin : trouver l'amour.

HARLEQUIN
www.harlequin.fr

BLANCHE

HARLEQUIN

Attirance aux urgences, de Caro Carson - N°1540

Chaque fois, c'est pareil : il suffit que Zach Bishop mette un pied aux urgences pour que la gent féminine se pâme devant lui. Une situation qui fait enrager Brooke : ses collègues ne voient-elles pas que Zach est un égocentrique doublé d'un don Juan ? Un jour, pourtant, elle intervient à ses côtés sur les lieux d'un accident et se met à douter. Émue par son courage et son dévouement, troublée comme jamais, Brooke passe une nuit avec lui…

Médecin et séducteur, de Michelle Celmer

Quoi qu'il lui en coûte, il séduira la belle Clare Connelly : tel est le défi que s'est lancé le Dr Parker Reese. Et hors de question qu'il échoue, même si la mystérieuse jeune femme prend un malin plaisir à repousser ses avances ! Ce que Parker n'avait pas prévu, en revanche, c'est qu'à force de côtoyer Clare il ne pourrait plus se passer d'elle… Des sentiments qui vont à l'encontre de sa réputation de don Juan impitoyable…

Leur mission : sauver des vies.
Leur destin : trouver l'amour.

HARLEQUIN
www.harlequin.fr